萧耘春 著

捕风楼文稿

浙江古籍出版社

作者简介

萧耘春，1931年2月出生于温州苍南县（原平阳县）石砰乡外湖。14岁时师从张鹏翼，学习古诗文和书法。1951年毕业于温州师范学校。毕业后在当地做过乡村教师，21岁时到平阳县文化馆工作。28岁时被错划右派，遣回老家务农，创办过社办企业。1978年恢复工作，参与筹办成立平阳县文联，创办《南雁》文学刊物，策划成立浙江省第一个县级书法协会。1981年苍南从平阳分出建县，萧耘春调到苍南县工作，曾任第一届苍南县文联主席、县志办主编等职。2022年12月逝世。生前为中国书法家协会会员、中华诗词协会会员。

萧耘春一生潜心于历代章草探究，熔铸百家，形成了独特的个人艺术风格，在当代书坛影响深远。曾出版《萧耘春书法作品集》《萧耘春谈章草》《萧耘春楹联选》《萧耘春书法作品》等书。2011年"书风·书峰"浙江书法名家展览在浙江美术馆举办，萧耘春先生是12位参展的当代代表性书法家之一。

萧耘春读书专精、学问细密，著述甚丰。年轻时根据民俗研究与民间采风，搜集出版《野熊与老婆婆》民间故事集，在对宋代文献研读基础上，出版宋代民俗研究文集《男人簪花》《苏东坡的帽子》，散文集《俯拾集》。主编或整理出版《苍南县志》《苍南诗征》《苍南女诗人诗集》等。

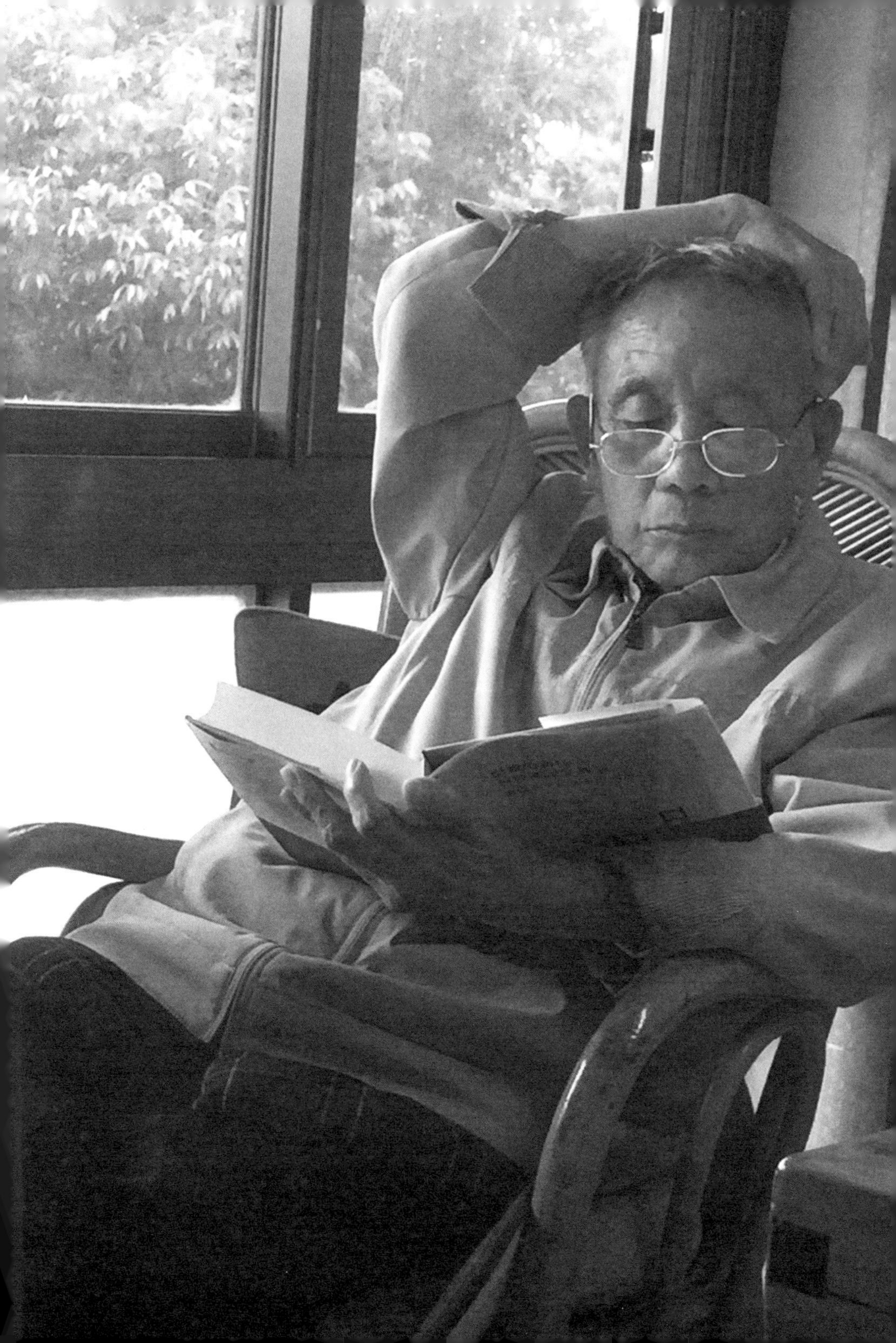

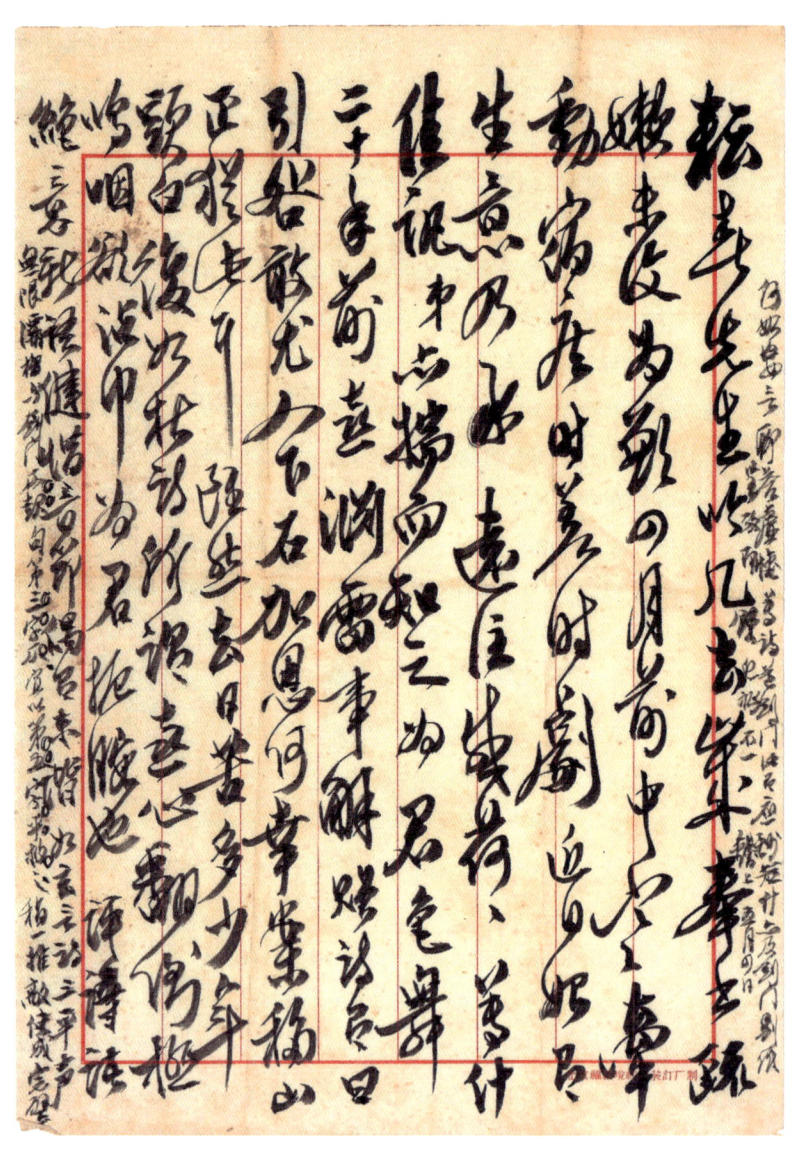

钱锺书先生致萧耘春先生诗稿信札二通（一）

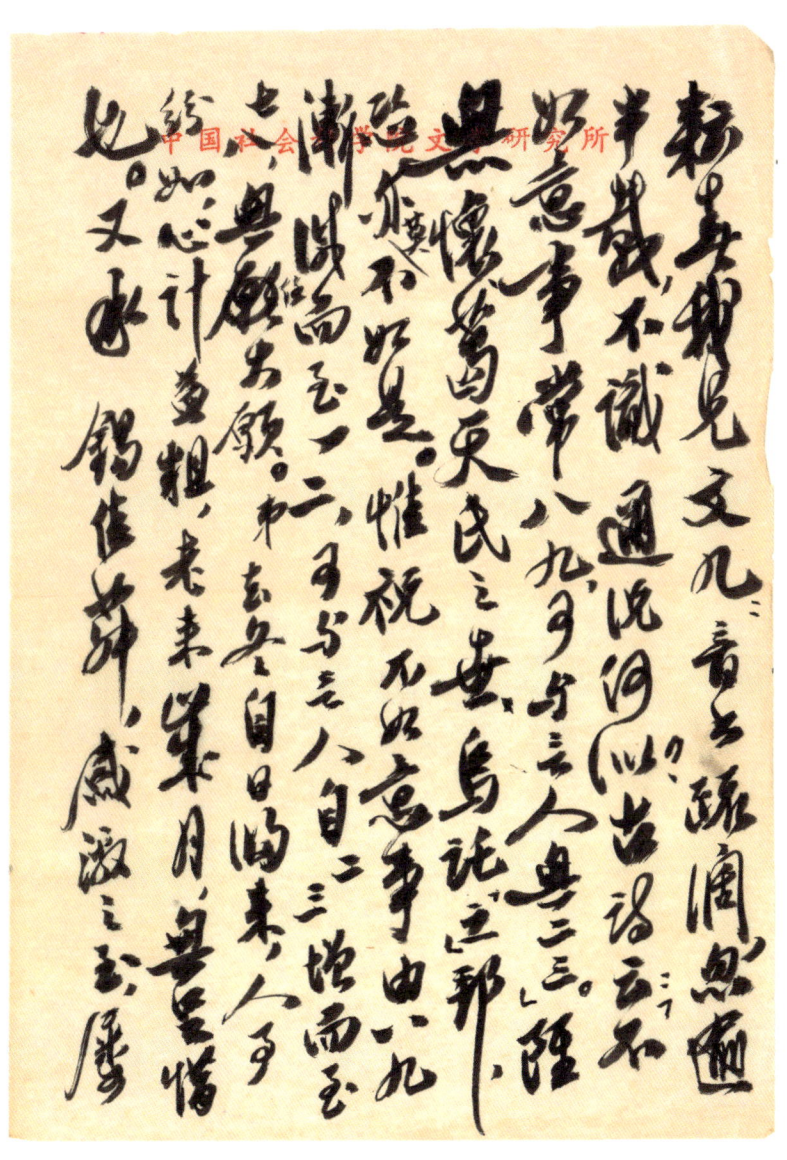

钱锺书先生致萧耘春先生诗稿信札二通（二）

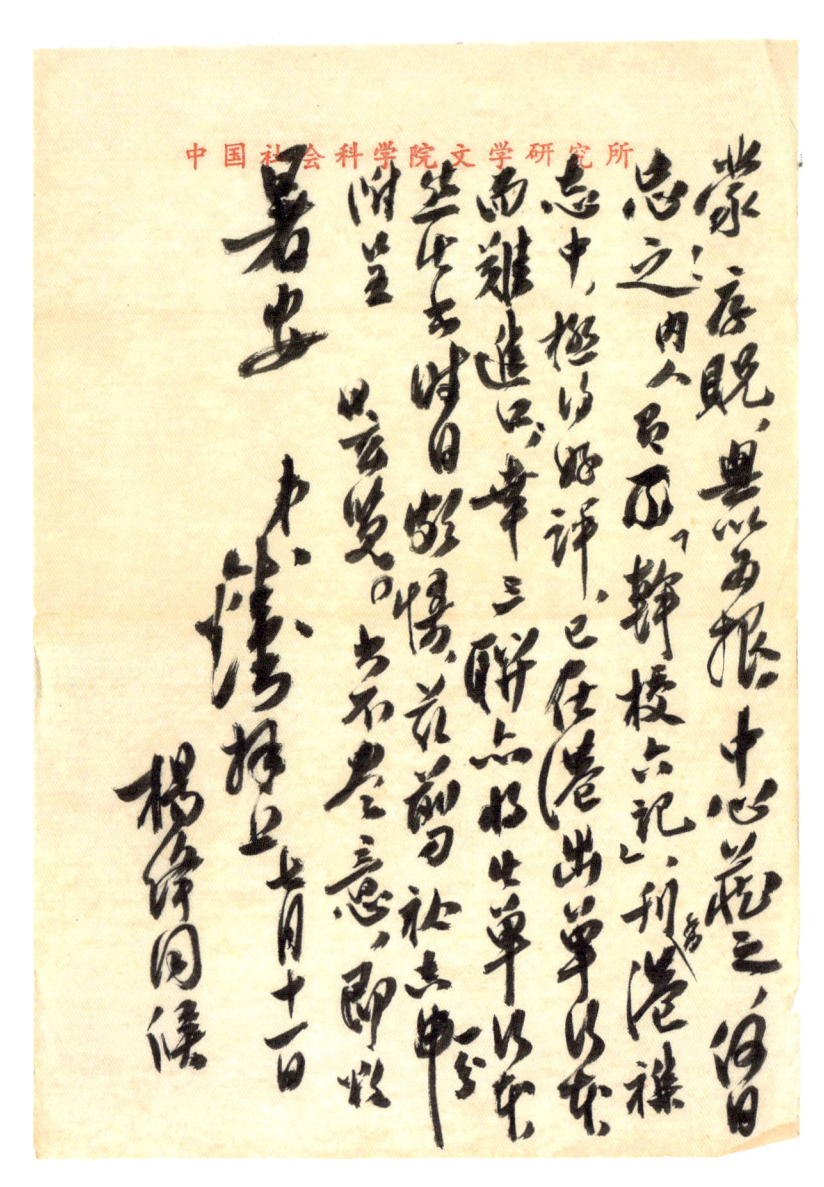

钱锺书先生致萧耘春先生诗稿信札二通（二）

序言

我国古代文艺评论除了诗文论、词论、曲论、曲论等之外，还有以专门著述或者公开说之如编成册子而流传之一书形式出现的，有写在诗文等作品里的，如《诗品》等，有写在诗话、词话之类的书里的，有写在文集里的，有写在神仙志怪小说里的如《搜神记》之类，有写在笔记里的如《日知录》之类，有写在小说里的如《红楼梦》之类，有写在戏剧里的，有写在研究著作里的如黄庭坚的道教联在一起的《抱朴子》，有好友家书文集里的，有写在种花、种菜、种竹、种兰、种药之类著作里的，有写在画上的、书上的、碑帖的陵南墓志里的，有写在研究古代书法家的碑里的，解说文章的佳辞佳句的，有用赋写的，有用骈文写的，有用散文写的，有用散文写的。

1

萧耘春《谈艺后录》手稿 序言（一）

萧耘春《谈艺后录》手稿　序言（二）

因为我对马列主义毛泽东思想地学习得不够，以致眼神

麻痹，甚至近乎老年花似雾中看。花非花，雾非花的

么行

我的意见也会加杏肓像《长恨宫》东二首所咏：月转雪

逢下秋塘，倾城情思隔重帘，已闻娜响知腰细，更辨

结声觉指纤。"听到钉、当的琼琚声，便觉得那个美

光是水能腰儿，听到那美好信况的琴声，任觉心那个美

人是如此的。或许走纹的情说是这样错觉，是很糟

牛，十指不推，那隔着帘子帘的人们是娘娘无处二陈人物。

掌掌一看，叫人嗤之一跳。如果真的是这样情况，是很糟

的，忘忘这就是我不敢纪这些稿文的重要的原因。

3

萧耘春《谈艺后录》手稿　序言（三）

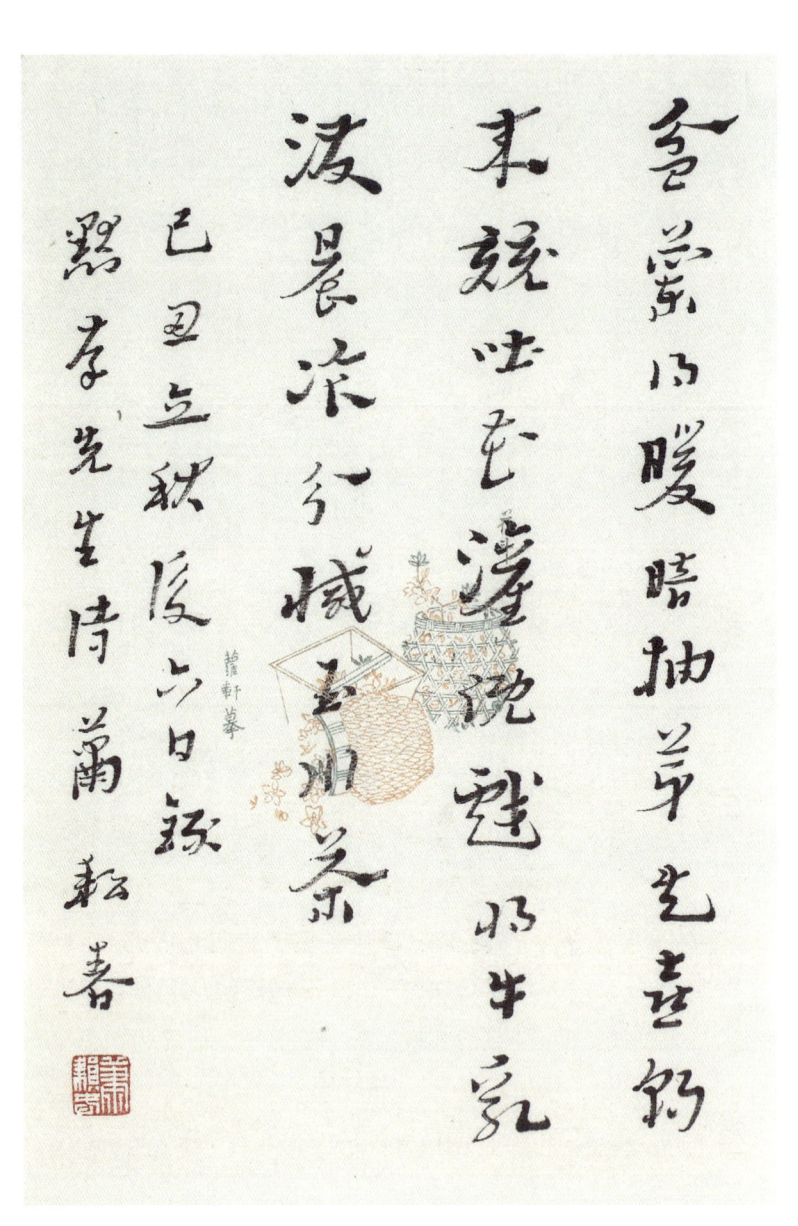

含霙乃暖晴抽草芽喜鹊
未筑吐丝堕砌趂水牛乳
波晨浓分碱玉湘荼

己丑立秋后六日致
器宇先生博粲 萧耘春

萧耘春书法作品选（一）

粗服乱头话醉客,飘逸匡庐云出岫。
香怜玉古人精绝,空如世二篆也岑。
玉箪茶清魂致老眼,如细如萝见婷婷。
隐骸何须五牲此文言,高四壁缸莺。
声百啭于柔嫩,啼婉转张三径黄鹂啭。
逍朱门词闺内玉人,诵少陵诗。

录朱倪三首 萧耘春于梅风楼时年八十又七

萧耘春书法作品选（一）

萧耘春书法作品选（二）

目 录

寂寥的繁华——我眼中的萧耘春先生　哲　贵…………… 1

上编：谈艺后录 ……………………………………………… 7
　序　言 ………………………………………………………… 8
　论诗绝句 …………………………………………………… 10
　神思（《文心雕龙》第二十六）………………………… 15
　"无一字无来处""点铁成金" ………………………… 23
　书家有三等 ………………………………………………… 32
　不应该那么写 ……………………………………………… 38
　专门家的话多悖 …………………………………………… 46
　释无人态 …………………………………………………… 52
　作者之用心未必然，读者之用心何必不然 …………… 55
　诗　史 ……………………………………………………… 62
　陈言务去，词必己出 …………………………………… 72
　说"解" …………………………………………………… 80

中编：俯拾集 ………………………………………………… 91
　关于张鹏翼先生的诗 …………………………………… 92
　而今始觉他山尊 ………………………………………… 98
　记忆：存留的残片 ……………………………………… *102*

1

忽有故人心上过 …………………………………… 112
林景熙 ……………………………………………… 118
周秀眉　谢香塘 …………………………………… 124
郑蕙　许琼 ………………………………………… 129
一瞥董桥 …………………………………………… 134
闲话《西湖楹联大观》 …………………………… 138
武夷的馈赠 ………………………………………… 142
一段历史　一种误读 ……………………………… 146
投我以木瓜 ………………………………………… 153
回互其辞 …………………………………………… 164
坐看牵牛织女星 …………………………………… 175
斗玄坛 ……………………………………………… 185
东坡《荔枝叹》中几条自注读后 ………………… 192
读《林景熙集校注》 ……………………………… 196
《梦中作四首》题注非章注考 …………………… 206
读民国《平阳县志》札记 ………………………… 210
《苍南诗征》后记 ………………………………… 221
《苍南女诗人诗集》后记 ………………………… 230
《苍南碑志》前言 ………………………………… 233
《苏东坡的帽子》后记 …………………………… 235
《俯拾集》后记 …………………………………… 238

下编：传衣 ………………………………………… 241

观器味道，融通无碍——萧耘春的书缘人生　陈　纬 …… 317

寂寥的繁华——我眼中的萧耘春先生

哲 贵

一、书法

有人说，以萧先生书法上的造诣和成就，如果生活在北京和上海，早就是泰山北斗了。即使生活在杭州，他在书法界的影响力也与现在不可同日而言。如果是从知名度和影响力方面说，或许是对的。但我不这么看，萧先生未必没机会去大城市工作和生活，以我的猜测，偏居小城正是他个人的选择，也可能是他的个性所致。而我恰恰认为，或许正是这种选择成全了他，让他成为一个隐者，成为一个世外高人。他不是没有竞争对手。在很大程度上，他的竞争对手就是他自己，他所要做的，就是尽量真实地面对自己，不断超越自己。

萧先生送过我一幅书法，是名将邓子龙的诗句："月斜诗梦瘦，风散墨花香。"在萧先生那里，我第一次知道邓子龙这个武将。后来，我去云南办事，特意去了邓子龙在云南施甸的"烹象处"。

萧先生是书法名家。我很早就听说，萧先生少年学书，是浙南名宿张鹏翼先生的入室弟子。萧先生也说，他的治学观和书法观深受张先生影响。我也见过张先生的书法作品，却发现，萧先生书法走的完全是另一条路子，张先生写的是今草，而萧先生主要精力在章草。现代作家中，沈从文的章草是很有名的，也很见功力，但萧先生的章草却不同于沈从文。我是外行，看不出两者的高低，我能看出来的是，萧先生的章草是萧先生的章草，看见他的书法作品，我就能想到他的人，他的相貌，他的形象，他的气质，他的口音，他的步伐，他夹菜的样子。这是萧先生的章草，只此一家，别无分店。

二、印象

萧耘春先生给我的第一个印象是干净。在我的印象中，他穿得最多的，是白衬衫。我从没有见过他将白衬衫扎进裤腰带，但他会将两个袖口挽起来。有没有戴手表，我没印象。萧先生的白衬衫给我留下了深刻的印象。

第二个印象是白面无须。萧先生肯定是有胡须的。有一次，我去他家，他身体欠安，靠在床上，我坐在床边，离他不到一米。可能是生病原因，他那天没刮胡子。我看见萧先生的白胡子了。平时见到的他，都是将胡须刮得干干净净的。他的皮肤好，九十岁了，还是很白净，而且光滑，再加上一头灰白头发，即使卧病在床，看起来也是清清爽爽的。

萧先生个子不高，印象中一直很瘦。瘦是对的，我想象不出萧先生是个胖子的模样。

我记得大约只有一次，或者两次，到了中午饭点，我留萧先生吃饭。一般情况，到了中午12点半左右，萧先生就会主动站起来，留是留不住的，他的态度温和而坚决，一边说着再见，一边往回走。那一两次好像因为有其他文友在，也是萧先生的老朋友。他大约是因为其他朋友才留下来的。

坐下来之后，萧先生向饭店服务员多要了一副筷子，他用那副筷子将菜夹到自己碗里，再用另一副筷子夹进嘴里。萧先生吃饭夹菜的样子，也像他说话的语速和语调。出人意料，萧先生饭量不小。记忆中，他不喝酒，喝王老吉可以的。

三、交往

我跟萧先生真正有交往，应该从1997年开始。那一年，萧先生66岁，已经从文联主席的位置上退下来。是不是在主编县志？我没印象。

3

我那时突发奇想，开了一家书店，既是老板，也是小二。每天早上10点半左右（下雨天除外），几乎都会看见穿着白衬衫的萧先生从远处走来，他走得很慢，似乎又走得很快，一眨眼就进了书店。有时，他和杨奔先生一起来。他们都住在东边，沿着玉苍路往南，走到尽头，便是我的书店。

萧先生很能说。我没想到萧先生那么能说，简直就是一个话痨。他一般12点半左右离开，这两个钟头里，基本上是他说我听。如果杨奔先生在，便是他说我们两个人听。萧先生说了些什么，都已经忘记了。他好像什么都说了，天上地下，古今中外。又好像什么也没说，但我非常清楚地记住萧先生说话的语速和语调。他的语速是不急不缓的，就像他的步伐，他的语调是悠扬的，他就坐在我的眼前，又似乎来自远古。

林斤澜先生和萧先生是老相识。有一次，我和林先生聊起萧先生的章草，他说他想看看萧先生的字。我打电话给萧先生，他一口就答应了。此后，每过两个月，我都会给萧先生去一个电话，他每一回都说，再等等，再等等。大概是半年后，我去他在玉苍路的家，书房好像在顶层，他犹豫不决地将书法交到我手上，用征求的口气问我，还是不满意，要不，再给我一些时间？我早就听说，要让萧先生满意，是没有期限的。林先生等得起，我已经等不起了。

四、学术

我可以想象，萧先生的内心，一定不会如他表面那样平静，时代更迭，世事纷扰，他无法置身事外。但是，萧先生给人的感觉总是安静的，这跟他的书法家身份有关，他的内心有一份坚守，有一方净土。更重要的是，我觉得，萧先生在成为书法家的同时，是一个学者。

萧先生的学术研究，也是颇让人深思的，他将主要精力放在宋史的研究上，而且，他又将对宋史研究的"焦点"放在民俗上。我看到最多的解释是，萧先生对民俗感兴趣，特别对宋代的民俗感兴趣。这点我不怀疑，但我想说的是，将研究的重点放在宋代的民俗上，他是有意为之的，也是他对自我的清醒认识和定位。

我认为，萧先生也不完全是为研究宋代的民俗，他更像是在安放自己在当下的身份，更像是寻找自己在未来的可能，或者，他是在寻找那个过去的自己，一个我们共同的前世，当然，更是他自己的前生。只要看看他的《男人簪花》《苏东坡的帽子》《宋人避讳》《林景熙事迹系年》，你就能发现，他所写的不是一般的民俗研究，不是一般的学术著作，在很大程度上，他是在写自己，写他的前世今生以及未来。

他是寂寞的。

五、授徒

  我还想说的是,萧先生是欣慰的。他的欣慰在于,寂寞于他,是一种常态,而他却在这种常态中,创造了繁华。

  我指的是,萧先生虽然甘于寂寞,甘于在书法和学术上独行。随着岁月拉长,随着年齿增长,他的坚持变成了一股力量,那是沉默的力量,是坚守自我的力量。他正是以一个人的力量,默默感染身边的人,默默感化所有和他接触过的人。他的一言一行,甚至是沉默,这时便显现出另一种深意,一种可体会却不可言传的意味。

  尤为难得的是,几乎所有跟随他的弟子,都在书法上走出一条属于自己的路,就像他自己所走的书法之路。

  我想,从某个角度说,这大概便是萧先生给我们最大的启示:每个人都有自己的路要走,每个人都有合适自己的路可以走,每个人必须走属于自己的路。而他知道,走上这条路,注定是寂寞的,也必须寂寞,只有寂寞和安静之中,才能领会无边的力量。

  想念萧先生。

二〇二三年七月十日于杭州

上编

谈艺后录

序　言

我国古代的文艺理论（包括文论、诗论、词论、曲论、书论、画论等），除了以专门著述如《文心雕龙》《诗品》等和小册子如从《六一诗话》开始的各种诗话、词话形式外，有写在哲学著作里的，如《庄子》《论衡》等；有写在政治教科书里的，如《论语》；有写在各种史书里的，如《汉书·艺文志》《新唐书·文艺传序》等；有写在研究史学的著作里的，如《史通》；有和荒唐的道书连在一起的，如《抱朴子》；有收在各家诗文集里的；有写在小说里的，如《红楼梦》；有写在戏曲里的，如《琵琶记》；有写在各种笔记里的，如《日知录》《梦溪笔谈》；有题在画上的，有写在法帖的后面的，有写在研究古代吉金乐石的跋里的。就以文章的体裁而论，有用赋写的，有用骈文写的，有用诗写的，有用散文写的，有用笔记写的，有用评点形式写的，有用书信体写的，有用序文形式写的，有用对话形式写的，有的写成口诀。内容丰富，形式多样，数量多得汗牛充栋，但要爬梳起来，沙里淘金，真是不胜其烦，困难重重。而博大闳深或自成体系的著作，又屈指可数了。

新中国成立后,以马列主义文艺观点把我国古代文论加以总结而自成体系的大著作,还没有出现,借鉴既难,自己学力又浅,面对这五彩缤纷又瑕瑜互见的情况,只有望洋兴叹。

这里一些不成样子的短论,是若干年来胡乱看些书,随手札记,闲时再看,味同鸡肋,姑且把它写出来,正像一些人游了名胜古迹,总爱拍个照,给行踪留个纪念。

因为我对马列主义、毛泽东思想学习很不够,以致眼神昏眊,杜诗云"老年花似雾中看",花虽好,无奈我的眼睛不行。

我的意见也可能如李商隐《楚宫》第二首所咏:"月姊曾逢下彩蟾,倾城消息隔重帘。已闻佩响知腰细,更辨弦声觉指纤。"听到叮叮当当的环佩声,便觉得美人儿是水蛇腰儿,听到那美妙消魂的琴声,便觉得那个美人儿细小的手指头无比美丽,或许真正的情况是腰粗似牛,十指如椎,那隔着重帘的人倒是嫫母无盐一流人物,搴帘一瞥,叫人吓了一跳。如果真的是这样情况,是很糟的。私心忐忑,这就是我不敢把这些稿子给人看的原因。

如果我这个愚者侥幸还有"一得",那是欢喜无量的。

一九七八年二月

论诗绝句

　　姚黄魏紫人夸艳,斗雪傲霜韵亦佳。造化何曾拘一格,不妨阶畔有苔花。

　　莺声百啭听来惯,鹦鹉能言徒费词。解道朱门酒肉句,至今人诵少陵诗。

　　爱吟陶集岂忘情,怒目低眉皆可人。(朱熹、龚定庵、潘德舆、沈寐叟、鲁迅先生皆有此说。鲁迅先生所论尤精辟。见《朱子语类》《龚定庵集》《养一斋诗话》《海日楼题跋》《鲁迅全集》)古调最宜弹夜月,隔窗更喜有枪声。(见法司汤达《红与黑》)

　　苕雪风光日日新,云林佳作半成尘。吴人不识苕雪面,错向倪迂画里寻。

　　江山处处有诗魂,何限灞桥和剑门。活捉生擒凭赤手,骑驴未必尽诗人。

雅郑何关宗派图，问君颔下得珠无？无端攀得杜陵老，宰相衙门担水夫。

敌我分明素与缁，俳谐怒骂亦吾师。开仓不走惊人语，更看今朝社鼠诗。

后记：

上元二年(761)，杜甫写了《戏为六绝句》，他为我国诗歌理论开辟了一个重要体裁。这一组诗前三首是评论具体的作家而提出问题，后三首是说明论诗宗旨的。以后写论诗绝句的诗人和诗论家有数十家之多，如南宋的戴复古、龚相、赵蕃，金国的王若虚、元好问，明代的都穆，清代的王士禛、赵翼、宋湘、丘逢甲等。这种体裁仅二十八字，不但要求有较丰富的内容，说理透辟，还要求是诗，有艺术有形象。如果仅是说理而没有形象，没有诗味，那只是口诀，不是诗；如果有艺术形象，而在诗歌理论上没有新的东西，那也是失败的作品。它的局限性很大，但有很大的优点：既是理论又是诗，这是艺苑一朵花，很有继承与创新的价值。

我国文学史上两次有意离开形象思维的诗歌创作：一、东晋的玄言诗，著名的诗论家钟嵘就嘲笑那些作品，平典似道德论。就是说这些作品只是老子《道德经》的改写；二、宋代道学家的诗，南宋名诗人刘克庄就指出这些作品是"语录讲义之押韵者"。钱锺书先生在《宋诗选注》里谈到道学家的诗,"说理透辟,逸趣横生",不但叫人频频首肯,而且忍俊不禁,非常值得我们一读再读。那些玄言诗、道学诗作者如孙绰、邵雍、二程等的作品,不是很少流传下来,便是束之高阁。今日除了少数的文学史研究者和文学批评的研究者有必要去翻一翻外,其他的人早把那些废话忘得一干二净,这是历史最公平的裁判。

我国古代诗人由于政治上或艺术上的原因,喜欢用典,有些诗人甚至形成怪癖,他们不但在诸子百家以及稗官小说里找典故,甚至在佛经、道书里去找,如黄庭坚、范成大等,那简直有意叫人不要懂,害得后来那些替他们诗集作注释者战战兢兢,好像诗里到处有埋伏。以后写古诗的人最好是不用典,如果为了艺术上的原因,弄得非用不可时也应选择较通俗的典故。我在论诗绝句第四首里用了一个外国典故,会使人觉得有点怪的。这个洋典出于法国大作家司汤达的名著《红与黑》里,大意说:政治窜入艺术领域,就像音乐合奏来一响手枪。我不同意这个意见,艺术总是为政治服务,由此联系到对陶潜有一部分的金刚怒目式的作品及其本人的评价问题。关于使用外国典故问题,还得说几句,大约在戊戌政变前几年,"诗界革命"的呼声很高,当时提倡新诗的人,喜欢在古诗里用新名词、外国典故，提倡的人是夏穗卿，还有如谭嗣同、梁启超、麦孺博等人都喜欢写，如谭嗣同《金陵听说法》诗："纲伦惨以喀私德，法会盛于巴力门。"就使人觉得非常别扭。有的作品甚至到《新约》里头找典故，简直无法看懂。后来梁启超也悟到不对了，他在《饮冰室诗话》里说："过渡时代，必有革命。然革命者，当革其精神，非革其形式。吾党近好言诗界革命。虽然，若以堆积满纸新名词为革命，是又满洲政府变法维新之类也。能以旧风格含新意境，斯可以举革命之实矣。苟能尔尔，则虽间杂一二新名词，亦不为病。不尔，则徒示人以俭而已。""诗界革命"实质上是"诗界改良"。清末这些资产阶级改良派的文学主张，是与他们的政治改良主张相适应的，所以那些诗歌作品，往往使人觉得像一个身穿长衫马褂，偏要配上西装裤、皮鞋的人，形象非常滑稽古怪。上面所引《饮冰室诗话》中谈到"革命"，都是"改良"。只要看戊戌政变不彻底性及梁启超在民国初年的政治活动的不光彩，就知道那次"诗界革命"不会取得多大效果了。以后如有人觉得有必要在古诗里用一二个外国典故，也不会是那次"诗界革命"的反刍，而是与小说、散文、杂文里引用希腊神话中的普罗米修斯和阿芙洛狄忒等一样。

我把这七首《论诗绝句》寄给中国社会科学院文学

研究所的钱先生，向他请教。钱先生是当代第一流学者，他回信说是"意新语健"。"意新"二字特别使我欢喜，我的冬烘头脑并没有更冬烘，而是有所进步，有所提高。因为无论是搞研究或者创作，都必须"意新"。离开新，什么都没有价值。或许这是对我的鼓励、鞭策。至于"语健"，那是属于艺术造诣及风格问题，是其次的。在我的《论诗绝句》第六首里，我认为古代诗人所谓"此身合是诗人未？细雨骑驴入剑门""天海诗情驴背得，关山秋色雨中来"，调子都太低沉了。古代诗人所描画美丽的山川，都是属于自然状态的，与我们现在祖国建设日新比起来，自然是黯然失色了。古代诗人那种体会生活的方式，和我们也隔膜了。所以我说"骑驴未必尽诗人"。或许是这一句有了语病，钱先生附来他的近作，对我非常有启发。

清代宋湘在《说诗八首》第八首中说："读书万卷真须破，念佛千声好是空。多少英雄齐下泪，一生缠死笔头中。"漫长的封建社会到了清代，好像树上已经熟透而开始腐烂的果子，不用人摘就会落下来似的。虽然清代的诗人和诗论家已经开始觉到窒息，拼命寻求新的出路，但诗创作总逃不出唐宋诗人的势力范围，诗论也只是把前人的做了总结。

神思（《文心雕龙》第二十六）

《文心雕龙》谈到创作时，首先提到神思。刘勰用非常形象的语言，笔歌墨舞地描画道："文之思也，其神远矣。故寂然凝虑，思接千载；悄焉动容，视通万里。吟咏之间，吐纳珠玉之声；眉睫之前，卷舒风云之色。"当作家开始构思时，尽情地让想象的翅膀飞翔起来，他超越了时间、空间的限制，在那一瞬间，风云变幻的雄伟奇异的图画，珠玉般的悦耳清心的声音，在他的眼前炫耀，在他的耳畔响鸣。这样奇妙幻景的出现，在他之前的陆机虽曾经用绚烂的赋的形式给我们描画过了，直至刘勰，才不但描画它，而且用理论来阐述它。

作家开始构思时，他的一切经历，包括他的所作、所见，甚至他的所闻，林林总总，纷至沓来，脑子里马上进行奇异的思维，把记忆回复到形象，把那游离的，化为具体的、朦胧的,化为鲜明的,开展想象的翅膀,把形象进行改造、升华,于是"登山则情满于山,观海则意溢于海",喷薄的情感伴着活蹦活跳的形象,滔滔汩汩,应接不暇地奔赴他的笔下。如果一个作家没有登过山,没有看到海,只是根据间接的经验,无论他是怎样富有才华,脑子里显现的形象就不免模糊、不免歪曲,也不会生动,甚至构不成形象。所以刘勰说"物以貌求",奇异的形象思维活动,总是以直接经验为基础。鲁迅先生说:"天才们无论怎样说大话,归根结蒂,还是不能凭空创造。"(《且介亭杂文二集·叶紫作〈丰收〉序》)又说:"新作小说则不能,这并非没有工夫,却是没有本领,多年和社会隔绝了,自己不在旋涡的中心,所感觉到的总不免肤泛,写出来也不会好的。"(《鲁迅书信集》上卷)

陆游《九月一日夜读诗稿有感走笔作歌》:"我昔学诗未有得,残余未免从人乞。力孱气馁心自知,妄取虚名有惭色。四十从戎驻南郑,酣宴军中夜连日。打球筑场一千步,阅马列厩三万匹。华灯纵博声满楼,宝钗艳舞光照席。琵琶弦急冰雹乱,羯鼓手匀风雨疾。诗家三昧忽见前,屈贾在眼元历历。天机云锦用在我,剪裁妙处非刀尺。世间才杰固不乏,秋毫未合天地隔。放翁老死何足论,广陵散绝还堪惜。"南郑军中华灯纵博,宝钗艳舞,打球阅马的豪迈生活,固然给诗人提供了丰富的诗材,但是军中何止陆游一人,其他很多人之所以没有诗的感觉,也就是他们缺乏神思的力量,不能把活生生的形象捕捉起来,化为艺术。这首诗固然说明了陆游所说的"法不孤生",也说明了神思的妙用。我们要注意,"天机云锦用在我,剪裁妙处非刀尺",这就是作家的精神活动。直接经验不一定会构成艺术形象,作家的脑子必须具有捕捉形象的能力,才能成为"捕捉形象的猎人"。所以刘勰又提出"心以理应"。作家思想根据一定的法则,产生了相应的艺术活动。如果把作家的心灵活动比作一面清晰的明镜,它能把客观世界的形象,一丝不漏地反映出来,这个比喻是机械的,不正确的。要达到"物以貌求,心以理应",必须"神与物游",作家的思想感情深入于客观事物,使心与境交融。黄侃在《文心雕龙札记》里有一段很好的说明:

此言内心与外境相接也。内心与外境,非能一往相符会,当其窒塞,则耳目之近,神有不周;及其怡怿,则八极之外,理无不浃。然则以心求境,境足以役心;取境赴心,心难于照境。必令心境相得,见相交融,斯则成连所以移情,庖丁所以满志也。

"是以陶钧文思,贵在虚静,疏瀹五藏,澡雪精神。"作家进行创作,不但必须去接触客观事物,同时他必须提高自己的精神境界,摈除杂念,专心致志。刘永济说:

"舍人论文,辄先论心。……盖文以心为主,无文心即无文学。善感善觉者,此心也;模物写象者,亦此心也;继往哲之遗绪者,此心也;开未来之先路者,亦此心也。然而心忌在俗,惟俗难医。俗者,留情于庸鄙,摄志于物欲,灵机窒而不通,天君昏而无见,以此为文,安从窥天巧而尽物情哉?故必资修养,舍人虚、静二义,盖取老聃'守静致虚'之语。惟虚则能纳,惟静则能照。能纳之喻,如太空之涵万象;能照之喻,若明镜之显众形。一尘不染者,致虚之极境也;玄鉴孔明者,守静之笃功也。养心若此,湛然空灵。及其为文也,行乎其所当行,止乎其所当止,不待规矩绳墨,而有妙造自然之乐,尚何难达之辞,不尽之意哉?故曰:'驭文之首术,谋篇之大端'也。"(《文心雕龙校释》卷下《神思》第二十六)如此论心,就不免有唯心色彩了。刘勰虽袭用老子词句,但他认为要到虚静,必须"积学以储宝,酌理以富才,研阅以穷照,驯致以怿辞",从这四方面来努力。第一要认真学习,积累自己的知识,使我们联想到杜甫"读书破万卷,下笔如有神"的道理。第二,从对日常事物认真考察,细加辨识来丰富自己的才华。第三,细细研究平时生活阅历,锻炼高度的分析能力,以达到对事物的彻底理解。第四,脑子训练得很有条理,才能恰切地应用文辞。"积学""酌理""研阅""驯致"都是后天的事,这样来谈文思，就不会玄虚莫测了。纪昀评："虚静二字，妙入微茫。补出积学酌理，方非徒骋聪明。观理真则思归一线，直凑单微，所谓用志不分，乃凝于神。"这是很有见地的。

有些作家，文思非常敏捷，有些作家文思迟滞，对于这种现象，历来有唯心的解释，也有唯物的解释。刘勰说："夫骏发之士，心总要术；敏在虑前，应机立断。覃思之人，情饶歧路；鉴在疑后，研虑方定。机敏故造次而成功，虑疑故愈久而致绩。"对于作家精神活动这种差异，他作了很合理的解答："难易虽殊，并资博练。"文思或快或慢，只要写得好，同样都是依靠多方面的训练，也就是上述"积学、酌理、研阅、驯致"的工夫。虽然"人之禀才，迟速异分"，但后天才是决定性的。鲁迅先生说："其实即使天才，在生下来的时候的第一声啼哭，也和平常的儿童的一样，决不会就是一首好诗。"（《坟·未有天才之前》）又说："那里有天才，我是把别人喝咖啡的工夫都用在工作上的。"（许广平《鲁迅全集编校后记》）像鲁迅先生这样伟大的作家，他的成功也只承认是自己勤劳与博练，这不是特有的谦虚，确实是经验之谈。

文思的迟速，又有多种多样的具体情况。左思《三都赋序》："余既思摹《二京》而赋《三都》，其山川城邑，则稽之地图；其鸟兽草木，则验之方志；风谣歌舞，各附其俗；魁梧长者，莫非其旧。"所以，袁枚在《历代赋话序》说:"古无志书,又无类书,是以《三都》《两京》欲叙风土物产之美,山则某某,水则某某,草木鸟兽虫鱼则某某,必加穷搜博访,精心致思之功。是以三年乃成,十年乃成,而一成之后,传播远迩,至于纸贵洛阳,盖不徒震其才藻之华,且藏之巾笥,作志书、类书读故也。今志书、类书,美矣备矣,使班、左生于今日,再作此赋,不过翻撷数日,立可成篇,而传抄者亦无有也。"黄侃甚至认为这不能作为张衡、左思文思缓慢的例子。陆厥《与沈休文书》:"王粲《初征》,他文未能称是,杨修敏捷,《暑赋》弥日不献。……一人之思,迟速天悬,一家之文,工拙壤隔。"黄侃《札记》说:"世固有为文常速,忽窘于数行,为文每迟,偶利于一首。此由机有通滞,亦缘能有短长。机滞者骤难求通,能长者早有所豫。是故迟速之状,非可以一理齐也。"为什么一个人的文思也有时利时钝的情况呢?一、因为文章的体裁不同,而影响文思的,如诗人去写散文,古文家去写骈文,小说家去写戏曲,古今中外文艺的全才是很少的。因为不熟悉那种体裁,因而影响文思。二、各种体裁又有特定的要求,甚至有关到风格问题,"奏议宜雅,书论宜理,铭诔尚实,诗赋欲丽"。(曹丕《典论·论文》)性灵派的小品文能手,未必能写典重高雅的官样文章,善写碑版文字的作家去写田园诗,也不一定顺手。三、更重要的,对某种生活是否熟悉、深入,对文思往往起决定性作用。"茅檐曝背,高话金銮"是无法进行构思的,所以袁枚不肯和朋友的扈从诗,确是非常聪明的。

文思迟速,不能决定作品的价值,只有好坏,才是文学价值的标准。所以刘勰说:"若学浅而空迟,才疏而徒速;以斯成器,未之前闻。"《西京杂记》三:"枚皋文章敏疾,长卿制作淹迟,皆尽一时之誉。而长卿首尾温丽,枚皋时有累句,故知疾行无善迹矣。"枚皋赋没有流传下来,而司马相如的赋,至今尚有人读它。黄鲁直《病起荆江亭即事》:"闭门觅句陈无己,对客挥毫秦少游。"据说陈师道作诗是苦吟的,每登临得句,即归卧一榻,以被蒙首,甚至其家婴儿孺子也抱寄邻家。如果这个记载不太夸张的话,这位先生的文思,看来是够迟滞的。但他与秦观在我国文学史上都是有地位的,在词方面,秦观确实占先,但诗创作,无论当时或以后的评价,陈师道都是高出秦观一头的。

文思迟缓以致"理郁者苦贫,辞溺者伤乱"。这两种容易出现的毛病,刘勰认为只有"博而能一"这张药方了。

当作家依靠神思的力量,把活生生的形象捕捉到笔下来,难免出现"拙辞或孕于巧义,庸事或萌于新意"。刘勰认为必须重视修改工夫,所谓"视布于麻,虽云未费;杼轴献功,焕然乃珍"。文不加点,毕竟是文学史上少见的现象，不断推敲、修改，才是扎实的工夫，往往大大有关作品的成败。唐庚《唐子西文录》："诗在与人商论，深求其疵而去之，等闲一字放过则不可，殆近法家，难以言恕矣！故谓之诗律。东坡云：'敢将诗律斗深严。'予亦云：'诗律伤严，近寡恩。'大凡立意之初，必有难易二途，学者不能强所劣，往往舍难而趋易，文章罕工，每坐此也。作诗自有稳当字，第思之未到耳。"朱熹把修改文章，很形象地比之酷吏治狱，推勘到底。我们也常读到这样的诗句："旧句时时改，无妨悦性情。""新诗改罢自长吟。"海明威曾讲过趣话，他的文章是站着写的，躺在安乐椅上改的。读一读清袁枚《续诗品三十二首·勇改》对于这个问题的理解是非常有益的：

千招不来，仓猝忽至。十年矜宠，一朝捐弃。人贵知足，惟学不然。人功不竭，天巧不传。知一重非，进一重境。亦有生金，一铸而定。

"无一字无来处""点铁成金"

《豫章黄先生文集》卷十九《答洪驹父书》:"老杜作诗,退之作文,无一字无来处;盖后人读书少,故谓韩、杜自作此语耳。古之能为文章者,真能陶冶万物,虽取古人之陈言入于翰墨,如灵丹一粒,点铁成金也。"说韩文杜诗无一字无来处,是过于夸张的,但也有几分真实。韩愈曾说:"惟陈言之务去","惟古于词必己出"。但他也确曾说过:"窥陈编以盗窃。"杜甫也说"熟精文选理""应须饱经术""读书破万卷",或许这是指平日的涵养,而"觅句新知律,摊书解满床"。作家应用经典时,怕记忆错误,翻书核对,也是很平常的一种工作方法。在杜甫同时代的第一流诗人中,他确是用典最多的一个。

虽说在黄庭坚提出这种理论之前,对这种作诗方法曾有人反对过,在黄庭坚之后,也不少人反对,但当时像王安石、苏轼就已有这种倾向。黄庭坚提出这种理论的同时及以后，这种理论的势力非常之大，江西派诗人把这种理论奉为宝贝，视为作诗窍诀不用说了。创作了"杨诚斋体"的杨万里，那种新鲜泼辣的诗风与黄诗面貌截然不同，他说自己曾把少年时学江西派的诗千余篇都烧了，但明眼人还是看出，他爱用俗语入诗，骨子里还是黄庭坚的那一套作法，自己有时也直言不讳。这种理论曾笼罩了宋代诗坛，影响了元明，一直到清末。

既然黄庭贤这种理论势力这样大，自然有人替这种理论找寻根据了。刘起潜在《隐居通议》里说："家藏小册一本，字画甚古，题曰东坡《老杜诗史事实略举》。杜句有曰：'贱子请具陈。'引毛遂云：'公子试听吴楚之事，容贱子一一具陈。'……杜句曰：'下笔如有神。'引仲舒答策：'下笔疑有神助。'杜句曰：'青冥却垂翅。'引李斯曰：'丈夫如提笔鼓吻，取富贵易如举杯，何青冥之翻与鹦共垂翅乎？'杜句：'崆峒小麦熟，且愿休王师。'引武帝欲讨西羌，耿逊谏曰：'今崆峒小麦方熟，陛下宜休王师。'如此者凡十卷。乃知杜句皆有根本，非自作语言也。"这也只能说明杜集引用古人典故很多，同时引用材料正确无误，并不能说明"无一字无来处"。语言文字总是不断地继承、淘汰、创新，因此"无一字无来处"与"词必己出"一样，都不可绝对做到的。

邵博《河南邵氏闻见后录》卷十七："少陵'陶冶性情存底物'，本颜之推'至于陶冶性情，从容讽谏，入其滋味，亦乐事也'。又少陵'悲君随燕雀，薄宦走风尘'，本陈胜与人佣耕之语也。又少陵'上君白玉堂，侍君金华省'，本班固自叙'时上方向学，郑宽中、张禹朝夕入说《尚书》《论语》金华殿中'也。又少陵'露井冻银床'，本《晋书·乐志·淮南王篇》'后园凿井银作床，金瓶素练汲寒浆'也。又少陵'春水船如天上坐'，本沈云卿'船如天上坐，人似镜中行'。'船如天上去，鱼似镜中悬'也。或以此论少陵之妙。予谓少陵所以独立千载之上者，不但有所本也，《三百篇》之作，果何本哉！"邵博的年辈只比黄庭坚稍后，当时正是江西派势力登峰造极的时候，他对黄庭坚的论点是不同意的，他承认杜甫有的诗是有所本，但杜诗的妙处不光在有所本上。为了说明有所本不是好诗的标准，他很聪明地不正面列举一大堆理由来说明问题，只打出一张王牌，反问一句："《三百篇》之作，果何本哉？"这一句问得很好。一、漫长的封建社会里，儒家学派的势力是占压倒优势的，《诗经》是儒家五种经典的一种，是无上尊贵不可亵渎的，《三百篇》据说是孔子亲手删定的，而被认为是最好的诗；二、《诗经》是我国最早的一部诗歌总集，既然最早，当然是无所本的。正像《旧约·创世纪》记载上帝造人，哪一个基督教徒敢于或能找出谁创造上帝的经典根据呢？既然最好的诗是无所本的，有所本就不能说是好诗的标准，被称为"诗圣"的杜甫的诗的妙处，就不是在于有所本或仅仅在于有所本，那么"无一字无来处"说的基础就全部动摇了。

但"无一字无来处"说影响很大的，任你是最早一部诗歌总集，也有人一定要找出它的更早的"所本"来。梁章钜《退庵随笔》卷二十："余在枢直，每公暇，辄与程春庐谈艺，春庐为余述其友方长青之言曰：诗必以造语为工，而造语必以多读书善用事为妙。试取《三百篇》读之，'沔彼流水，朝宗于海'，用《禹贡》也。'燎之方扬，宁或灭之'，用《盘庚》也。'国虽靡止，或圣或否，民虽靡膴，或哲或谋，或肃或乂'，用《洪范》也。'罔敷求先王，克共明刑'，用《康诰》也。虞史臣之序曰'率厘下土方'，《商颂》用之。《夏小正》曰'有鸣仓庚'，《豳风》用之。《涂山之歌》曰'有狐绥绥'《鄘风》《齐风》两用之。箕子之歌曰'彼狡童兮，不与我好兮'，《郑风》用之。夫商周所有之书，其见于今者，亦仅矣，而其可得而言者如此，则令其书具存，将《三百篇》无一字无来历，可知也。"且不说上面所举有些是伪书，这位方长青先生头脑可有些冬烘，他找了些《诗经》的来历后还慨叹商周的书留传太少，不然他一定会找出《三百篇》无一字无来历。假如商周的书都流传下来，《三百篇》确能找到无一字无来历，但那些更早的书又有何所本呢？如果一直推到鲁迅所说"杭唷杭唷"派诗人，又有何所本呢？正像一位虔诚的基督教徒，假如他勉强找出上帝的父亲的线索，那么上帝的祖父与曾祖父又是谁呢？这样的基督教徒貌为虔诚，事实倒是最不虔诚的，他已经开始对宗教怀疑而必然要转向科学求救了。

较黄庭坚时代稍后的金国王若虚，他就直接对"点铁成金"说提出攻击。《滹南遗老集》卷四十："鲁直论诗有夺胎换骨、点铁成金之喻，世以为名言。以予观之，特剽窃之黠者耳。鲁直好胜而耻其出于前人，故为此强辞而私立名字。"他很不客气地斥责所谓"夺胎换骨、点铁成金"手段是狡猾的贼。但是如上面所引到杜甫的句子与前人相似、雷同的地方，那怎么解释呢？王若虚说得好："夫既已出于前人，纵复加工，要不足贵。虽然，物有同然之理，人有同然之见，语意之间，岂容全不见犯哉。盖昔之作者，初不校此，同者不以为嫌，异者不以为夸，随其所自得，而尽其所当然而已。至于妙处，不专在于是也。故皆不害为名家而各传后世，何必如鲁直之措意邪？"中国古代有那么多的诗人，写了汗牛充栋的诗，大家都从生活吸收素材，加以提炼，文词也好，意境也好，偶然碰起头来，是不可避免的。同也好，异也好，自然而然的没有什么奇怪。既然前人说过了，你就是着意加工，也是不足贵的，更不能说妙处专在这个地方。黄庭坚理论的错误就在于：忽略了前人从原料到产品这一制造过程，光着眼在现成产品的再加工，便当作生产了。如果把创作比作炼铁的话，黄庭坚提倡的不是开采名胜铁矿进行冶炼，而是收购零星铁器，进行回炉。王若虚认为作品不论是相似或是雷同，是无意的。黄庭坚的提倡是有意的，所以是剽窃。还有一种情况，一个诗人向前人学习，沉醉在前人的好诗好句里，时间久了，不免受些影响。当他确是从生活中提炼了素材，待到笔下时，无意中又把活生生的素材，压入了前人已经变了形的模子，于是成品又不免有些相似了，那算不算剽窃呢？这也有一比：一个人向朋友借来某些用具，朋友忘了来要回，自己也忘了送去，时间一久，倒觉得似乎自己从什么地方亲自购买，这当然不算好的，但不能作为窃贼论。如果有意向朋友借来准备不还，又把东西改头换面，待到人家来要，又指着东西说，我的和你的不同，这是你的吗？这样白赖人家的，还自以为手段高明，洋洋自得，甚至认为也算生财的一个窍诀，那就是"剽窃之黠者"了。

唐吴子华诗："暖漾鱼遗子，晴游鹿引麛。"山谷诗："河天月晕鱼分子，槲叶风微鹿养茸。"杜牧之诗："蔫红半落平池晚，曲渚飘成锦一张。"山谷诗："菰叶苹花飞白鸟，一张红锦夕阳斜。"这或许可作为点铁成金的例子。

《退庵随笔》卷二十:"……亦有全篇袭之者,徐孝穆鸳鸯诗:'山鸡映水那相得,孤鸾照镜不成双。天下真成长会合,无胜比翼两鸳鸯。'黄山谷《题画睡鸭》云:'山鸡照影空自爱,孤鸾舞镜不成双。天下真成长会合,两凫相倚睡秋江。'白香山《寄行简》诗:'相去六千里,地绝天邈然。十书九不达,何以开忧颜?渴人多梦饮,饥人多梦餐。春来梦何处,合眼到东川。'黄山谷藏为两首,一云:'相望六千里,天地隔江山。十书九不到,何用一开颜。'一云:'病人多梦医,囚人多梦赦。如何春来梦,合眼在乡社。'"这样写诗法如果也叫点铁成金,实在要叫人吓了一跳,如果上引四句作法是梁上君子的话,那么这简直是在青天白日之下明目张胆打家劫舍的江湖大盗。这或许是黄庭坚写着玩的,或许如宋人所说黄庭坚默写前人的诗,记错了字句,他的门徒们也以为点铁成金,编入他的集子里。门徒们把别人的东西拾来,奉献给祖师爷,无意中成了栽赃祖师爷。点铁成金说无论如何不至于如此可笑。

唐代有个和尚,他把偷诗的贼分了等级,一种技术十分拙劣的贼是不可宽恕的;一种技术很高明的贼是可以原谅的。黄庭坚提出"点铁成金"说,好像要给高级窃贼合法化。纪晓岚说:"诗之为道,非惟语不可偷,即偷势偷意,亦归窠臼。夫悟生于相引,有触则通,力迫于相持,势穷则奋。善为诗者,当先取古人佳处涵泳之,使意境活泼如在目前。拟议之中,自生变化。如'萧萧马鸣,悠悠旆旌。'王籍化为'蝉噪林愈静';'光风转蕙泛崇兰',王荆公化为'扶舆度阳焰,窈窕一川花',皆得其句外意也。水部咏梅有'横枝却月观'句,和靖化为'水边篱落忽横枝';'疏影横斜水清浅',东坡化为'竹外一枝斜更好',皆得其句中味也。'春水满四泽'变为'野水多于地';'夏云多奇峰'变为'山杂夏云多',就一句点化也。'千峰共夕阳'变为'夕阳山外山';'日华川上动'变为'夕阳明灭乱流中',就一字引申也。'到江吴地尽,隔岸越山多'变为'吴越到江分',缩之而妙也。'曲径通幽处,禅房花木深'变为'微雨晴复滴,小窗幽且妍','盆山不见日,草木自苍然',衍之而妙也。如是有得,乃立古人于前,竭吾力而与之角,如双鹄并翔,各极所至;如两鼠斗穴,不胜不止。思路断绝之处,必有精神坌涌,忽然遇之者,正不必挦扯玉溪,随人作计也。"这些原是古人从大自然中吸取提炼起来的好句,纪晓岚一定要把它拉在一处,加以对比,于是"句外意也""句中味也""缩之而妙也""衍之而妙也",脑子里先有个古人做了主,"当先取古人佳处涵泳之""乃立古人于前,竭吾力而与之角"。他说:"偷势偷意,亦归窠臼。"但他自己这样评诗,确是掉进古人的窠臼中。他是带着皎然与黄庭坚的墨镜看事物的。如果上述情况算盗窃案，一定起古人于地下，硬派他们作为原告与被告，我看被告既会抵赖，原告也会否认。黄庭坚的"点铁成金"说后来不少人反对，但反对的人往往还带着黄庭坚的墨镜看事物，这包括了许多诗人还有诗评家。

　　一九七七年七月二十三日丁巳大暑写

书家有三等

《龚自珍全集》第八辑《语录》："先生曰：书家有三等：一为通人之书，文章学问之光，书卷之味，郁郁于胸中，发于纸上，一生不作书则已，某日始作书，某日即当贤于古今书家者也，其上也；一为书家之书，以书家名，法度源流，备于古今，一切言书法者，吾不具论，其次也；一为当世馆阁之书，惟整齐是议，则临帖最妙。"

无论哪一种学术、文艺，作者胸襟愈广大，知识愈渊博，成就就越高。试看历代书家，写《峄山碑》的李斯，写《夏承碑》的蔡邕，魏钟繇，晋王羲之，唐虞世南、欧阳询、褚遂良、李邕、颜真卿、柳公权，宋苏轼、黄庭坚、米芾、蔡襄，元赵孟頫，明文徵明、董其昌，清刘墉、姚鼐、包世臣，以至沈曾植，都是通才硕学，或政事，或学术，或文章；都是别有成就，不是专以书法名家的。这些书家的书法，都是意境超妙，不专以间架结构值得后人临摹欣赏。从他们的书法确可以看到文章学问之光、书卷之味。

但因学术部门不同，文艺体裁有别。治经的，未必又是史学大家；治史的，也未必会是文学大师。即以文学而论，杜甫一向被推为古代诗人的冠冕，他对自己的文章，也很自负。他在《莫相疑行》里回忆天宝十载献《三大礼赋》奉命待制集贤院说："忆献三赋蓬莱宫，自怪一日声辉赫。集贤学士如堵墙，观我落笔中书堂。往时文采动人主，此日饥寒趋路旁。"现在留传下来尚有二十多篇文章，包括三大礼赋在内，实在没有什么特色，和他的诗比较，成就大为悬殊。陈子宏说："蔡元工于词，靖康中陷金，辛幼安以诗词谒，蔡曰：子之诗则未也，他日当以词名家。"古代词人，辛弃疾是名列前数名的，是无可否认的一位大师，但他的诗，后人只作为研究资料才读的，选宋诗的，从来没有人选到他。名列唐宋八大家的苏辙、曾巩，文章的确不错，但他俩的诗，比他们的文章就大为逊色。明代敢与后七子领袖王世贞抗衡的古文家归有光，清桐城派领袖古文家方苞，他们的散文，在文学史上都有一定的地位，但后人就读不到他们的诗。同是属于文学范畴，只因体裁不同，工拙就那么悬殊，何况某些学术与某些艺术，血缘更为疏远，有时就不起决定性作用，是没有奇怪的。所以古代文艺的全才，只有一个苏轼。

近代刘申叔、宋平子，也是通才硕学，他们遗留的手迹，书法实在很糟，可以作为不作书的例子，但这两位先生如果学习书法，亦未必会成为书法大名家的，而我们可以看到更多的例子。古代一些大学者大作家，不一定精研书法，只因在文章学问之光、书卷之味照耀润泽之下，他们遗留的手迹，确是不凡，那种意境、风韵，与那些专以书法名家的作品相比，确是别有一种滋味。古代书评家早就给这种书法以一定的地位，包世臣《艺舟双楫·国朝书品》所谓"楚调自歌，不谬风雅，曰逸品"。又说"逸取天趣，味从卷轴"，说得多好。

古代专攻书法，以书家名，未闻有别的学术文艺成就的，而书名又很高，可以举出唐代的怀素，清代的邓石如。怀素的《自叙帖》，今天还可看到，那篇自叙，说他的学书经过，谁指点过他，谁激赏赞扬他，自吹自擂，文章也颇有趣味，他的书法奇纵，神采飞扬，是值得珍视的艺术品。苏东坡曾经称赞过他。但当东坡题王逸少帖时，却说："颠张醉素两秃翁，追逐世好称书工。何曾梦见王与钟，妄自粉饰欺盲聋。有如市娼抹青红，妖歌嫚舞眩儿童。"古代一些名人，对作品的评论往往前后矛盾，未可据为典要，是常见的事，但这几句诗，是确有见地，并非信口雌黄。接下来他称赞王羲之书法："谢家夫人淡丰容，萧然自有林下风。天门荡荡惊跳龙，出林飞鸟一扫空。"

作为比较，如果细味《自叙帖》《苦笋帖》，一定会同意苏东坡这几句评论。米元章书法奇逸洒脱，在风格上应该说比较接近怀素艺术趣味的，但他评论怀素大草，甚至说只可悬于酒肆，细细玩味，怀素草书正是缺少文章学问之光、书卷之味的。包世臣《艺舟双楫·完白山人传》，对邓石如学习书法过程介绍得很详细，但对他的其他学问，没有一句提到。说到他的死后遗作，只说有若干轴字，也没有说到有什么诗文集留存下来。在古代，无论是官僚、学者、文人、逸士，他的传记里，提到他身后遗留下来，总有诗文集若干卷，这是很普遍的。可见他的其他学问就很平常了。包世臣对他的书法，推崇备至。他在《国朝书品》中，神品一人，被邓石如隶书及篆书独占去了，妙品上一人，被邓石如分书及真书独占去了。但邓石如草书，只好列在能品上，邓石如的行书只列在逸品上。包世臣也认为邓石如行、草书比他的隶书、篆书、分书、真书是有所不及的。《完白山人传》介绍邓石如学书经过：梁巘介绍邓石如去见梅镠，梅镠尽出家藏秦汉以来金石善本给邓石如欣赏学习，"山人既得纵观，推索其意，明雅俗之分，乃好《石鼓文》、李斯《峄山碑》《泰山刻石》、汉《开母石阙》《敦煌太守碑》、苏建《国山》及皇象《天发神谶碑》、李阳冰《城隍庙碑》《三坟记》。每种临摹各百本，又苦篆体不备，手写《说文解字》二十本，半年而毕,复旁搜三代钟鼎及秦汉瓦当、碑额,以纵其势,博其趣,每日昧爽起,研墨盈盘,至夜分尽墨乃就寝,寒暑不辍,五年,篆书成。乃学汉分,临《史晨前后碑》《华山碑》《白石神君》《张迁》《潘校官》《孔羡》《受禅》《大飨》各五十本,三年,分书成……"他的学书毅力以及涉猎广博,是惊人的,这是一位典型的书家,但后人大都喜爱临摹邓石如的篆书与隶书,至于他的行书与草书,便很少人作为临摹的典范。邓石如书法成就除了他的力学之外,人品亦是一个有力因素。他性廉而尤介,曹文敏入都,强他一同去,他独戴草笠、靸芒鞋,策驴,后文敏三日才动身。文敏称赞他为江南高士。毕沅也曾对幕僚说:"山人吾幕府一服清凉散也,今行矣,甚为减色。"但今天我们欣赏邓石如的行草书,总觉得不满足,说得坦率一些,有点近俗,这就是缺少文章学问之光、书卷之味的缘故。

近代有人说:常见一般人偶作篆隶,不无可观,一涉行草,便露凡俗。这些话是有一定道理的,我们可以在一些有点小名气的作品得到印证。不过必须补充,如果作者见识浅陋,人物猥琐,意境尘下,便是写篆隶,也很难写出较高水平来的。这些话,对于初学书法而急于求成的人,恐怕不会很快就接受。

定庵认为书家之书其次也,很有道理。

袁枚曾把某种诗文,比作三馆楷书,非不工整,求其佳处,至死无一笔。既然能写得工整,一定有些功力,为什么引不起艺术趣味呢?写这种字的人,一定是读书不多,书法源流也搞不清楚,甚至雅俗也无法分辨,卷轴之味与他是无缘的。临帖时,脑子里、手腕下暂时由古人做了主,无意中偷得古人一点意境,所以还勉强可观。一离开古人,依然是自己的脑子与手腕,便显得凡庸,就是俗书与匠书。正像一位女郎,皮肤白皙,五官端正,但脑子糊涂,神采黯然,俨然一尊拙劣雕塑匠所塑的泥菩萨。如果给一位艺术大师作为模特儿来写生,那位艺术大师只好摇头了。

"石韫玉而山辉,水怀珠而川媚"的是名言。

丙辰七月二十四日写

不应该那么写

鲁迅《且介亭杂文二集·不应该那么写》：

凡是已有定评的大作家，他的作品，全部就说明着"应该怎样写"。只是读者很不容易看出，也就不能领悟。因为在学习者一方面，是必须知道了"不应该那么写"，这才会明白原来"应该这么写"的。这"不应该那么写"，如何知道呢？惠列赛耶夫的《果戈理研究》第六章里，答复着这问题——应该这么写，必须从大作家们的完成了的作品去领会。那么，不应该那么写这一面，恐怕最好是从那同一作品的未定稿本去学习了。在这里，简直好像艺术家在对我们用实物教授。恰如他指着每一行，直接对我们这样说——"你看——哪，这是应该删去的。这要缩短，这要改作，因为不自然了。在这里，还得加些渲染，使形象更加显豁些。"这确是极有益处的学习法，而我们中国却偏偏缺少这样的教材。

从大作家的手稿中去学习写作，确是最好的学习写作的方法之一，恐怕比看批评家的批评文字更有效。如果大作家不知道如何修改自己的作品，是不会成为大作家的，当然也写不出名著来。惠列赛耶夫的意见很宝贵，但不是他首创。我国十一世纪的名诗人黄庭坚就知道这种学习写作的方法。

宋朱弁《曲洧旧闻》："黄鲁直于相国寺得宋子京《唐史稿》一册，归而熟观之，自是文章日进，此无他也，见其窜易句字，与初造意不同，而识其用意所起故也。"

《梁溪漫志》云：

蜀中石刻东坡文字稿，其改窜处甚多，玩味之可发学者文思。今具注二篇于此。《乞校正陆贽奏议上进札子》"学问日新"下云"而臣等才有限而道无穷"，于"臣"字上涂去"而"字。"窃以人臣之献忠"改作"纳忠"，"方多传于古人"改作"古贤"，又涂去"贤"字复注"人"字。"智如子房而学则过"改"学"字作"文"。"但其不幸所事暗君"改"所事暗君"作"仕不遇时"。"德宗以苛察为明"改作"以苛刻为能"，"以猜忌为术而贽劝之以推诚"，"好用兵而贽以消兵为先"，"好聚财而贽以散财为急"，后于逐句首皆添注"德宗"二字。"治民驭将之方"先写"驭兵"二字，涂去，注作"治民"。"改过以应天变"改作"天道"。"远小人以除民害"改作"去小人"。"以陛下圣明，若得贽在左右，则此八年之久可致三代之隆"，自"若"字以下十八字并涂去，改云"必喜贽议论，但使圣贤之相契，即如臣主之同时"。"昔汉文闻颇、牧之贤"改"汉文闻"三字作"冯唐论"。"取其奏议，编写进呈"涂去"编"字，却注"稍加校正缮"五字。"臣等无任区区爱君忧国感恩思报之心"改云"臣等不胜区区之意"。《获鬼章告裕陵文》自"孰知耘耔之劳"而下云"昔汉武命将出师，而呼韩来廷，效于甘露，宪宗厉精讲武，而河湟恢复，见于大中"，后乃悉涂去不用。"犷彼西羌"改作"憬彼西戎"。"号称右臂"改作"古称"。"非爱尺寸之疆"改作"非贪"。"自不以贼遗子孙"而下云"施于冲人，坐守成算，而董毡之臣阿里骨外服王爵，中藏祸心，与将鬼章首犯南川"，后乃自"与将"而上二十六字并涂去，改云"而西蕃首领鬼章首犯南川"。"爰敕诸将"改作"申命诸将"。"盖酬未报之恩"改作"争酬"。"生擒鬼章"改作"生获"。其下一联初云"报谷吉之冤，远同强汉；雪渭水之耻，尚陋有唐"，亦皆涂去，乃用此二事别作一联云"颉利成擒，初无渭水之耻；郅支授首，聊报谷吉之冤"。末句"务在服近而柔远"改作"来远"。

  可见《梁溪漫志》的作者早已知道这种学习写作的方法了。

  古代大作家、大名家的稿子，往往毁于水虫兵火，很

40

少留存下来。幸而留存下来，有的为文物部门专管，作为文献保存一般人就不可能看到，或者落在收藏家手中，便作为宝贝贮藏更不可能公诸大众。一九三五年四月鲁迅先生慨叹缺少这样的教材，我看在一定的时间内，还是不可能有这样教材的。既然看不到大作家或名作家的未定稿真迹或影印本，不妨另外想点办法，从古代的诗话、词话、笔记或其他书本里去找。

《苕溪渔隐丛话后集》卷二十五："苕溪渔隐曰：王驾《晴景》云：'雨前初见花间蕊，雨后兼无叶底花。蛱蝶飞来过墙去，应疑春色在邻家。'此唐百家诗选中诗也。余因阅荆公《临川集》，亦有此诗云：'雨来未见花间蕊，雨后全无叶底花。蜂蝶纷纷过墙去，却疑春色在邻家。'百家诗选是荆公所选，想爱此诗，因为改七字，使一篇语工而意足，了无镵斧之迹，真削镶手也。"王安石在古代诗人中地位是很高的，但他有个怪脾气，喜欢改前人的诗，又喜欢集句，真是脱裤放屁，多此一举。《王文公文集》第七十九卷集句诗有四十多首，第八十卷集句歌曲，亦有部分。袁枚就曾指出有的好诗被王安石改坏，活的改死了。但这七个字确是改得不错。"蛱蝶飞来过墙去"，"飞来"又"过墙去"就觉得琐碎，改为"纷纷过墙去"便生动、活泼。"应疑"改为"却疑"就妥贴得多。像这样的例子，在诗话、词话、笔记里可以搜集好多的。又如韩愈、贾岛那个"僧敲月下门"的例子，王安石那个"春风又绿江南岸"的例子，"昨夜一枝开"的例子，"此中涵帝泽"的例子，都是耐人寻味，很有益处的。

欧阳修《六一诗话》："陈从易舍人偶得《杜集》旧本，文多脱误，至《送蔡都尉诗》云'身轻一鸟'，其下脱一字，陈公与数客各用一字补之，或云'疾'，或云'落'，或云'起'，或云'下'。其后得一善本，乃是'身轻一鸟过'。陈公叹服。"

看，这不是明明白白告诉我们用"过"字比"疾"字"起"字"下"字都要好么。如果细细咀嚼，我们会觉得用"过"字，确是高出一头。

邵博《河南邵氏闻见后录》卷十八："杜子美'青青竹笋迎船出，日日江鱼入馔来。'后得古本，'日日'作'白日'，不但于句甚偶，其思致亦不同。""白日"比"日日"形象确较活泼得多。古代许多学者替名家集子校勘，有的写得很仔细，如某字某本作某，某本作某，有的纯属错字，当然与学习写作无涉，有的数字都可用，就可以选出更好的一个，也能给学习写作者一定的启发。

我国古代会写诗的人极多，大诗人、名诗人不少，他们写到某种心情、意境、景物，有时不免很接近，甚至有些词句也很相似，细心的读者如加以比较，也可分出高下来。《苕溪渔隐丛话后集》卷二十四："苕溪渔隐曰：圣俞云：'南岭禽过北岭叫，高田水入低田流。'鲁直云：'野水自添田水满，晴鸠却唤雨鸠归。'诗意皆相类，然鲁直造语尤工，优于圣俞。"

《归潜志》："宇文太学叔通主文盟时，吴深州彦高视宇文为后进，宇文止为小吴。因会饮酒间，有一妇人，宋宗室子流落，诸公感叹，皆作乐章一阕。宇文作《念奴娇》，有'宗室家姬，陈王幼女，曾嫁钦慈族。干戈浩荡，事随天地翻覆'之语。次及彦高，作《人月圆》云：'南朝千古伤心事，犹唱《后庭花》。旧时王谢，堂前燕子，飞向谁家？偶然相见，仙肌胜雪，云鬟堆鸦。江州司马，青衫泪湿，同是天涯。'宇文览之大惊，自是人乞词，辄曰：'当诣彦高也。'"

吴激是宋朝宰相吴栻的儿子，他眼看北宋沦亡，自己又被留在金国回不去了。当在席间知道一个妇人是宋宗室子流落，故国之思重压心头。妇人可能流落为一个歌者，她所唱或许就是北宋宫庭旧曲，她不会像商女一样，不知道亡国的痛苦的，国破家亡，千古伤心事，何况在异族统治者之前，无奈又唱《后庭花》呢？一个是出身名门，皇宋宰执的儿子，被强留在金国；一个是皇族人员，突然降为歌者，很自然地会令人想起刘梦得的名句"旧时王谢堂前燕"了。那妇人高贵的出身，优裕的生活，美丽的青春，都烟消云散，不复返了。这不是一场春梦么？

从妇人的处境联系到自己的处境,他们都是在异族统治下的一名俘虏,同是天涯沦落人,他们的幽愤比那泪洒衣襟的江州司马,应该更深广。《人月圆》起句就笼罩全篇,写妇人亦写自己,步步深入,句句贴切,一唱三叹,最后归结到同是天涯,点出一篇立意。叔通的《念奴娇》平铺直叙,全乏剪裁,没有艺术形象。这不就是告诉我们"不应该那么写"吗?

古人往往有同赋一事一物的,把那些诗文搜集起来,加以比较,也可以看出一些问题。如杜甫登慈恩寺塔,当时同登的人有岑参、储光羲,都作了诗,此诗题下杜甫自注:"时高适、薛据先有此作。"这些诗篇都留了下来,写得也都不错,而杜甫那篇是特出的。又如元好问有《雁丘词》,同时杨果也有《同遗山赋雁丘》,两篇都是名作,也可以对比分析。

整理较好的名家诗文集,往往把异文附在后面,以资参考。如《龚自珍全集》第十一辑,《瑶台第一层》后附刘大白《旧诗新话》所引这一阕,两首词差别很大,简直是重写一首。后附本事,繁简差别更大。又如同书第三辑《上海李氏藏书志序》附《慈云楼藏书志序》,这是同篇异名,只有繁简不同。《上海李氏藏书记志序》后题写于道光六年,即公历1826年。《慈云楼藏书志序》后题写于嘉庆二十五年,即公历1820年。前后相差六年,后一篇就是前一篇的未定稿。如果我们看不到名家未定稿手迹,用这种办法去搜集,也可搜到一些。

以上所谈的都是关于诗文方面,古代遗留下来的资料比较多,搜辑起来也比较容易。至于小说与戏曲,资料就比较少了。但是亦有办法,如小说可把戚蓼生本《红楼梦》与程乙本对校,把不同的地方可悟写作方法的辑录出来,把百二十回《水浒》与七十回《水浒》对校,把不同的地方可悟写作方法的辑录出来,我看是很有益处的。戏曲方面这种材料更难找,可以把董西厢与王西厢分段抄录对比,如有个肯下工夫的学者,不惮烦地又加以说明,也会有好处,虽然这两部书体裁不同,总是比较接近。

以上啰啰嗦嗦谈了一大堆,其实我只说说而已,自己也办不到。不但我的学养不够,那么多的书籍也就看不到。况且为了生活,日奔走于车尘马迹间,如果要静坐一二年,肚皮先就要抗议了。我极盼望有一个渊博的学者又是有很大傻劲的,把有关资料搜集起来,加上详细的分析,一定会成为洋洋巨帙,比那些什么写作技巧,什么怎样修改文章的小册子,更为切实有用。

一九七六年丙辰闰八月十七日

专门家的话多悖

鲁迅《且介亭杂文二集·名人和名言》:"惟专门家的话多悖的事,还得加一点申说。他们的悖,未必悖在讲述他们的专门,是悖在倚专家之名,来论他所专门以外的事。社会上崇敬名人,于是以为名人的话就是名言,却忘记了他之所以得名是那一种学问或事业渐以为一切无不胜人,无所不谈,于是乎就悖起来了。"国学家谈步兵操典,商人评画,百分百会悖的,这道理容易理解。但专门家谈他专门之内,是否公悖呢?我看不悖的时候固然多,但悖也不会少。

李梦阳《再与何氏书》:"夫文与字一也,今人模临古帖,即太似不嫌,反曰能书,何独至于文而欲自立一门户邪?"李梦阳是前七子的领袖,清初有一人名吴乔,写了一本《围炉诗话》,大部分篇幅是攻击前后七子的,但他还是承认李梦阳一些作品是不错的。在文学史上，李梦阳应该占一地位，但像他这样一位专门家，把文章比作书法，认为可模仿古人，太似不嫌，那就悖得很了。历览古代书法名家作品，哪一个是与前人相似的呢？各有各的性情面貌，才成为大家名家的。小有名气的作者，如清代钱南园，他的楷书确像颜真卿，但包世臣的《国朝书品》就不取他的楷书，只把他的行书列为佳品，这是很有见地的。古人论书法，总要求脱尽前人窠臼，才足名家，如果形神俱肖，便不足珍，如果貌合神离，就不值一顾了。苏轼据说是学颜真卿的，也说学徐浩的，但把苏书与颜、徐二家比较，可以说找不出形迹相似来。米芾据说先学唐人后溯二王的，但米书自有他自己的性情面貌。郑板桥《署中示舍弟墨》说自己"字学汉魏，崔、蔡、钟繇，古碑断碣，刻意搜求"。蒋士铨《忠雅堂诗集》："未识顽仙郑板桥，其人非佛亦非妖。晚摹《瘗鹤》兼山谷，别辟临池路一条。"可见郑板桥字虽怪，亦不是发酒疯似的乱抹乱涂，而是有所师承的。但他行草书似谁呢？谁也不像。包世臣大约嫌他过于险怪，所以没有把他列入《国朝书品》。懂得书法的人，至今还是珍视他。《秦淮海集》后集卷之四（商务印书馆缩印海盐张氏涉园藏明嘉靖本163页）有《秋兴九首》拟韩退之、孟郊、韦应物、李贺、李白、玉川子、杜甫、杜牧、白居易九人，学得像不像呢？

像极了，诗也好，所以宋时就已有鬼话连篇的传说。《苕溪渔隐丛话后集》卷三十三，引《许彦周诗话》云："元撰作《树萱录》载有人入夫差墓中，见白居易、张籍、李贺、杜牧诸人赋诗，皆能记忆，句法亦各相似。最后老杜亦来赋诗，记其前四句云：'紫领宽袍漉酒巾，江头萧散作闲人。悲风有意摧林叶，落日无情下水滨。'吁嗟，若数君子者，皆不能脱然高蹈，犹为鬼邪？殊不可晓也。若以为元撰自造此诗，则数公之诗，尚可庶几，而少陵之四句，孤韵出尘，非元所能道也。"这首诗后四句是"车马憧憧谁道义，市朝衮衮共埃尘。觅钱稚子啼红颊，不信山翁箧笥贫"。活像杜甫口吻，如果羼入《杜少陵集》中，是不易辨出的。但后人还是爱读秦观的《泗州东城晚望》，《春日五首》第二首，《秋日三首》第一、二首等，因为尽管被讥为女郎诗，但毕竟是秦观自己的诗。而《秋兴九首》虽写得不错，拟得像，但那是假杜假韩，人们何不去读真杜真韩呢？

杨慎在《升庵诗话》中评杜牧《江南村绝句》云："千里莺啼，谁人听得？千里绿映红，谁人见得？若作十里，则莺啼绿红之景、村郭、楼台、僧寺、酒旗，皆在其中矣！"杨慎是明代一位大学者，非常渊博，所著书在百种以上，他的诗词也写得不错，如果后人选明诗或明词，他是选手之一。对文艺理论，他也发表过一些值得珍视的意见，但他评杜牧《江南春绝句》便悖得惊人了。何文焕在《历代诗话考索》中驳得好："即作'十里'，亦未必尽听得着，看得见。题云'江南春'，江南方广千里，千里之中莺啼而绿映焉，水村山郭，无处无酒旗，四百八十寺，楼台多在烟雨中也。此诗之意既广，不得专指一处，故总而命曰'江南春'，诗家善立题者也。"

袁枚《随园诗话》卷三："东坡近体诗少蕴酿烹炼之功，故言尽而意亦止，绝无弦外之音，味外之味。阮亭以为非其所长，后人不可为法，此言是也。然毛西河诋之太过，或引'春江水暖鸭先知'，以为是坡诗近体之佳者，西河云：'春江水暖，定该鸭知，鹅不知耶？'此言则太鹘突矣！若持此论诗，则《三百篇》句句不是：在河之洲者，班鸠鸣鸠皆可在也，何必'雎鸠'耶？止丘隅者，黑鸟白鸟皆可止也，何必'黄鸟'耶？"毛西河这样论诗，真不知悖到什么地方去了，难怪袁枚惊呼"此言则太鹘突矣！"

李梦阳、杨升庵、毛西河都是鼎鼎大名的学者、诗人、大专家，但他们对其专门以内的事，竟会悖到这样地步，甚至使人疑心他们连常识都没有。如果抹去以上三位的大名，人们一定会说是三家村学究的妙论，或许其水平与薛蟠公子是难兄难弟。

包世臣《艺舟双楫》论文二《书韩文后下篇》："古人论诗文得失之语，大约有三：有自得语，有率尔语，有僻谬语。自得语以心印心，直见作者真际，后学依类求义，可以悟入单微。率尔语本出无心，以其名高，矢口流传。僻谬语自是盲修，诬古人以罣来学。"又说："自得语，非近于有得者不与知，僻谬语信从者究属无多，唯率尔语间于可否，至易误人。"一些成就很高的大师的著作，如果我们拿来细细咀嚼，固然有许多自得语，也难免有率尔语，甚至僻谬语。这种现象是十分正常的。那么怎么办呢？伟大导师毛主席早就教导我们，要有批判地继承。以马列主义文艺观点来分析批判，哪些是自得语，哪些是率尔语，哪些是僻谬语，我们要用鲁迅先生所说的"拿来主义"，有用的、对的拿来，没有用的、错的抛掉，这才算善于学习。特别要注意率尔语，作者虽出无心，而遗害极大，因为它是介在可否之间，似是而非，其实就是僻谬语。

1934年杨霁云把鲁迅先生未收入集子的文章，搜集起来，成《集外集》。鲁迅先生写了一篇序说："但我对于自己的'少作'，愧则有之，悔却从来没有过。"他把这个集子一些作品比作"婴儿时代的出屁股、衔手指的照相"，虽然幼稚，但"这的确是我的影像"。但他又很谦虚说，1903年写的《斯巴达之魂》《说钼》"大概总是从什么地方偷来的"，他并没有把一些早期作品看作与他后期杂文有同样价值，实事求是，这也就是他的伟大的地方。后来许多研究者好像也没有把他的一些早期作品与他的后期杂文等量齐观。这种做法是对的。

偶阅蔡上翔《王荆公年谱考略》其卷十八引《穆堂初稿书〈宋名臣言行录〉》后有杨希闵一条小注："闵案《名臣言行录》同时如吕东莱、张南轩即已贻书朱子,谓其非善,朱子亦答为未定之书。盖方裒辑各说,存其柢案,欲加去取论定而未及为耳。后人以为录出朱子,遵为信典,载入史传,不加审详,乃是愚而陋尔。"朱熹自己也说是未定稿,后人震于他的大名,偏要一引再引,好像存心要叫他出丑似的。所以对古代学者的著作,先要看他到底是千锤百炼的著作,还是未定稿,是少年著作,或中年著作,或晚年著作。然后对他的著作的学术地位才有较正确的评价。须知有些专门家少作是老生常谈,中年治学益力,阅历益深,渐入佳境,到了晚年,真所谓大器晚成,达到炉火纯青境界。也有人少年著述虽甚幼稚,但有独到见解,中年才气英发,与人论争,所向披靡,待到晚年又渐入颓唐,偶有撰述,亦是平平。所以对待古人著作,把脏水和孩子一同泼出去是不对的,把脏水和孩子留下来都看成宝贝也是错的,如果抛出孩子留下脏水,那就更糟糕了。

一九七六年七月写

释无人态

苏轼《高邮陈真躬处士画雁二首》其一："野雁见人时，未起意先改。君从何处看，得此无人态？无乃槁木形，人禽两自在。……"两首诗都写得很好，特别是"得此无人态"，是深得艺术三昧的。

记得沈三白在《浮生六记·闲情记趣》里说到他的夫人在盆景的花枝上，缚上死的草虫，因为草虫死了颜色不变，很为这位先生大大称赞一番。这位先生是小画家，不成功的商人，做过低级幕僚，一生遭遇是颇为坎坷的。但他倒很会在平凡的生活中找乐趣，上面述说草虫的事，同他给飞着的蚊子喷烟，看作云鹤一样，格局是很小的，这且不谈。如果有初学绘画的人，对着那样的盆景写生，那当然可以，如果是一位大画家，他是不肯对着那草虫画的。因为那草虫只有躯壳而没有灵魂——如果虫儿也有灵魂的话。

罗大经《鹤林玉露》卷六："曾云巢无疑工画草虫，年迈愈精。余尝问其有所传乎，无疑笑曰：'是岂有法可传哉？某自少时取草虫笼而观之，穷昼夜不厌。又恐其神之不完也，复就草地之间观之，于是始得其天。方其落笔之际，不知我之为草虫耶？草虫之为我也？此与造化生物之机缄盖无以异，岂有可传之法哉？'"画家很仔细地去观察草虫，或对之写生，取草虫笼而观之，实在比看死草虫好得多了。但笼子里的草虫，毕竟不是自然界的草虫，所以曾云巢"又恐其神之不完也，复就草地之间观之"，草虫在大自然中，自然活泼有生气，神完气足，"于是始得其天"。这样的草虫才有天真之趣，才有神。画家能画出这样的草虫，才算是神似而不是形似。

《板桥集》里有一篇文章，说自己很憎恶池鱼笼鸟。池鱼尚有可说，而笼鸟就全没有理由，如果你爱鸟，不妨在宅子附近多栽树，鸟儿自然会飞来让你欣赏。板桥是诗人、画家，这些话是通于画理的。鱼儿养在池里，而不是养在缸里，如果那池子较大的话，池中又加以岩石假山布置，像山谷诗所谓"小池已筑鱼千里"，与笼鸟相比，还有点天真之趣。但是如果比起"鱼戏莲叶东，鱼戏莲叶西……""船尾跳鱼泼剌鸣"的情景，那池中的鱼儿就显得局促、呆板了。在生物进化的阶段上，鸟比鱼又较高级的,它能营巢,知道适应气候,能发出悦耳的声音追求异性,如果把它关进笼里,离开了天空、原野、绿树、它习惯吃的食物,它就挣扎,要冲出牢笼,有的不多时候就死了,能够活下来的,一定神情呆滞,毛羽零乱,形容憔悴。"神"早已不完,"天"就欠缺了。正像旧社会里一个被侮辱被损害的人,不但形容枯槁,精神也一定不大健康。

自然界中的翎毛走兽以及草虫,它只有处在原有适应它的生存、生长的大自然中,才有神,如果画家要画出它的神,不是把死的标本拿来观察,也不是养在笼子里观察,而必须在大自然中观察,只有"无人态"才是神完气足。黄钧宰一条笔记,好像特地为苏诗这一句做注脚。《金壶七墨·雁足》:"吾邑边颐公(寿民),以善画芦雁得名,疏脱生动。初学时苦无师承,筑室城东芦苇间,穴窗窥之,食、宿、飞、鸣,各尽其态,故落墨几于化境。……至今郡人过其地,犹指为苇间老屋址也。"苏诗第三、四两句设问:"君从何处看,得此无人态?"五、六两句马上自答:"无乃槁木形,人禽两自在。"这毕竟是作诗。边寿民造个房子在芦苇间,开个窗眼儿偷看,这办法实在很科学。

丙辰十二月初二日,大寒。即一九七七年一月二十日

作者之用心未必然，
读者之用心何必不然

　　假使有个人对你说，你拿起一篇古代的诗词来欣赏，你只当它是神庙里的灵签，不管它实际涵义如何，你要怎样解释就怎样解释，只要你能自圆其说便可以了，你一定会吐舌头，认为他是胡说八道。其实这样地来解释古代诗词的情况是很普遍的，甚至有这样一种理论，这种理论又是源远流长，势力很大，声名显赫的。

　　苏轼谪居黄州，在元丰五年十二月写了一阕《卜算子》，词里描画一个凄清的夜晚，缺月一钩，漏断人静，一只孤鸿在树上飞绕，却不肯停下来，结果停在一个寒冷寂寞的沙洲上了。他把孤鸿比作幽人，写出它的神态："惊起却回头，有恨无人省。"词写得情境交融，是写孤鸿呢，还是幽人,或是作者自己,我看都可以的。我们只要去熟悉一下神宗朝士大夫阶层的互相倾轧,苏轼的身世、抱负,以及他当时在黄州的处境、心情,无人省的恨,就会在我们心中引起反应,"拣尽寒枝不肯栖",这不是有点高傲么?"惊起却回头"不正好写出迁客骚人的忧谗畏讥的心情么?我们这样来领会这首词,解释这首词,大概不会辜负苏轼当时的心情,如果还不够深刻,总不至于错误吧!但有个鲖阳居士看到这首词,就字笺句释起来,真是尽了穿凿附会的能事。清初名诗人王渔洋看了他的解释,在《花草蒙拾》里就很有风趣地挖苦一顿,他说东坡的命运实在不好,生前被李定、舒亶辈折磨,死后他的文字还被一批人任意糟蹋。

张惠言是个经学家、散文家、词人,也是一个词论家,一个很有学问的人,他为了提高词的地位,提倡用比兴说词,他对这首《卜算子》完全同意鲖阳居士的意见。他在《词选》里说:"此东坡在黄州作。鲖阳居士云:'缺月',刺明微也。'漏断',暗时也。'幽人',不得志也。'独往来',无助也。'惊鸿',贤人不安也。'回头',爱君不忘也。'无人省',君不察也。'拣尽寒枝不肯栖',不偷安于高位也。'寂寞沙洲冷',非所安也。此词与《考槃》诗极相似。"为了充实自己的论据,不惜把已被前人批评过,有明显错误的论点拾起来,看来实在有点奇怪。无怪谢章铤在《赌棋山庄词话》续编卷一又对这种把前人作品任意解释提出批评："时东坡在黄州，固不无天涯沦落之感。而铜阳居士释之云：'……'字笺句解，果谁语而谁知之？虽作者未必无此意，而作者亦未必定有此意。可神会而不可言传。断章取义，则是刻舟求剑，则大非矣。"

张惠言提倡以比兴说词后，词论家如周济、陈廷焯、谭献都附和他的说法，各有发挥。铜阳居士与张惠言或许认为作者定有此意，所以这样来解释。但到谭献他就直截了当提出一种主张，他在《词辨评》里评《卜算子》说："皋文《词选》以《考槃》为比，其言非河汉也。此亦鄙人所谓：作者未必然，读者何必不然。"在《复堂词录叙》里说："又其为体，固不必与庄语也，而后侧出其言，旁通其情，触类以感，充类以尽。甚且作者之用心未必然，而读者之用心何必不然。"这种解释前人作品的主张是够鲁莽的，翻做现代语言，就是说，你就不用管作品的客观涵义如何，只要你喜欢怎么解释就怎样解释好了。这样解释前人作品，你想，结果会弄到怎样的境地呢？

在说词的方面，有这样穿凿附会、捕风捉影的情况。而在说诗方面，那就更多。因为词是后起的文学体裁，比诗的历史是短得多了。梁章钜《退庵随笔》卷二十："刘起潜《隐居通议》云：'丹瑕先生张诚子自明，尝有一绝句云：'西风飒飒雨萧萧，小小人家短短桥。独倚阑干数鹅匹,一声孤雁在云霄。'前题曰《观邸报》,见者辄不解,曰:'观邸报而其诗若此,何也?'有一士独太息曰:'此诗兴致高远,真得作诗之法。何也?彼以观邸报为题,而其旨如此,甚不难知。'风雨萧飒',兴国事风尘也。'小小人家',兴建都钱塘,仅得一隅也。'短短桥',兴朝廷无长策济时也。'独数鹅匹',兴所属意者卑污之人也。'雁在云霄',兴贤者高举远引也。当时必有君子去国,故为是语。试以此意吟咏则得矣,不然,则诗与题奚关哉!'此盖善于评诗者。大抵诗以兴意为主,是诚可为作诗法。"这首诗的题目与所咏的事,看来全无相干,就是用比兴方法写的。"西风飒飒雨萧萧,兴国事风尘也;雁在云霄,兴贤者高举远引也",这是可以联想得到的。"小小人家,兴建都钱塘,仅得一隅也","独数鹅匹,兴所属意者卑污之人也"就很勉强了。"至于短短桥,兴朝廷无长策济时也",就是一个猜谜专家,我看也没法猜到的。句笺字解的那个士人用的就是鲷阳居士的手段,半斤八两,没有什么分别。

胡仔《苕溪渔隐丛话后集》卷三十四:

苕溪渔隐曰:梅圣俞有《续金针诗格》,张天觉有《律诗格》,洪觉范有《禁脔》,此三书皆论诗也。圣俞《金针诗格》云:"有内外意。内意欲尽其理,外意欲尽其象,内外含蓄,方入诗格。如'旌旗日暖龙蛇动,宫殿风微燕雀高'。旌旗喻号令,日暖喻明时,龙蛇喻君臣,言号令当明时，君所出，臣奉行也。宫殿喻朝廷，风微喻政教，燕雀喻小人，言朝廷政教才出，而小人向化，各得其所也。如岛屿分诸国，星河共一天，言明君理化一统也。"天觉《律诗格》辨讽刺云："讽刺不可怒张，怒张则筋骨露矣。若庙堂生莽卓，岩谷死伊周之类也，未如'花浓春寺静，竹细野池幽。'花浓喻媚臣秉政，春寺比国家，竹细野池幽，喻君子在野未见用也。沙鸟晴飞远，渔人夜唱闲。沙鸟晴飞远，喻小人见用；渔人比君子；夜，不明之象，言君子处昏乱朝廷，而乐道也。'芳草有情皆碍马，好云无处不遮楼。'芳草比小人，马喻势利之辈，云喻谄佞之臣，楼比钧衡之地。若此之类，可谓言近而意深，不失风骚之体也。"其说数十，悉皆类此。觉范《禁脔》云："杜子美诗言山间野外事，意在讥刺风俗，如《三绝句》曰：'楸树馨香余钓矶，斩新花蕊未应飞。'言后进暴贵，可荣观也。不如醉里风吹尽，可忍醒时雨打稀。言其恩重材薄，眼见其零落，不若未受恩眷时；比天恩以雨多，故致花易坏也。'门外鸬鹚久不来，沙头忽见眼相猜。'言贪利小人，畏君子之讥其短也。自今已后知人意，一日须来一百回。言君子蒙以养正，瑾瑜匿瑕，山薮藏疾，不发其恶，而小人未革面，谄谀不知愧耻也。'无数春笋满林生，柴门密掩断人行。会须上番看成竹，客至从嗔不出迎。'言唯守道为岁寒也。前辈多法其意作之，如韩稚圭诗曰：'风定晓枝蝴蝶闹，雨匀春圃桔槔闲。'又蔡持正诗曰：'风摇熟果时闲落，雨滴余花亦自香。'以雨比天恩也，桔槔比宰相功业之就，已退闲矣。时公在相州作。熟果比大臣黜落，时公在安州。觉范旧游天觉之门，宜其论诗之相似也。余谓论诗若此，皆非知诗者。善乎山谷之言曰：彼喜穿凿者，弃其大旨，取其发兴于所遇，林泉人物，草木鱼虫，以为物物皆有所托，如世间商度隐语者，则诗委地矣。"

最奇怪的，梅圣俞是北宋的名诗人，与苏舜钦齐名，也是北宋诗坛四大家之一欧阳修的好朋友，他的诗作无论在生前死后，评价都很不错的，但他也会这样捕风捉影地谈诗。胡仔斥为"皆非知诗者"，黄庭坚斥为"则诗委地矣"，都说得对。

这种说诗方法如果上溯到它的源头，那就碰到牌子最老、势力很大的儒家学派的说经方法。你只要看看儒家学派的徒子徒孙们对《诗经》第一篇《关雎》是怎样解得一塌糊涂，便就很明白了。

无论是用赋体写的，还是用比兴体写的，都可以疑神疑鬼，胡乱解释，不但对诗词如此，甚至侵入到小说领域里来。鲁迅在《〈绛洞花主〉小引》里说："《红楼梦》……单是命意，就因读者的眼光而有种种：经学家看见《易》，道学家看见淫，才子看见缠绵，革命家看见排满，流言家看见宫闱秘事。"我们只要看看新旧红学家对

《红楼梦》的任意践踏，不很容易想起"读者的用心何必不然"吗？

有了用比兴方法创作的作品，然后才有用比兴方法来欣赏作品。为什么要用比兴体进行写作呢？不外一个是政治上的原因，一个是艺术上的原因。据我看，艺术上的原因要比政治上的原因来得早而普遍，但古人也很重视政治上的原因。当祖国受到异族的蹂躏，或对腐败的封建统治者有所不满，作者就使用美人香草的传统手法，把满腔悲愤倾泻到作品里。说得曲曲折折，若有若无，或许能暂时留存下来，或传播开去。南宋遗民某些爱国诗篇和咏物词，可以作为例子。至于艺术上原因，就有关到形象思维问题，非三言两语就能说得清楚了。

以比兴手法进行创作，有它存在的理由。但我们对那些作品应该如何来理解呢？一、找作者同时代的人的记载，如果有关这些诗词的本事记录，再结合作者的身世遭遇，有真凭实据的，当然可以字笺句释，但也不能释得太死。何况有些本事亦未可全信。二、没有根据的，但词意表现得还显豁，我赞成谢章铤的意见，可神会而不可言传。三、如果词意十分隐晦，无从理解，只好阙疑，承认自己不懂。切忌大胆假设，捕风捉影。

一九七六年八月二十三日

诗 史

一个诗人作品被称为诗史，大概是对于这个诗人的最高褒奖了。"诗史"最早见于《唐书·杜甫传》："善陈时事……世号诗史。"怎样才算善陈时事呢？

范文澜说："杜甫诗写当世时务，号称'诗史'，白居易讽谕诗也写时务，同样是'诗史'。"现在举白居易《白氏长庆集》的《阴山道》作为第一个例子。

《阴山道·疾贪虏也》：

阴山道，阴山道，纥逻敦肥水泉好。每至戎人送马时，道旁千里无纤草。草尽泉枯马病赢，飞龙但印骨与皮。五十匹缣易一匹，缣去马来无了日。养无所用土非宜，每岁死伤十六七。缣丝不足女工苦，疏织短截充匹数。藕丝蛛网三丈余，回纥诉称无用处。咸安公主号可敦，远为可汗频奏论。元和二年下新敕，内出金帛酬马直。仍诏江淮马价缣,从此不令疏短织。合罗将军呼万岁,捧授金银与缣彩。谁知黠虏启贪心,明年马来多一倍。缣渐好,马渐多。阴山虏,奈尔何。

这首《阴山道》是写唐与回纥设立马市的。在新旧《唐书》中几乎句句可以找到史实根据。《新唐书》五一《食货志》："时回纥有助收西京功,代宗厚遇之,与中国婚姻,岁送马十万匹,酬以缣帛百余万匹,而中国财力屈竭,岁负马价。"《旧唐书》一九五《回纥传》说:"回纥恃功,自乾元之后,屡遣使以马和市缯帛,仍岁来市,以马一匹易绢四十匹。动至数万马,其使候遣,继留于鸿胪寺者非一。蕃得帛无厌,我得马无用,朝廷甚苦之。是时特诏厚赐遣之,示以广恩,且俾知愧也。是月(大历八年十一月)回纥使使赤心领马一万匹来求市,代宗以马价出于租赋,不欲重困于民,命有司量入计,许市六千匹。……(贞元)八年七月,以回纥药罗葛灵检校右仆射……仍给市马绢七万匹。……回纥请和亲,宪宗使有司计之,礼费约五百万贯,方内有诛讨,未任其亲。"唐与回纥马市是唐代财政一大问题,到德宗建中元年(780)积欠马价绢多达一百八十万匹。《旧唐书》一二七《源休传》:"可汗使谓休曰:'……所欠吾马直绢一百八十万匹,当速归之。'"到807年,唐宪宗曾一次偿还积欠,不料第二年回纥驱来比常年多一倍的病弱马,要唐收买。

这首诗甚至一些细节数字也有根据。"缣丝不足女工苦，疏织短截充匹数。藕丝蛛网三丈余，回纥诉称无用处。"《旧唐书》四八《食货上》："开元八年正月敕：'顷者以庸调无凭，好恶须准，故遣作样，以颁诸州，令其好不得过精，恶不得至滥，任土作贡，防源斯在。而诸州送物，作巧生端，苟欲副于斤两，遂则加其丈尺，至有五丈为匹者，理甚不然。阔一尺八寸，长四丈，同文共轨，其事久行，立样之时，亦载此数，若求两而加尺，甚暮四而朝三，宜令所司简阅，有逾于比年常例，丈尺过多，奏闻！'"唐代定制丝织品以四丈为一匹，而回纥马价缣一匹只有三丈多，还是疏织，回纥自然有意见了。

这首诗句句有史实根据，如果仅具备这个条件，是否就可称为诗史呢？不，它只是史，而不是诗。

这首诗也和白居易另一些优秀作品一样，还具备另一个艺术条件：剪裁妥当，用词妥帖，音调铿锵，"百斛明珠一一圆，丝毫无恨彻中边"（王若虚句）。

钟惺评曹操《蒿里行》云："汉末实录，真诗史也。"举《蒿里行》为第二个例子。

《蒿里行》：

关东有义士，兴兵讨群凶。初期会盟津，乃心在咸阳。军合力不齐，踌躇而雁行。势利使人争，嗣还自相戕。淮南弟称号，刻玺于北方。铠甲生虮虱，万姓以死亡。白骨露于野，千里无鸡鸣。生民百遗一，念之断人肠。

　　这首诗上十句是写189年（中平六年）董卓乘外戚与宦官互相残杀的机会，带兵入京，阴谋篡国，废了少帝刘辩，立献帝刘协。190年（初平元年）关东各州首领组织联军，起兵讨伐董卓的经过，以及后来军阀混战情况。查核了陈寿《三国志》，也都有史实根据的。陈寿《三国志·魏书·武帝纪第一》："会灵帝崩，太子即位，太后临朝。大将军何进与袁绍谋诛宦官，太后不听。进乃召董卓，欲以胁太后，卓未至而进见杀。卓到，废帝为弘农王而立献帝，京都大乱。卓表太祖为骁骑校尉，欲与计事。太祖乃变易姓名，间行东归。……卓遂杀太后及弘农王。太祖至陈留，散家财，合义兵，将以诛卓。冬十二月，始起兵于己吾，是岁中平六年也。初平元年春正月，后将军袁术、冀州牧韩馥、豫州刺史孔伷、兖州刺史刘岱、河内太守王匡、渤海太守袁绍、陈留太守张邈、东郡太守桥瑁、山阳太守袁遗、济北相鲍信同时俱起兵，众各数万，推绍为盟主。太祖行奋武将军。二月，卓闻兵起，乃徙天子都长安。卓留屯洛阳，遂焚宫室。是时绍屯河内，邈、岱、瑁、遗屯酸枣，术屯南阳，伷屯颍川，馥在邺。卓兵强，绍等莫敢先进。太祖曰：'举义兵以诛暴乱，大众已合，诸君何疑？向使董卓闻山东兵起，倚王室之重，据二周之险，东向以临天下，虽以无道行之，犹足为患。

今焚烧宫室,劫迁天子,海内震动,不知所归,此天亡之时也。一战而天下定矣,不可失也。'……太祖到酸枣,诸军兵十余万,日置酒高会,不图进取。太祖责让之,因为谋曰:'……今兵以义动,持疑而不进,失天下之望,窃为诸君耻之!'邈等不能用。……刘岱与桥瑁相恶,岱杀瑁,以王肱领东郡太守。袁绍与韩馥谋立幽州牧刘虞为帝,太祖拒之。……二年春,绍、馥遂立虞为帝,虞终不敢当。夏四月,卓还长安。秋七月,袁绍胁韩馥,取冀州。……袁术与绍有隙,术求援于公孙瓒,瓒使刘备屯高唐,单经屯平原,陶谦屯发干,以逼绍。太祖与绍会击,皆破之。"《三国志·魏书·董二袁刘传第六》:"绍自号车骑将军,主盟,与冀州牧韩馥立幽州牧刘虞为帝,遣使奉章诣虞,虞不敢受。"又"兴平二年冬,天子败于曹阳。术会群下谓曰:'今刘氏微弱,海内鼎沸。吾家四世公辅,百姓所归,欲应天顺民,于诸君意如何?'众莫敢对。主簿阎象进曰:'昔周自后稷至于文王,积德累功,三分天下有其二,犹服事殷。明公虽奕世克昌,未若有周之盛,汉室虽微,未若殷纣之暴也。'术嘿然不悦。用河内张烱之符命,遂僭号。以九江太守为淮南尹。置公卿,祠南北郊。荒侈滋甚,后宫数百皆服绮縠,余粱肉,而士卒冻馁,江淮间空尽,人民相食。"又裴松之注《武帝纪》引《献帝起居注》曰:公上言:"大将军邺侯袁绍,前与冀州牧韩馥立故大司马刘虞,刻作金玺,遣故任长毕瑜诣虞,为说命录之数。又绍与臣书云:'可都鄄城,当有所立。'擅铸金银印,孝廉计吏,皆往诣绍。绍从弟济阴太守叙与绍书云:'今海内丧败,天意实在我家,神应有征,当在尊兄。南兄臣下欲使即位,南兄言,以年则北兄长,以位则北兄重。便欲送玺,会曹操断道。'绍宗族累世受国重恩,而凶逆无道,乃至于此。辄勒兵马,与战官渡……"

上十句诗,虽然于史实上皆班班可考,但我们作为诗来欣赏,只觉得史实罗列实在有点枯燥无味,待到我们读到"铠甲生虮虱,万姓以死亡……"以下六句,才觉得形象地反映了那个丧乱时代的人民苦难。有了下六句诗,才补充了上十句诗味的不足,才成为一篇完整的好诗。

最后举最早被人称为"诗史"的杜甫的代表作的"三吏""三别"为例。且不管近年研究者指出杜甫的"三吏""三别"是站在吏的立场,杜甫不能称为"人民诗人"。但谁也不能否定这一组诗是千古传诵的名篇,是杜甫的刻意之作,确能把安史之乱时靠近前线的真实面貌很简洁地描画下来。

758年,肃宗朝元元年秋天,杜甫因疏救房琯,被谪贬为华州(今陕西华阴市)司功。冬天他回到洛阳。那里郭子仪、李光弼、李嗣业等以六十万大军包围安庆绪于相州(今河南安阳)。安庆绪坚守以待史思明。史思明自魏州（故城在河北大名县东）引兵趋相州。759年三月，两军战于安阳河北，大风忽起，吹沙拔木，咫尺不辨。两军各南北溃退，弃甲仗辎重无数。郭子仪切断河阳桥，保卫东都洛阳，李光弼、王思礼等撤回，其余溃归本镇。杜甫正是这时回到洛阳又离开洛阳的。杜甫由洛阳回华州的时候，一路上的见闻写成这六首名篇。

这次战役是唐代最大规模的战役之一，朝廷集中了六十万部队，而军事首领郭子仪、李光弼、李嗣业、王思礼等都是唐代的名将，安、史一方也动用了最精锐的部队。这样大战役，肯定将来要写上史书的。战役发生于759年三月，而杜甫是前一年冬天回洛阳，到战役溃败后再离开洛阳的，洛阳正是靠近前线。但杜甫那时没有去描写这场大战役双方的军事部署，也没有描写双方士气以及溃败后的惨状。杜甫写了些什么呢？

《新安吏》是写诗人在新安路上见到正在拉兵的情况，差官对他说，这个小县已经拉不到壮丁了。上头来了命令，连十八岁的中男都要了。他看到来送行的都没有男人，有的是母亲来送，有的甚至没有人来送行。"白水暮东流，青山犹哭声。"多么凄惨。于是诗人对她们说："不要哭吧！你们就是哭瞎了眼睛，'天地终无情！'这回参加的部队，劳役不会很重，况且军事长官是左仆射郭子仪，他对待兵士就像父兄对待子弟一样。"

《石壕吏》是写诗人在石壕村一个小客店投宿，恰好那夜来拉兵，店主人老头子怕得爬过墙头逃跑了。只有老太婆开门去应付。她向嚎叫的差官诉说：三个男孩子都到相州当兵了，一个孩子最近捎信回来说，那两个孩子已经打死了。我家中再没有男人，只有穿得破破烂烂的媳妇与吃奶的孙子。我这老婆子虽然年老力衰，没有办法只好跟你去部队应差服役。"夜久语声绝，如闻泣幽咽。"诗人第二天登上旅途时，只和逃回来的老头子一人告别了。

　　《潼关吏》是写诗人到了潼关，看到在筑新城。监督筑城的差官向诗人介绍了潼关形势的险要，说军事上利于固守，"丈人视要处，窄狭容单车。艰难奋长戟，万古用一夫。"诗人很同意差官意见，并说守城的将领应以哥舒翰的桃林惨败为鉴戒。

　　《新婚别》是写丈夫去从军，暮婚朝别，新娘子与丈夫泣别时说的一番话。"君今往死地，沉痛迫中肠！誓欲随君去，形势反苍黄。勿为新婚念，努力事戎行。"新娘子的话说得慷慨激昂。"仰视百鸟飞，大小必双翔。人事多错迕，与君永相望。"也写出不胜依依的感情。

　　《垂老别》写一个老人去从军，临别时与老伴互怜互慰。老人对老妇"孰知是死别，且复伤其寒"。老妇对老人"此去必不归，还闻劝加餐"。最后老人觉得"万国尽征戍，烽火被冈峦。积尸草木腥，流血川原丹。何乡为乐土，安敢尚盘桓"。只好丢下草蓬与老妇，非常伤心地走了。

《无家别》写一个从相州溃败逃回来的战士，他看到故乡原是个百余家的大村子，现在男人都没有了，只有一二个老寡妇幸存下来。他正要重整家园，县官知道他回来，又拉他在本县当兵。"近行止一身，远去终转迷。家乡既荡尽，远近理亦齐。"可怜从前相依为命的老母，现在也死了，一个人弄得无家可别，最后喊出了：这样老百姓还能活得下去么？

这一组诗，除《潼关吏》外，都是写拉兵的，安史之乱，兵祸连年。壮丁拉完了，中男也要，昨夜结婚的，今天就得去当兵。中男拉完了，老头子也要。一家三个孩子都去当兵了，还要来拉兵，老头子逃走了，老太婆也要。儿子当兵去，做母亲的无人赡养，病了，死了，一个百余户大村子，只剩下一二老寡妇，自然蓬蒿满地，狐狸成群。诗人形象地描写了洛阳一带田园荒芜、人烟几乎灭绝的景象。当然，这六首诗所写到的人，都是老百姓，是无名氏，潼关那个监工的吏，石壕村那拉兵的吏，也都是无名氏，都不会记上史书的。这些拉兵的具体事例，也不会写上史书的。但这六首诗确是善陈时事，是真实地反映了安史之乱时，国破家亡的惨状，是真实的时代记录。这些诗是杜甫的代表作，杜甫因为写了这些诗，被人戴上"诗史"的桂冠的。

钱锺书先生在《宋诗选注序》里说："我们可以参考许多历史资料来证明这一类诗歌（指可找史实根据的诗歌）的真实性，不过那些记载尽管跟这种诗歌在内容上相符，到底只是文件，不是文学。只是诗歌的局部说明，不能作为诗歌的唯一衡量。……反过来说，要是诗歌缺乏这种艺术特性，只是枯燥粗糙的平铺直叙，那末，虽然它在内容上有史实的根据，或者竟可以补历史记录的缺漏，它也只是押韵的文件。……因此，'诗史'的看法是个一偏之见。诗是有血有肉的活东西，史诚然是它的骨干，然而假如单凭内容是否在史书上信而有征这一点来判断诗歌的价值，那就仿佛要从爱克司光透视里来鉴定图画家和雕刻家所选择的人体美了。"我在上面解剖了三只麻雀，再引了钱锺书先生这段话，对于他所说的"诗史"的看法是个一偏之见、"押韵的文件不选"等语，就理解透彻一些了。这些话都是解释了怎样才算是善陈时事。对于某些古典文学研究者发现某篇诗有史实根据，不管艺术特性就大喊大叫起来，或者看见写到一个重大历史题材当作宝贝，因此忽略了某些作品看来题材并不是重要历史事件而能反映历史面貌的人，上面的话或许有借鉴价值。

一九七七年七月二日丁巳小暑前五日写

陈言务去,词必己出

韩愈在文学语言方面说了两句很有名的话:"惟古于词必己出。""惟陈言之务去。"这两句话对后世影响很大。

范文澜在《中国通史简编》第三编第七章说到韩愈派诗人时:"元稹《上令狐相公诗启》里说:'江湖间多新进小生,不知天下文有宗主,妄相仿效,而又从而失之,遂至于支离褊浅之词皆目为元和诗体。……司文者考变雅之由,往往归咎于稹。'通俗化的诗被新进小生转展仿效,变成支离褊浅庸俗化的诗,陈言滥调,充满诗苑,这在元白是始料所不及的。要挽救庸俗化的弊风,需要强弓大戟般的硬体诗来抵消元白末流的软体诗。韩愈一派的诗人,很好地负起了挽救的责任。"这一段叙述是不正确的,很容易使人误解为,韩愈看到元白末流的陈言滥调的软体诗，才创作硬体诗来挽救。

白居易生于772年（唐代宗李豫大历七年），死于846年（唐武宗李炎会昌六年）。元稹生于779年（唐代宗李豫大历十四年），死于831年（唐文宗李昂大和五年）。韩愈生于768年（唐代宗李豫大历三年），死于824年（唐穆宗李恒长庆四年）。韩派诗人孟郊生于751年（唐玄宗李隆基天宝十年），死于814年（唐宪宗李纯元和九年）。贾岛生于779年（唐代宗李豫大历十四年），死于843年（唐武宗李炎会昌三年）。李贺生于790年（唐德宗李适贞元六年），死于816年（唐宪宗李纯元和十一年）。还有虞仝、樊宗师等年龄都相差不大。还有韩文的两个传衣人，李翱生于772年（唐代宗李豫大历七年），死于841年（唐武宗李炎会昌元年）。皇甫湜生卒不详，与李翱年龄相差也不会很大。孟郊大白居易二十一岁，韩愈大白居易四岁，贾岛和元稹是同年生的。这两个文学流派是同一时期在文坛上活跃着的。文学史上是有这样的例子，一个杰出的作家出现，很快形成了一个文学流派，同派的作家虽然风格上不无小异，但因为相互佩服，彼此影响，风格往往逐渐接近起来。也有另一样情况，两种不同流派，各自形成风格后，因为同时在文坛上活动，他们彼此往往向他们的风格的独特方面发展下去，以至两派差异越来越明显，以至截然不同。元和体诗与韩派诗就是属于后一种情况。韩愈所以提倡"陈言务去""词必己出"有一个重要原因，江左文风之华艳轻靡，隋文帝时就有人提出改革，但是未见效果，中间经过许多人努力，到韩愈、柳宗元才完成了这个古文运动。韩柳之前，虽然有许多人提倡改革，唐四六在社会上还是有势力。唐代诏令就规定用四六写的，一种文体被宫廷所采用，一定要枯燥无味死气沉沉的。四六文体句子短必然要多塞进典故，格式严，也必然呆板，陈词滥调。韩愈要改革这种文风，就强调了语言要独创。

"惟古于词必己出"是见于他写的《南阳樊绍述墓志铭》里的。樊宗师的诗文当时写了很多，现在有幸留下来的只有一篇《绛守居园池记》和一篇《蜀绵州越王楼诗》。《越王楼诗》有个序："绵之城，帝猖揭，掀明威……"谁也不懂他说的是什么。诗也一样古怪。当时号称涩体。更奇怪的韩愈会在写这个朋友的墓志铭中，对他大大称赞一番。宋人当然知道樊宗师的诗文是不成样子的，于是就替韩愈辩解。邵博《河南邵氏闻见后录》卷十四："樊宗师之文怪矣，退之但取其不相袭而已。曰《魁纪公》三十卷，曰《樊子》三十卷，曰《春秋集传》十五卷，表、笺、状、策、书、序、传、纪、记、志、说、论、赞、铭，二百九十一篇，道路所遇及器物门里杂铭二百二十、赋十、诗七百有十九。其评曰：'多乎哉！

古未有也。'又曰：'然而必出于己，不袭蹈前人一言一句，又何其难也。'又曰：'绍述于斯术，或谓至于斯极者矣！'曰'未有'，曰'难'，曰'极'，特取其不相袭耳，不直以为美也。故其《铭》曰：'惟古于词必己出，降而不能乃剽贼，后皆指前公相袭，从汉迄今用一律。'盖斥班固而下相袭者，退之于文，吝许可如此。"这真是梦话，他既震于韩愈的名，又觉得樊的诗文不像样，就胡乱说一通，以致不能自圆其说，既然不相袭不是美，又何必说难、极呢？这篇墓志铭再读下去："既极乃通发绍述，文从字顺各识职。"樊文甚至使人读不懂，他倒说是文从字顺，这哪里是"退之于文吝许可如此"，简直是廉价奉送。或许有人认为这是谀墓人习气，也是不对的。韩愈的儿子韩昶就是从"樊宗师学文"的（见俞正燮《癸巳存稿》韩昶条引"昶自作墓志铭"）。韩愈关于文学语言极为重要的主张，偏写在樊的墓志上，是可骇怪的。细推原因，也可得到解答。韩愈的文章确能符合文从字顺，而他的诗遣词造句就奇得有点近于怪。樊宗师《越王楼诗》："危楼倚天门，如阛星辰宫，桹薄龙虎怪，洄洄绕雷风。"韩愈《陆浑山火和皇甫湜用其韵》："虎熊麋猪逮猴猿，水龙鼍龟鱼与鼋。鸦鸱雕鹰雉鹄鹇，炰炰煨燖孰飞奔。"这两首诗如果作为一个人的作品，是很难辨认的。务去陈言的结果成奇，过于奇便成怪，过于怪便成涩。韩愈有些诗是过于奇近于怪了，只不到樊宗师怪极而成涩而已。韩愈派的诗文作者，也大都是或多或少有些怪气。

"惟陈言之务去"是韩愈在《答李翊书》中说的。我们再来看看韩愈传衣弟子李翱对"惟陈言之务去"是怎样理解的。李翱《与王载言书》论文云："义虽深，理虽当，辞不工，不成为文。陆机曰'怵他人之我先'。退之曰'惟陈言之务去'。假令述笑哂之状曰'莞尔'，则《论语》言之矣；曰'哑哑'，则《易》言之矣；曰'粲然'，则穀梁子言之矣；曰'逌尔'，则班固言之矣；曰'辴然'，则左思言之矣。吾复言之，与前文何以异？"这样理论不是令人十分奇怪吗？文字是千千万万人民群众的口头语提炼记录下来的，是又不断地在继承与创新，如果这语言是活的，虽千百年后还可用；如果是死的，必然受淘汰。虽然我国古代文字与语言差距很大，但总是逃不了这个规律。从上文看来，李翱并不是认为语言陈旧了，要来创新，而是认为前人用过的，一律不要用。如果依照他的理论，再经过几百年，光是写笑哂之状的辞，就非几百个不可。如果创造不出来，那就不要写。所以王若虚在《文辨》三里说："予谓文贵不袭陈言，亦其大体耳。何至字字求异，如翱之说，且天下安得许多新语邪？甚矣，唐人之好奇而尚辞也。"

李肇《国史补》说："元和之后，文笔则学奇于韩愈，学涩于樊宗师。"涩体是不成文理的怪物,居然有人学他,甚至在文坛上占有很大势力,谬种甚至流传到二百多年,这原因也是可以推究的:一、樊是韩派作家,被韩愈盲目吹捧了的。韩愈提出有名的文学语言主张是写在樊的墓志上,韩文的传衣人李翱又是这样来解释"惟陈言之务去"的,韩是古文运动的领袖人物,是古文运动的完成者之一。祖师爷的名气大,那些耳食之徒就连樊也盲目崇拜,学习起他的涩体来。二、古代文人大都好奇,也大都盲目崇古,涩体文章念不断、读不懂,只满眼是怪怪奇奇的冷僻的字,很像儒家经典《尚书》的气派,加上影响很大的韩诗有些怪怪奇奇的篇章与樊诗又非常相似,于是鱼目混珠,把彩色斑斓的破铜烂铁就当作周鼎商彝了。三、涩体是用字古怪语言反常的东西,比那写深入浅出的文章,是容易几百倍的,因为易学,大家也就谬托知音学起来了。

据说欧阳修看了樊的涩体,惊叹:"其怪奇至于如此!"1057 年(宋仁宗赵祯嘉祐二年),欧阳修被任为知贡举,凡举子试卷用涩体写的,一概黜落,樊的流毒至此才结束。用政治手段去提倡一种文风或打击一种文风,确实可以收到一定的效果,但往往是暂时的,不是根本的。最重要的是这时欧阳修的清丽流畅的诗文已经在文坛上占有牢固的地位了,他使涩体相形见绌。我举几点理由，论证一下：一、江左文风在隋文帝时便有李谔上书提出改革，这回李谔也是提议用行政手段进行改革，建议如发现有人用江左文体写公文，便拿办；当时也确有被拿办了的例子。但李谔那篇上隋文帝的文章，也是掉在江左骈俪文风的势力圈里，脱不出来。这样改革便无成效，到唐代贞观时期，魏徵、李百药等大呼要改革江左文风，但魏、李文章仍多用骈体。以后元结、陈子昂、刘知幾、萧颖士、李华、独孤及、柳冕等人也都提出改革文风，这些人虽然都曾致力古文运动，但都没有写出典范的作品来，所以也不见大效果。还是柳冕早就看出这个道理："小子志虽复古，力不足也。言虽近道，辞则不文，虽欲拯其将坠，末由也已。"待到韩柳出来，写出了典范作品，才完成了这个运动。二、西昆体在宋初也是盛极一时，待到梅尧臣、苏舜钦、欧阳修的诗出现后，才销声匿迹，这回并没有动用行政力量。三、明清的八股文是朝廷提倡的，是有关于读书人的出路问题，但士子早年拼命钻研八股，待到及第后，他们就把八股文当作敲门砖，丢了，埋头去作古文了。有识之士都鄙薄时文，不肯收入自己的集子。如果没有欧阳修那种清丽文风影响文坛，那些喜爱涩体的士子尽可在考试时揣摩试官的喜爱文体，当作敲门砖，待到及第后，又钻进书斋写涩体，那涩体就不会很快断种了。

一种文风的形成，往往是有所鉴戒，是合理的，有起补弊救偏的作用，同时也包含着谬误因素。待到它的末流，谬误因素就突出了，这时就有新文风形成来补弊救偏了。这在文学史上是屡见不鲜的，或许这是发展规律。

一九七七年七月六日丁巳小暑前一日

说"解"

惠洪《冷斋夜话》："白乐天每作诗，令一老妪解之。问曰：'解否？'妪曰：'解。'则录之，'不解。'则易之。故唐末之诗近于鄙俚也。"惠洪记录这个小故事，说明了对于白居易诗歌语言的通俗化工作，他是不赞成的，所以他把唐末诗歌近于鄙俚归咎于白居易。这种观点的错误是显然的。现在且不管它。问题在于这个故事的本身就是不真实的，是过分夸张的。首先，白居易一生写了那么多的诗歌，不可能"每作诗，令一老妪解之"。其次，这个妪是怎样一种老太婆？当然这种妪不是薛涛、鱼玄机，或是邓太妙、陈端生之徒，她可能是很普通的、阅历不多而又没有什么文学修养的老太婆，也可能是生活经验较为丰富，也具有粗浅的文学修养的老太婆。因为妪的不同，就会影响了"解"。第三，这个"解"是什么意思呢？如指白居易有心做到语言的通俗化、大众化，不用僻典，少用典故，或不用典故，不用希奇古怪的字，语言尽量做到接近口语，那么，老妪因为扫除了语言（文字）障碍，算是听"懂"了，那么这个"懂"也就是"解"，是极初步的，真正的"解"应该对作品的思想性、艺术性都有所领会。仅仅做到语言通俗化、大众化，只是做了使人"解"的初步工作。以现在很完整地流传下来的白居易诗篇来反证这个故事，这故事只能说明白居易为诗歌语言的通俗化、大众化确是花了很大的工夫的。他的诗篇很多，他把自己的诗篇分为讽谕、闲适、感伤和杂律四大类。反映生活面很广，内容也很复杂，儒、道、释思想都有，不但普通的妪不解（或许少数几篇能"解"），甚至诗人、诗评家们也不一定都解。惠洪是个有点名气的诗评家，他把晚唐近于鄙俚的诗认为是因白居易的诗的语言通俗化的结果，就是对白居易诗歌没有很好地理解。又如晚唐的司空图，他是名气比惠洪大得多的诗人和诗评家，他认为白居易的诗是"力勍而气孱，乃都市豪估耳"，也是没有很好地理解。《滹南王先生诗集》里有一篇诗题是《王子端云，近来陡觉无佳思，纵有诗成似乐天。其小乐天甚矣，予亦尝和为四绝》第一首有"寄语雪溪王处士，恐君犹是管窥天"。第四首说："从渠屡受群儿谤，不害三光万古悬。"王子端与群儿对白居易的诗歌都没有理解。这些人之所

81

以不理解白居易的诗，都不在于语言的障碍。所以"妪曰解"是很成问题的。或许说上面所举惠洪、司空图、王子端三例是对"解"要求过高的，那么举近代一个例子，我看更能说明问题。鲁迅先生的《野草》或他的杂文，大概一个初中学生都能看得下去的，懂不懂呢，我看绝大部分篇章是不懂的。

《苕溪渔隐丛话后集》卷三十三引《后斋漫录》云："无咎评本朝乐章……秦少游如'斜阳外，寒鸦万点，流水绕孤村'，虽不识字，人亦知是天生好言语。"这首词见影印明嘉靖本《淮海集》长短句卷上，调寄《满庭芳》。寒鸦"万点"作"数点"。这首词是不好解的，但这几句是从隋炀帝的诗移来，确是如晁所评，我们丢开语言障碍不谈，也丢开全词不谈，仅摘取这三句，因为这些景物很普遍、常见，只因人们不注意，待作者拈出，便觉得很美、有味。从这个例子，我们承认确有一种"雅俗共赏"的作品，只要排除了语言障碍，不管阅历深浅，文艺修养高低，都是易于领会的。如果认为这个例子尚不能确切说明问题，下面不妨再举几例。杜甫《又呈吴郎》："堂前扑枣任西邻，无食无儿一妇人。不为困穷宁有此，只缘恐惧转须亲。"只要有一些同情心的人，对这样的诗，一定能理解的。这样处境的人是习见的，这样的诗是容易激发人们共鸣的。既然能共鸣，也就是说读者接受了他的思想与艺术的感染力。尤袤断句"胸中襞积千般事,到得相逢一语无"。这种感情,许多人都有经验过,亲友久别重逢,心里有许多话要彼此诉说,都不知从那儿谈起。"问姓惊初见,称名忆旧容。"少年时的朋友,因为种种原因,几十年没有见面,偶然两人在一个陌生的地方相逢,彼此称"老王""老李",随后彼此问到名字,各人少年的形容在目前因年龄增长与生活上风霜雨雪所刻下深深皱纹间一闪,两人目瞪口呆,随后突然惊呼:"你是……"。长年作客,中秋的明月,新春的爆竹,都易使人"每逢佳节倍思亲"的。这些作品,如扫除了文字的障碍,老妪是能解的,打个粗俗的比方,就像树上成熟的果子,摘下来就可以吃的。更多的作品,就像肉、鱼、蔬菜,必经烹、炒、蒸、煮,并要加上调味品才好上口。还有如佳茗的香气、橄榄的回甘,往往更不是每个人都能领会的。这个所谓加工过程,就是要求人们具备多方面知识,诸如哲学、政治、历史等等知识,特别要有丰富的生活经历与艺术敏感。

苏轼的《石鼓歌》是已经有定评的名作,他写得典重、博大、壮阔。如果没有具备历史知识以及文字学知识,你就是把它译为纯粹的口语,读给老妪听,也是徒然的。又如韩愈的《石鼓歌》也一样。李商隐的《韩碑》,非具有历史知识就不知所云。

苏轼在元丰二年(1079)二月移知湖州,五月,写了一首《端午遍游诸寺，得"禅"字》诗，中有"微雨止还作，小窗幽更妍。盆山不见日，草木自苍然"句，作者说："非至吴越，不见此景。"李慈铭说："江南三月之末，四月之初，阴晴饾饤，众绿悄然。此二十字妙能写之，令人神往。"这是典型的江南水乡梅雨季节的风物，生长在西北而没有到过江南的人，对这几句诗的妙处就难于理解。北齐大将斛律金所唱的《敕勒歌》："敕勒川，阴山下，天似穹庐，笼盖四野。天苍苍，野茫茫，风吹草低见牛羊。"这是一首歌唱草原的辽阔与牛羊的繁盛的歌，非常形象地写出西北大草原的特殊景色。没有到过西北大草原的江南人，对这首诗的妙处也较难理解。没有亲临其境是否就不能理解呢？不一定。但必须借助于丰富的各样知识，加上极为活跃的艺术想象力，才能克服地理隔阂，把文字纪录加工还原为活生生的形象，从脑子里显现出来。

　　颜之推《颜氏家训》卷四《文章第九》："王籍《入若耶溪》诗云：'蝉噪林愈静，鸟鸣山更幽。'江南以为文外断绝，物无异议。简文吟咏，不能忘之。孝元讽味，以为不可复得，至《怀旧志》载于《籍传》。范阳卢询祖，邺下才俊，乃言：'此不成语，何事于能？'魏收亦然其论。《诗》云：'萧萧马鸣，悠悠斾旌。'《毛传》曰：'言不喧哗也。'吾每叹此解有情致，籍诗生于此耳。"这种意境，非有高度的艺术修养，还要细心玩味，才能心领神会。不然，是很容易看成"不成语"的，甚至卢询祖、魏收也不能理解了。陶渊明《饮酒》第五，也不是轻易能够理解的，这一首是陶的代表作之一。

鲁迅《二心集·"硬译"与"文学的阶级性"》："自然，'喜怒哀乐，人之情也'，然而穷人决无开交易所折本的懊恼，煤油大王那会知道北京捡煤渣老婆子身受的酸辛，饥区的灾民大约总不去种兰花，像阔人的老太爷一样，贾府上的焦大也不爱林妹妹的。"自从人类有了阶级之后，因为阶级的隔膜，彼此的思想感情必然不同，对彼此生活的理解也就不同的。李绅的《悯农》："春种一粒粟，秋收万颗子。四海无闲田，农夫犹饿死！""锄禾日当午，汗滴禾下土。谁知盘中餐，粒粒皆辛苦？"这样的诗，刘姥姥一听就能理解，因为大观园吃一次螃蟹要花那么多银子，会使她大吃一惊。贾母对这样的诗，就不会理解的。宝玉呢？他可能会理解，虽不深刻。因为他能指出稻香村是个赝品，也肯去看被撵出后的晴雯，肯坐在与他的生活环境有天渊之别的肮脏地方。至于薛蟠公子，他一看一定会说："去你的，他妈的闲扯淡！""不论天有眼，但管地无皮！"穷百姓一听，不是义愤填膺，便是热泪盈眶。至于贪官们看了，定会骂你是"造谣污蔑"，给你五十大板还算是恩情比得天高地厚。"笙歌归院落，灯火下楼台。""舞低杨柳楼心月,歌尽桃花扇底风。"这是生活于别一世界的人们,易于理解的。是否因为阶级不同,就绝对不能理解描写别一阶级的艺术品呢?不!可以理解。如封建官僚只要他在不同程度上背离自己的阶级,他对描写农民生活的作品,也就有不同程度的理解。诗人李绅、洪咨夔就是封建官僚。饥民当然不会领略有钱的老太爷种兰花的闲情逸致,但一群有钱的老太爷都种了兰花,他们对闲情逸致的领会也不完全一样。一群无产阶级的人都去创作以北京捡煤渣老太婆为素材的诗歌,作品也会有高下。如拣出一篇最优秀捡煤渣歌向一群同阶级的人们朗诵,听的人领会也会有深浅不同。这不但要在思想上找原因,还应该从艺术修养的角度来考虑。

韦询《刘宾客嘉话录》:"阎立本善画,至荆州,见张僧繇旧迹,曰:'定虚得名耳。'明日又往,曰:'犹近代佳手。'明日又往,曰:'名下定无虚士。'坐卧观之,留宿其下,十日不能去。"又"率更令欧阳询行见古碑,晋索靖所书,驻马观之,良久而去,数百步复还,下马伫立,疲倦则布毯坐观,因宿其下,三日而去。"张僧繇、阎立本都是第一流画家,索靖、欧阳询都是第一流的书法家,为什么名手去欣赏名手的作品,初看会觉得没有什么了不起,待到再看、三看,才入迷了,甚至留宿其下数日才去呢?是的,文艺史上确有许多作品,不是一下子就能领会到它的妙处的，只有经过细细玩味，再三推敲，才慢慢叫你成为他的艺术的俘虏。苏轼说："好书不厌百回读，熟读深思子自知。"这样作品就不能"妪曰解，则录之"，把妪的意见作为价值的标准了。陈师道《后山集》卷十九《谈丛》也记录了阎立本这个故事，后面还有几句短评："阎立本观张僧繇江陵画壁，曰：'虚得名尔。'再往，曰：'犹近代名手也。'三往，于是寝食其下，数日而后去。夫阎以画名一代，其于张，高下间尔，而不足以知之。世之人强其不能而论能者之得失，不亦疏乎？"能者是少数，不能者是多数，的确有一种思潮，认为艺术也应该像选举或表决一样，少数服从多数，这是一种偏颇。但陈师道认为"不能而论能者之得失"就是"不亦疏乎？"也是一偏之见。诗人评论诗人的作品，不一定会比不写诗或写不好诗的诗评家来得准确。资产阶级的文艺批评家因为带着资产阶级的艺术偏见去评论无产阶级艺术，往往不及人民群众来得准确。还有一种情况，特别雄辩地说明这个问题，就是古老的地方小戏的一些优秀的小节目，几乎完全是以无数无名的"口头文艺评论家"的意见而存留下来的。

还有一种情况，好像是题外的话，但又必须在这里谈一谈的。《苕溪渔隐丛话后集》卷二十三："永叔云：知圣俞诗者，莫如修。尝问圣俞，平生所得最好句，圣俞所自负者，皆修所不好，圣俞所卑下者，皆修所称赏。盖知心赏音之难如是，其评古人诗，得无似此乎？"有人解释这件事说是欧阳修嫉妒梅圣俞的诗好，故意来个捣蛋。我看是不可能的。欧阳修是梅圣俞的好朋友，他的官阶与学术地位都比梅高，当时是文坛盟主，他的诗也确比梅诗高一头，他又喜奖掖后进。苏轼在《与谢民师书》里说欧阳修把文章比作精金美玉，市有定价，不是口舌所能争的。他们都是大诗人。一个诗人对自己所写的诗的品评，应该说是正确的，但欧的诗比他还要好，各方面的修养比他都要高一些，对个别篇章意见有不同，是不奇怪的，但意见适得其反，这就极为奇怪了。但我们不能就此得出结论，认为文艺批评是漫无标准的。妪曰解，是不可靠，而文艺批评家也是胡说八道，各打五十，文艺批评就是一笔糊涂账，喜欢怎样说就怎样说好了。文艺批评是一种科学，不容许以虚无主义来对待它。但是这种现象又作如何解释呢？我看，如果记录这件事没有太夸张的话，那是两人美学观点的不同。

强行父所追记的唐庚《文录》（强行父在宣和元年与唐庚共处一段时间，记录了唐庚论文之语。后经兵火，不复存。二十年后追记了三十五条。这些意见姑且算是唐庚的意见）："古之作者，初无意于造语，所谓因事以陈辞，如杜子美《北征》一篇，直纪行役尔，忽云：'或红如丹砂，或黑如点漆，雨露之所濡，甘苦齐结实。'此类是也。文章只如人作家书乃是。"唐庚要求作者写文章要像写家信一样通畅明白,这也接触了通俗化问题。但他提出古之作者初无意于造语,举《北征》四句,来论证"如人作家书乃是",就太含糊,不能说明问题。无怪王若虚在《滹南遗老集》卷三十九《诗话》里要驳斥他:"慵夫曰:子西谈何容易,工部之诗,工巧精深者何可胜数,而摘其一二,遂以为训哉。正如冷斋言乐天诗必使老妪尽解也。夫《三百篇》中,亦有如家书及老妪能解者,而可谓其尽能乎?"王若虚也只举出诗的"祖宗"《三百篇》中有不像家书及老妪不能解者为理由,不肯深入剖析,也没有谈到问题的实质。古代诗文论,大都写得太简略,虽有许多宝贵的意见,很多是不成片段。

一个作者要做到语言通俗化、大众化,使多数人能解,这是好的,是一个人民作家应有的职责,这是一方面。但大众要真正能"解",又必须具有多方面条件迎上去,才能接受。把任何一面绝对化都不免偏颇。

一九七七年九月二十三日丁巳中秋前四日写

中编

俯拾集

关于张鹏翼先生的诗

一

从清末到民国中后期,平阳县(含今苍南)有不少写旧体诗的诗人,如刘绍宽、黄梅生、鲍潜、王理孚、周喟等等。声名最大的是刘绍宽。刘绍宽是张家堡杨家的外甥,据说杨家和瑞安孙家、黄家都有关系。刘绍宽在清末主持温州中学堂,便是大学者孙诒让推荐的。所以平阳的老诗人,都是渊源有自。张鹏翼先生就是刘绍宽的学生。

光绪三十一年(1905)废科举,这些诗人已有功名的,也就到此为止。八股文、赋得体诗不用写了,诗完全脱离了功利,只作为名山事业来写。他们先后组织了无闻社(1914)、戊社(1928)、筠社等诗社,以文会友。张先生一句诗很准确地概括了这些诗社活动:"结习未忘文字欢。"五四运动后,白话诗、白话文占了文坛的主导地位，这些诗人也步入中晚年了。抗日战争开始后，诗社活动也就逐渐冷落而终于停止。这些老先生都是张先生的前辈，后期的诗社，张先生也去参加了，他认为旧体诗还是有生命力的，不会因时光的流逝而消失，所以他写诗和从事书法一样一直坚持下来。

二

书法史上评价最高的是二王，诗史上评价最高的是李杜。张先生书法是从孙过庭上溯二王，他的诗是宗杜甫的。他说杜诗体兼众妙，得到一体，便足名家。他教导学生不要走捷径，要先攻一家，从正宗入手，然后旁征博采。他研究杜诗工夫是很深的。

但是，诗史上又有所谓唐宋诗的分别，这不是从朝代分期说的，而是从风格上分的。近现代诗论家就说过，所谓唐诗不一定出于唐人，所谓宋诗不一定出于宋人。唐代的杜甫、韩愈、白居易等是唐人开了宋调的；宋代的白石、四灵等，是宋人之有唐音的。即使一个人，少年才气横溢，所写诗往往近于唐音，到晚年思虑深沉，所作就易近于宋调。首先解决这个理论问题，再来看张先生的诗，就好理解了。如张先生诗《厚庄师归自海上相见之下赋此呈正》："坐中宾主东南美，梦里河山鼓角哀。海国蜃楼多变幻，乡园梅信正归来。"我们就很容易联想到杜甫的那些实大声宏的作品。待到 1972 年，张先生有首赠苏渊雷先生诗："谬推句法黄陈律，洗伐无功鬓已丝。"苏先生说他学宋人黄庭坚、陈师道，他不但没有异议，后来还对我说，苏先生诗的修养很高，眼光锐利。近十多年，他时常看黄庭坚诗，他有的诗也近于宋诗，就不奇怪了。

温州历代诗人中，最有影响的，不是平阳的林景熙、陈高，不是乐清的王十朋、李孝光，也不是永嘉的叶適，而是四灵。四灵是开江湖派的诗人，在南宋中后期，江湖派几乎夺取了江西派的地位。江湖派反对江西派"资书以为诗"，所以他们就尽量采取白描手法。江西派推崇杜甫，江湖派就抬出晚唐的"二妙"（姚合、贾岛）。四灵是唐音，准确地说是晚唐之音。虽然四灵在诗史上占了一席地位，但张先生从来没有教导我们去学四灵，再三说可以学林景熙，因为林景熙是学杜甫的，而四灵毛病是"贫薄"。

三

既然说张先生诗是学杜甫的，到底有哪些迹象呢？下面举五组例子。

例一，学那雄阔高浑、实大声宏的，张先生诗：

"海上斯才见麟角，人间大道辟鸿濛。"（《寄怀厚庄

师海上》)

"壁间大句鸿留爪,坐上诸公雪满头。"(《和筠庄先生观斗楼雅集之作》)

"繁华劫换桑田后,涕泪哀余水国秋。"(《筠社雅集赋示希楚》)

"老我秋风疏鬓发,愁人烽火照江关。"(《次和姜啸樵先生九日神山寺登高作》)

杜甫诗:

"海内风尘诸弟隔,天涯涕泪一身遥。"(《野望》)

"锦江春色来天地,玉垒浮云变古今。"(《登楼》)

"五更鼓角声悲壮,三峡星河影动摇。"(《阁夜》)

这样一对比,就可以看出形神俱肖了。

例二,以文为诗,明白如话,不加雕饰的。张先生诗:

"秋色今年试一寻,便逢佳处拂尘襟。邀来词客语多妙,难得主人情更深。"(《李园赏菊次渊雷韵》)

"吾乡老宿交推誉,善不藏人说项斯。却喜天缘能见假,得亲风采慰相思。"(《赠胡辛庐先生》)

如果对杜诗细心体会,就有类似的诗:

"堂前扑枣任西邻,无食无衣一妇人。不为困穷宁有此,只缘恐惧转须亲。"(《又呈吴郎》)

例三,当句对。张先生诗:

"已过旧岁换新岁,却说新年胜旧年。"(《移家淮上

度岁作》）

"各有胜情兼胜具，难逢衣白对衣黄。"（《九日偕谢老侠逊游福星寺，访僧不值，篱菊又未花，怅然赋此》）

可能杜甫是写当句对的第一人，这也是学杜甫的。杜诗：

"即从巴峡穿巫峡，便下襄阳向洛阳。"（《闻官军收河南河北》）

"戎马不如归马逸，千家今有百家存。"（《白帝》）

例四，还有一种句式，用叠字，又很接近口语的。张先生诗：

"盈樽有酒微微醉，吐语如珠一一圆。"（《和渊雷寄寓怀葛楼晨起口占次韵》）

杜诗《江畔独步寻花七绝句》中就有：

"留连戏蝶时时舞，自在娇莺恰恰啼。"

"繁枝容易纷纷落，嫩蕊商量细细开。"

例五，杜诗中有《戏为六绝句》，以绝句论诗是杜甫开头的。前三首是对庾信、初唐四杰的具体评论，后三首是杜甫论诗宗旨。

张先生诗《1961年春县文化馆属购先哲金石书画择其中最佳者得十人各系以诗》是十首绝句，这是学习前三首的。后来又写了《论书四绝句》，是学习后三首的。

张先生对黄庭坚的诗也是下过工夫的，如：

"陡起散花大千界,伴他孤月十分明。"(《赏雪次渊雷韵》)

"关山迢递路三千,携眷行当腊八前,到日正圆淮上月,全家共聚客中天。"(《移家淮上有作》)

这些句子也容易使人联想起黄庭坚那些较轻快的诗和江西派著名诗人韩驹的诗。

四

杜甫诗:"读书破万卷,下笔如有神。"张先生很重视一个诗人的修养,他不但学习诗、古文,对佛教禅宗的典籍也很有研究。如:

张先生诗:"闻说维摩示疾中。"(《视梅冷生病赋呈》见《维摩诘经》)

又张先生诗:"那用安心入禅定,但求遮眼取书看。"(《除夕次马冷客韵》)

两句诗就用了禅宗两个典故。安心见《五灯会元》卷第一,初祖菩提达摩大师:"(慧可)曰:'我心未宁,乞师与安。'祖曰:'将心来,与汝安。'可良久曰:'觅心了不可得。'祖曰:'与汝安心竟。'"遮眼见《五灯会元》卷第五,药山惟俨禅师:"看经次,僧问:'和尚寻常不许人看经,为什么却自看?'师曰:'我只图遮眼。'"

而今始觉他山尊

当我到家已经是暮色苍茫了。一进门女儿便欢欢喜喜告诉我：昨天苏渊雷先生和镇波、光铭叔在自家过了一夜。这实在用得上"惊喜"二字。我只在平阳县城拜访过苏先生几次，他怎么会到我家来呢？我来不及细想，匆匆进入自己的房间，一眼便看到桌上摆着用毛笔书写的苏先生的诗和镇波的和诗。

苏先生诗：

雨水偕镇波访萧耘春渎浦，不值，因电约光铭至自灵溪，同宿小楼夜话，晓起题壁

乘兴山阴迹可论，客来主外一楼尊。
溪泉响答檐前响，屋漏痕添心上痕。
剧饮呼灯消永夕，传声觅伴壮吟魂。
三人同榻应难再，长忆萧家夜雨村。

惊喜之余，又不免有点担心起来。苏先生是海内著名诗人，镇波的诗也很好。礼尚往来，照理我应该也步原韵写一首。但我很清楚，诗，我能写到六十分吗？如果只写到三四十分，又要呈给苏先生看，这太丢人了。不免埋怨起镇波来，如果你不和，我可以赖账，赖账是不需要理由的。好在光铭也没有和，不成理由也可以成为理由。不料隔了数天，光铭的和诗也来了，一看，也写得很好。这一下我就逃不了了。于是我花了两三天时间去构思。雨夜、屋漏，三个人酒后挤在我的一张大床内论诗，这本身就是一个好题材。诗当以苏先生为主，镇波、光铭也得点到，那时我们四人的境遇又都不够顺畅。诗终于写成，又花了好几天琢磨琢磨，才定稿：

华岳岱宗不足论，而今始觉他山尊。

诗惊风雨来天外，笔走龙蛇留雪痕。

罢钓渔人还治水，离群才子漫销魂。

三人同梦应逢我，闭户摊书烟水村。

我又欢欢喜喜到平阳拜访苏先生，呈上诗。先生说：我知道你们都能写诗。先生是长者，很宽容。先生再看一遍，用手指点点第七句，笑一笑。

事隔十多年，苏先生从上海经平阳到苍南，那天是苍南县文联招待，许多人又围着他，要他留下墨宝。先生是很随和的，从袋子里拿出一根鸡毫笔。我说：拿酒来！

先生一手持酒杯，一手疾如风雨一张张挥写起来。写了四五张，我请先生写一对联，先生喝了一口酒，略略思索一下，我的纸刚裁好，先生便动笔：

西风故园萧家渡；夜雨秋灯白石村。

上联指居住在萧家渡的南宋名臣萧振，切我的姓。下联指我爱读宋代遗民林景熙的诗文集。景熙晚年居白石村。此联行草相间，笔飞墨舞，我说："好极了，请先生署名。"先生说："慢着，我还要写长跋呢！"于是先生忆起一年多前在我家住宿一夜事，先将上联左右写满，又将下联左右写满，说："我话还没有说完哩，再写一行。"又写上第五行，最后是："己巳初冬钵水识。"这真使我看得目瞪口呆，欢喜无量。当今书家几人能有如此诗才呢？

1976年冬，我去平阳拜访苏先生，先生出外散步去了。师母告诉我：大家老是请先生写字作画，先生主要精力不是放在这方面，你们应该要他说诗、讲史、谈禅。一会先生回来，我向先生请教关于苏轼诗几个问题。下午我再拜访苏先生，先生拿出一幅横卷，说：这是送给你的。我拿来一看，是《论诗绝句》五十二首手稿。前面有个短序：

丙辰五月，雨窗无俚，竭一日夜之力，得论诗绝句五十有二首。人不求备，意尽而止，首尾粗具，聊资省览之助云尔。

接下是五十二首绝句。最后写：

丙辰冬，偶书《论诗绝句》，适耘春过我，谈艺甚欢，即举以为赠，不自知其潦草无状也。遯园录稿。

这又一次使我大吃一惊。论诗绝句是很不容易写的，要论世、知人、知诗，如果不是诗史烂熟于胸，又能别出心裁，能写吗？何况仅一日夜，就能写出五十二首。先生说："这幅横卷送给你，你要为我写出注释来，因为论诗绝句是很不容易懂的。"我说："先生，我不能。我对诗的修养甚浅，是否能读得懂是个问题。我家藏书全被'文化大革命'革了，留存的笔记未必对得上号，记忆更不可靠。"先生说："不要怕，作注是锻炼人的一个好办法，使你能认真读、认真思考。书，我这里选一些带去，最后我还要为你改定。"我花了几个月才写出一些注释交给先生，心里总不踏实。

1983年，先生的《论诗绝句》在中州书画社出版了，他送了我一册。我翻了翻《后记》，竟有："稿成间加短注，其有未备，倩萧君耘春补充。"这真使我汗颜。后来我遇到先生，再三对先生说，以后此书如再版，千万要去掉这几个字。先生对后学的提携，是不遗其力的，这一点，我的朋友如陈镇波、王光铭、游寿澄等等，都有同感。

记忆：存留的残片

一

案头端端正正摆着一部用蜡纸刻印的《六祖法宝坛经》，这是佛教典籍中唯一的中国人著述而被尊为经的，是南宗禅最重要的一部经典。杨奔兄看到这个本子很惊奇，说："你在研究佛学吗？""不，我只当小说看，很有趣。我很佩服五祖，他居然会把禅宗衣钵传给一位不识字、在寺院中劈柴踏碓的人，而不是上座神秀。接下是数百人为争夺衣钵的追杀。极端残酷常见于古代的政治斗争，不料佛门亦如此。更怪的，残酷的政治斗争见于文人的记录中，往往为尊者讳，遮蔽、淡化。而此经中却写得明明白白，惊心动魄。六祖晚年，南宗禅在南中国大行，而这件神圣的达摩大师袈裟，六祖居然不传了。这些情节小说家能想象得出来吗？当然书中大部分是谈禅理的，即使谈禅，也写得不同一般。"杨奔说："那就借我一看。下回来，我借给你《维摩诘所说经》，你也会觉得非常有趣的。"不久，他果然把大乘佛教典籍中的一部小品带来了。我们交往多年，他借书给我时，从来不说这书要还给他的。这回是破例了，不但说要还，还叮嘱不要弄脏。在二十世纪六十年代，朋友中只有他有这种佛经。

听说他少时曾拜释昌定为师，是耶非耶，我未曾问他。我知道这位苦行僧识字不多，但有悟入。他对这位和尚很佩服，曾到大罗山拜访过。在他的散文集《深红的野莓》中有一篇《大罗山顶》，文中的琅师父，便是昌定师。在他另一本散文集《霜红居夜话》中有一篇《炎亭僧》，也是写昌定师的。没有故弄玄虚，只娓娓道来，如一泓清泉，映青天白云。美，一种淡淡的美。昌定师有两句偈："无云遮山顶，有月映波心。"几十年来，杨奔多次重复告诉我。

他喜欢和有修养的和尚交往，并非旧文人习气，也非佞佛。我与他同到过南京古鸡鸣寺、镇江金山寺、苏州西园寺、杭州灵隐寺、普陀的普济和法雨寺、宁波的天童寺、温州的江心寺等等名刹，都没有看到他礼佛。他只静静地看看，或许是在体味那种悲悯的气氛。

我喜爱书法，不时有人为亭台楼阁撰联，要我书写。

那写山、写水、写风霜雨雪、写草木虫鱼，有的看看颇好。也有人为寺院撰对联，只写他眼前所见风物，也还不失为聪明。如果偏要谈禅理，而一部佛经也未看，难免道三不着两。为寺院撰对联，杨奔是有他的长处的。

我俩都熟悉的某寺法师重建了大雄宝殿，要杨奔撰联，我书写。杨奔撰的联语是：

无云遮山顶，清昼见峰峦重叠。叹滚滚红尘，试问：三宝门开谁肯入？

有月映波心，良宵闻梵呗悠扬。值茫茫孽海，为言：菩提心发自然来。

此联有长跋，说明是集炎亭昌定、三峰谛印二高僧遗偈。上下联中首五字为昌定句，末七字为谛印句。

在共同纂修县志时，有必要到一个小有名气的风景点走走，顺便到一小寺院休息。杨奔看到壁上悬挂着手绘的《十八罗汉图》，注目一回，对我说："我画的要比这个好。"原来他还能画。据佛经，只有十六罗汉，宋代就弄错了，我建议他画一长卷。

二

我多次到张家堡杨奔兄的家，总是在下午四时前离开，因为我不惯在别人家过夜。这一天，四点前就下起雨来，不是廉纤雨，而是倾盆大雨，杨奔无论如何不让我走，说，到渎浦足有二十五里，路滑，我们话还没谈完哩。

急雨打窗，灯光朦胧，这时闲谈，别有滋味。突然我注意到他的壁上挂着一幅张裕钊的行书卷。我知道，张裕钊的字沈曾植很欣赏，康有为在《广艺舟双楫》里评价尤高。我看到多种张的字帖，都是楷书，总认为太平直。好是一回事，喜爱不喜爱又是一回事。这幅字实在写得太好了。"你怎样收到这种宝贝呢？"他笑起来说："这是民国时期的水印，旧书摊上得到的，很便宜。哪里称得上宝贝呢？"这时我才知道他对书法也很有兴趣。至于他颇有书卷气的小隶书和小篆书，是后来才看到的。

次日分手，他送我一本民国时期出版的纳兰性德的《饮水词》，因为他在我家看到我在1948年手抄的《漱玉词》和《南唐二主词》，认为我喜欢婉约派的作品。《饮水词》我认真读了，想不通这位明珠太傅的贵公子，为什么心中总有一种说不出的苦闷，词写得缠绵悱恻，集中有那么多的"愁"字。隔了好几年，我偶然填了一首词给他看，当他看到"同襟期，笑指门前柳"，很惊奇，说："误会了，原来你是学苏、辛、刘这一路，喜欢放开嗓子，大喊大叫的。"他曾经多次劝我写写旧体诗，说："你是拜师学的，丢了可惜。"我回答引了王婆的话："你看我着些甜，糖抹在这厮鼻子上,只叫他舐不着。"既然舐不着,干脆就不舐了。

与我同年龄段的朋友,好几位喜欢写旧体诗,杨奔写的诗,我是爱读的。他的不少诗我知道"本事",所以读来特别有兴趣。如《深红的野莓·跋》的最后的绝句:"欲将沥血呕心语,传与珠圆玉润人。"人生得知己,概率是很低的。"人生得一知己足矣",这是幸;"人在天涯""此恨绵绵",是不幸。这种幸与不幸很难说得清楚,或无可言说。文艺作品的另一半,是由读者完成的。像这样的诗,只有那位受者完成得最好。别的读者,无论生活阅历和想象力多么丰富,终是隔了一层。

三

在我的朋友中有好几位堪称手不释卷,杨奔兄是其中之一。他阅读范围很广,中外古今文史哲都喜欢涉猎,但并不是东放一枪,西放一枪,所有的阅读,都是为他的散文吸收营养、提高境界。他的散文又都是千字文,这就是他成功的诀窍。他编写过传记,介绍过风土,修过志,批过书,还写了堪称优秀的旧体诗词,但我认为他的散文是最好的,无愧是散文家。

好像是忘了又好像并不,他多次向我赞叹张岱的《陶庵梦忆》《西湖梦寻》写得好,特别对《闵老子茶》《湖心亭雪》赞不绝口。我说:"还有《扬州瘦马》。"他神秘地笑了,说:"老不正经。"

对现代作家散文,他很喜欢陆蠡的,几次对我谈起。在苏州一家书店里,《陆蠡散文集》突然在我眼前一亮,我就买下了。到家,没有看,立刻送给他。当时他很高兴,至于以后看完集子,是满意呢还是失望,我就不得而知了。

他的散文有许多篇是引用各种资料组成的,这不是"拉郎配",而是苦心经营。周作人的散文,许多篇章亦是如此。我以为他很喜欢周作人的,但他摇摇头,说:"周的散文太淡。"

他介绍给我看的第一本书是纪德的《地粮》,至今我仍记得是民国时期出版的,直排。译者忘了。他很认真地说:"这书,对你或许有帮助,你会喜欢这种风格的。"我偶尔写篇散文,他看了,说要放松一些。他每次看到我的散文,都说:再放松一些,再放松一些。就是最后回到龙港家之前,他还叫我看看纪伯伦的散文诗。这些都是肺腑之言。他追求美,也希望我的散文能写得美一些。

有一年他去帮助《民间文学三集成·苍南卷》的整理工作,他问我:整理民间故事难在哪里?我说:问题在于记录者不会或不愿做田野作业,听到几句话,便使出写小说的伎俩，敷衍成篇。语言问题更大。我随即送他一本《天牛郎配夫妻》，给他做参考。这是在我眼中整理得最好的一本民间故事。

由于境遇、所学种种不同，我们有时也会像聋人与聋人对话——你说你的，我说我的。好在，我们都很理解，绝不会放在心上。

四

有时我俩共同参加长达数天的会议，杨奔兄从始至终未说过一句话。人们都很奇怪，认为他是"铁蛤蜊"，但我心里明白，在他家或在我家，或同到公园散步，一对一，他是滔滔不绝的。我们什么都谈，谈得很随便，从书本到生活，事无大小，也不问观点是否正确、事件是非。他曾说：最怕是一种熟人，一来就怒气冲天，指桑骂槐。这时他就想到天蓬元帅的理论：来说是非者，便是是非人。

他很乐意做些公益工作，如编写《苍南文史资料》，编《苍南诗词》。有时真是吃力不讨好。我很抱歉，因为这些事当时都是我建议的。一次我的一位老同学来看我，说他刊于《苍南诗词》中有一首诗被杨老改了。我说："好么，一首有缺点的诗，能改得完整一些，作者应该如《金瓶梅》里说的'但得一片橘皮吃，切莫忘了洞庭湖'。"他突然生气起来，说："是被杨老改坏了，我要去问问他为何这么改。"我说："假使你把这首诗寄给《诗刊》，被采用，也改了几个字，你会到北京去责问吗？""那怎么办呢？"我说："很简单，以后你出版自己的诗集，就收入自己原作，不就行了吗？"约半月后，杨奔告诉我，我的同学去找他，很客气，很热情，向他请教。

五

县委宣传部要编一部《苍南文化丛书》，因我年纪大，又有较熟悉文言文的朋友，所以找到我。初步定下八部书后，我即想到杨奔，建议他负责选辑《苍南诗征》。他说："不行啊，首尾一千年，要读许许多多刻本、手抄本，甚至搜求到日记、谱牒等等，我没有精力了。你就给我一本专著来点校吧。"于是我给他一部张著的《永嘉集》，并陆续寄去张著诗文及生平有关资料。点校并不是很容易的，要细心，要耐心，要耐得寂寞。他给我看第一稿时，作为朋友，我提了一些意见，这并不是我比他高明，而是老年人都不免有精力不够的地方。我还叮嘱他注意身体。

人有旦夕祸福。突然听到杨奔在温州开刀，胃里有肿块，是癌，已转移。虽然说，天空没有不流动的云彩，但几十年的老朋友听到这个消息，成何滋味，连自己也说不出来。杨奔回到龙港，又住进龙港医院，传来消息，说是连人也认不得了。

知道杨奔身体不好，灵溪几个朋友相约去看望。进入他的房中，完全出于意外，他和常人一样脑子清楚。上卫生间也不用人扶。正在服一种进口药，很见效。他的儿子邦泉告诉我："前些日子我爸昏迷的时候，还几次念起你。"我想，这不单是几十年的朋友感情，或许还记挂着我推荐给他点校的书未完成。他的责任心是很强的。回来时，有人说：该不是回光返照吧。

记不清经过多少日子，杨奔又进医院。我与革新、克让等人赶到龙港医院去看他。据他儿女说，医生说他除了脑子和呼吸道还正常外，身体其他部分全不行了。我到病床前说了几句安慰的话，便给他点校《永嘉集》的稿费。"何必如此认真呢，我对钱不是看得太重。"他神态很安详。又说："我点校稿尚未最后完稿。"我说："没关系，以后由我替你完成。""这我就放心了。"这是他对我说的最后一句话。只隔约五个钟头，他的儿女把他抬回家，次日早上便去世了。

几年来，朋友们还不时谈到他的为人、文章。这是很不容易得到的。"人去茶凉"，我看到太多了。

我很久不写旧体诗，一日整理书籍，把杨奔著的《深红的野莓》《霜红居夜话》《弦柱杂帖》翻翻，忽然心血来潮，写了两首悼念的诗：

(一)

挥洒随缘无古今，流泉汩汩转深沉。霜红居有瓣香在，试向陶庵梦里寻。

(二)

烛跋深宵未觉迟，酒酣点染雁山奇。何时重见掣鲸手，潮涌青龙要好诗。

二〇〇五年八月三日初稿
二〇〇六年十二月一日三稿

忽有故人心上过

——忆旭华

旭华很快从上海归来了，我与张君去看他。上海第一流医院的医师也不敢为他动手术，我们知道，他来日无多了！

来日无多，多可怕！人们除了为国家，为民族有必要时而应视死如归外，一般都是想多活几年，有些虽上了年纪而还健康的人往往喜欢说："唉，来日无多了。"其实他心里觉得离死至少还有孙悟空翻十几个筋斗云那么距离，不然是不会那么坦然的。所以我与张君约定，今天说话可得留心，既不可说什么"一死生，齐彭殇"那些废话，也不可提到"身后"问题而给病人带来精神负担。

当我们步入病房见到旭华时竟出于意料之外，他虽瘦了一些，但神情安详，并没有悲戚的表情。与这样的病人相对，说些不着边际的话，固然不好；默默无言，也会引起人的联想。还好，他先开口了："我去上海前，送给张鹏翼先生一幅画，你们以为怎样？身体不好，作大幅很吃力。"

这幅画我们的确看过，一树红梅，一块顽石。这是他爱好的题材。他的画都是小品，这一幅确是最大的。他喜欢画的，除红梅外，还有傲霜的秋菊、天真的鸡雏等等，内容很积极，色调很明丽。他不喜工笔画，走的是赵之谦、吴昌硕、齐白石的大写意的路子，不过没有那么大的气魄。除了应付县里的展览会或者偶然赠送亲友外，他很少作画，有兴趣，就随随便便画几笔，但像他的诗文，很秀气。

他还会篆刻，也是碰兴趣刻的，曾为我刻过一颗印章，还珍藏着。

旭华读过上海美专，是响当当进过科班的人，后来为何放弃向绘画、篆刻方面的努力，我不清楚，大概他对文学更爱好吧。

他病到这样地步，还关怀文艺界动态，我不知道全国的情况，无可奉告，关于平阳作者的情况，我谈了一些。告别时，他说："我很想看看新出的杂志，有便，你们带些来。"

走出病房时，我与张君不期而然地相视一下。我们平时听到的口头禅只有"活到老，学到老"，几个能学到最后一口气呢？

我们回到平阳文联，向老友们转述，大家对他的学习精神，都很感动。

第二次我与张君去看旭华时，他正在吃饭。他用筷子敲敲饭碗说："我口味还好，一餐能吃二大两，就是身体有微温，退不下来。"他瘦多了，一作苦笑，脸上就出现"万壑千山"。忽然他对我们说："我正在构思一首诗，差不多了。"这真叫我感动、佩服。我与张君又不约而同对视一下，彼此心照不宣。这时我们不好表示惊奇，也不好劝他养神，更不能叫他多写一些。我们沉默着，好在他没有什么多余的喟叹。

我是在五十年代认识旭华的，那时他就开始写诗，也发表些诗作。不久，彼此就断绝音信。待到第二次见面，又在同一系统工作时，他年已过半百，而我也双鬓微霜了，正是"乍见翻疑梦，相悲各问年"。他虽然老成得多，但诗情却越来越浓，往往在上班之前就来找我，第一句便说："昨晚我写了几首诗，你看看。"多少年来我没有好好读新诗，自然也没有写诗，写诗的人去问不写诗的人，在他说是"转益多师"，在我说简直是问道于盲。大概一位作者总希望有人读他、议论他的作品吧，他一次次拿来要我看。我想，我既非诗人，又非诗评家，怎样说呢？继而一想，别人既不会以我的意见作为他的诗歌的价值标准，何妨姑妄言之，他也姑妄听之。

　　我是糊里糊涂当上业余作者的啦啦队长的，不免有作者拿来作品叫我看看，但个别作者却像那欢喜涂脂抹粉、顾影自怜的人，嘴里说："唉，我丑死啦！"其实是想讨你几十句赞扬的话，如果你老实得居然指出她的耳朵小了一点等无伤大雅的缺点，纵然说得千真万确，也非讨个没趣不可。在这些地方，我很钦佩旭华的海量，我们有时意见很合拍，有时就大相径庭，甚至如同冰炭，但彼此心中却明白，对作品的不同意见，绝不影响个人的交谊。

　　旭华曾协助编辑《南雁》和《沧海》，在协助编辑《沧海》时，已经在服抗癌药了。他对业余作者有深厚的感情，帮助他们修改作品，口头提了许多意见。我想，那些作者会记住他那有益的意见的，而他哪肯接受不同意见的涵养，更值得学习。

　　有一段时间，"朦胧诗""意识流小说"突然流行起来，甚至出现一种情况，好像不赞成朦胧诗、意识流小说的人，都是保守、僵化的。因为工作关系，我埋头读一些亨利·詹姆斯、詹姆斯·乔依斯这些意识流大师的作品，看看到底是怎样一回事，同时认为在这大千世界，截然相反而又同时存在、并行不悖的例子有的是，毋需急急乎说长道短，马上要分出高低来。因为自己不写诗，所以就不关心朦胧不朦胧，月下，灯前，很不错么！总不要黑古隆冬伸手不见五指就是。这就像利立浦特皇后寝宫失火，船长那奇妙的救火方法是否奏效，与我全无关的，而旭华却不然，他在"大跃进"时写了许多民歌体的诗，后来写得不是民歌体了，也还是明白如话，绝不别别扭扭的，一看到朦胧诗，就像山区人穿惯对襟中装或制服，突然面对西装、领带、高跟鞋，不免大吃一惊，所以他很反对。曾几何时，他自己却写起朦胧诗来，如他在《春草》上发表了一首诗，就够朦胧的。有的老友说他心口不一，我倒认为没有什么不好。诗国是广大的，何妨从东南跑到西北，那边将会是另一种风光，或者将由此冲破国画家经常用的，一个颇为形象的术语——"结壳"。如果旭华能多活几年，他的诗一定会进入另一境界。

旭华诗的主题，都是很积极的，有歌颂党的，有歌颂农村新貌的，就是写了一些咏物诗如贝壳、紫云英等，主题也是很积极的，绝没有什么"弦外之音"令人提心吊胆，所以我很放心地看。他的诗读起来很轻松，他写得最好的几首，是近于"如逢花开，如瞻岁新"的韵味。

旭华还善于写歌词。不知什么原因，现在的诗作者都不愿意写歌词，这一点比古人固执得多，古人很多以写词（就是歌词）名家的。每逢文化馆需要歌词时，第一个就想到旭华，他也总是欣然命笔。

我们回到文联，那天恰好有好几位业余作者在，就谈了旭华的病况，同时谈到他还在写诗，大家都很惊异。

　　古今中外的作家，一直写到死的并非绝无仅有，但那些都是大名赫赫的。旭华不能与那些名家相提并论，所以他的精神就不一定能感动许多人。同一件事，因为人的名誉地位的悬殊，价值的高下也就判若霄壤。

　　我与张君第三次去看旭华，他已入殓，家中吊客盈门了。据说前一日下午三时左右，医师推来氧气瓶，旭华说："什么，我要急救了？"插上氧气只一小时左右，医师便吩咐家属赶快抬回去，到家只十多分钟，心脏便停止跳动，他的孩子告诉我，旭华没有半句遗言。

　　旭华何必需要遗言呢？他的儿女都已成人，又都有工作了。他有三大本剪贴本，都是他发表的作品，一生心血的结晶。他的儿女说要好好保存起来，作为纪念。他的儿女如果翻翻他的作品，必有所得，那就是他的遗言。

　　在那三大本剪报里，有诗歌、散文、戏剧、文评艺论等，只缺小说一种体裁，加上他会画、能篆刻，确是一个文艺多面手。那些作品，我大部分看过，比较起来还是他的诗写得最好。在温州市诗作者中，假如也像梁山泊英雄排座次的话，旭华虽挤不上呼保义、玉麒麟的地位，也可算是阮氏三雄之辈，来之不易的，须知梁山泊尚有成千上万的头目与喽罗，作者甚至连个有趣的绰号也不给呢。

一九八五年一月

林景熙

　　林景熙（1242—1310），字德阳（一作德旸），号霁山，世居平阳坳中（今属温州苍南县）。宋度宗咸淳七年（1271），太学上舍释褐，初授福建泉州教授，迁礼部架阁，进阶从政郎。宋恭宗德祐元年（1275）二月，贾似道在鲁港大败。三月，元军在伯颜率领下进入建康，临安政权已呈土崩瓦解之势，可恨那些大臣们尚在勾心斗角，景熙眼看国事已无可为，不久便弃官归里，隐居平阳县城白石巷。

　　德祐二年（1276）春，伯颜进驻皋亭山，南宋投降。在临安陷落前，益王（赵昰）、广王（赵昺）逃离临安，二月抵温州江心屿，建元帅府，传檄勤王，旋即南下福州。闰三月，文天祥也到温州，五月赴福州。这时隐居在故里的林景熙，曾与同里周景灏准备前往参加抗元斗争，他们谈得神采飞扬，意气风发，决心要像夸父追日，但因道路阻隔，未能成行。

景熙对当时现实的认识是相当深刻的。宋代的太学生原有关心国事的传统，后来他做了小官，对统治阶级的内部，看得更加清楚。端宗景炎二年（1277）秋天，景熙与仆人乘舟夜过被元军杀掠得数十里无人烟的北塘一带，看到磷火青青，三三五五，散漫阡陌，直到林麓。仆人脱下草鞋招集磷火，磷火好像逐渐前来，又作出驱赶的姿势，磷火又好像逐渐远去。景熙看到这样的景象，不禁抚舷长叹："太阳西下，眼前如漆，那些凭借黑暗而舞弄光怪，难道只有磷火吗？世上本来不是没有怪，孔子之所以不语怪，那是处于正常的情况下，如果人失了人的'常'，鬼就要表现出怪怪奇奇的。中国如失了中国的'常'，夷人就要作怪。怪是不可说的，何况还要招到身边来！"这是对庸懦的南宋统治阶级的批评，指出国亡首先由于内因，真是一针见血。

就在这一年的春天，景熙与好友郑朴翁应会稽王英孙的邀请，来到越中。"一曲危栏人独倚，江山浑在梦中看。"宋亡后，贵公子出身的王英孙，在这样百无聊赖的心情下，延致四方名士，啸傲泉石，饮酒赋诗，这是反元情绪一种无可奈何的发泄。景熙在越中接触了谢翱、唐珏、胡侨等富有强烈的民族意识的志士。

临安陷落后,忽必烈任命西僧札木杨喇勒智总统江南释教。至元二十二年(1285),札木杨喇勒智为了盗取宋皇陵中的金玉宝玩,到了会稽,把徽钦二帝以下的历代帝王后妃的陵墓全部发掘,把剩骨残骸抛弃在草莽中,惨状目不忍睹,但无人敢去收拾。景熙出于民族义愤,与郑朴翁等扮作采药人,冒着生命危险,上山拾取骨骸。景熙收得残骨两函,托言佛经,埋葬于兰亭山中,并移植宋常朝殿前冬青树为标志,并写了《冬青花》诗:"移来此种非人间,曾识万年觞底月。蜀魂飞绕百鸟臣,夜半一声山竹裂。"又作《梦中作》四首,"珠亡忽震蛟龙睡,轩敝宁忘犬马情。亲拾寒琼出幽草,四山风雨鬼神惊"(其一),把皇陵被发掘比作蛟龙失珠,把骨骸比作寒玉。"昭陵玉匣走天涯,金粟堆前几吠鸦。水到兰亭转呜咽,不知真帖落谁家"(其三),把宋帝的骨骸比作王羲之的《兰亭集序》真迹,唐太宗死时将《兰亭集序》殉葬,而今昭陵虽被发掘,而羲之真迹已到兰亭。以凄怆的声调记录了埋骨的经过,抒发了自己的悲愤,并希望将来能读到他的诗的人,知道民族正气依然存在,并没有随着国家的沦亡而完全消失。

至元二十七年(1290)十二月初九,是文天祥就义八周年忌日,好友谢翱登富春山西台哭祭,写了《西台恸哭记》,又寄诗给林景熙,林景熙写了《酬谢皋父见寄》,

一开头便说:"入山采芝薇,豺虎据我丘;入海寻蓬莱,鲸鲵掀我舟。山海两有碍,独立凝远愁。"古人不得志,则隐居山林,或遁迹江海,如今国亡,何处去找一方净土呢?"行行古台上,仰天哭所思。余哀散林木,此意谁能知?"若干年后,他捧读《文山集》,这位民族英雄的高大形象,仿佛兀立在眼前。他心有灵犀,那充塞宇宙的浩然正气,似乎凝聚在他的笔端,一泻而下:

黑风夜撼天柱折,万里飞尘九溟竭。谁欲扶之两腕绝,英泪浪浪满襟血。龙庭戈铤烂如雪,孤臣生死早已决。纲常万古悬日月,百年身世轻一发。苦寒尚握苏武节,垂尽犹存杲卿舌。膝不可下头可截,白日不照吾忠切。哀鸿上诉天欲裂,一编千载虹光发。书生倚剑歌激烈,万壑松声助幽咽。世间泪洒儿女别,大丈夫心一寸铁!

这首诗,真堪与文天祥《正气歌》同读。

景熙自到越中后,在王英孙家住了一些时日,便开始他的漫游。瞻仰禹陵,凭吊故宫,先后到过华亭、苏州、无锡、镇江以及严陵等地。他少年时喜写应举的文章,想在政治上有所作为,宋亡后,他只能致力于古文辞,作为一个诗人了。他在漫游时,写了许多寄托爱国之情的纪游诗,与志同道合的长辈、朋友相处,也以诗文相互勉励。

他重过故宫,江山易主,景物全非,发出"王气销南渡,僧坊聚北宗。烟深凝碧树,草没景阳钟"的感叹。无限繁华的西湖，一样楼台，一样笙歌，而今那些寻欢作乐的人，却是从北方来的元朝统治者。他听到家铉翁放归，马上呈诗说："衣冠万里风尘老，名节千年日月悬。"把他比作苏武，表示无限景仰。景熙归隐后，曾说不再与闻世事，但他又是"山林未遂鹿麋性，风雨空愁葵藿心"。看见天雨土，便想到"洗日人"，看到糊在山窗上的防秋疏，更加感慨万端。即使写诗送给术士，也说"富贵倘贻臭，不如贫贱怡"，我的命就自己来算了。陆放翁临终时吩咐儿孙，中国何时统一了，祭奠时你们别忘了告诉我。林景熙说："来孙却见九州同，家祭如何告乃翁！"能憎才能爱，他以犀利的笔锋，借秦吉了和孙供奉，对那些寡廉鲜耻的"叛将贰臣"，予以痛斥。过杭州葛岭时，他对已被杀死的权奸贾似道，还责问"误国竟何言！"

景熙到五十八岁后，才较长时间住在平阳，他在马鞍山麓建了一所赵奥别业。他挖口池塘，让那源头活水，映着天光云影。在窗前屋后种了许多竹子，好在秋夜里听那凄切的秋声。为了解除寂寞，他挂着杖，时常到附近山谷间走走，领略造物主给予人们无私的恩赐。他过着清贫的生活，只好以颜回箪食瓢饮、乐在其中来解嘲。

这时他除了教授生徒外，还关心地方公益和地方文献。大德四年（1300），他为判官王秉仁写了《平阳县治记》让人们知道平阳建县的历史。大德五年（1301），他写了《公溥堂记》向州守孙筠进了药石之言，希望他能为老百姓做些好事。大德十年（1306），州判皮元修了阴均斗门，他欣然为作记。大德十一年（1307），《平阳州志》修成，他作了序言。

至大元年（1308），景熙六十七岁，忽然游兴勃发，北上杭州，不久即生病回到平阳。经过两年，这位爱国诗人唱完了他的歌，与世长辞了，享年六十九岁。晚年，他把自己的诗文收集起来，编成杂文十卷，诗六卷，诗集名《白石樵唱》。

他逝世后二十四年，同里章祖程的《白石樵唱》注释本便问世了。

周秀眉　谢香塘

周秀眉(1769—1789),兰宋阳路下(今属温州苍南县南宋镇)人。父周国铿,原居福鼎周佳山,为福鼎县学生员,随同周氏一支迁居兰宋阳路下。清代乾隆时期,周氏路下一支文风甚盛,俗传有十八担书笼。在南宋垟山区,周氏有如此文化氛围,周秀眉可称为出身书香门第。她少时即能诗,也不奇怪了。

嫁蒲城金瑶瑛(初名肇因,字琪材,号瑜圃,邑庠生)。周秀眉死时仅二十一岁。著有《香闺集》。

周秀眉卒后仅一年,乾隆五十五年(1790),永嘉曾唯依绿园刻本《东瓯诗存》卷四十六,便录有周秀眉诗二十一首,可见她的诗生前便有流传。曾唯在《东瓯诗存叙》中说,从丙午年(1786)开始,为搜集诗篇,曾请多人协助采访,"于横阳则有陈君观海"。或许《诗存》中的周秀眉诗篇是陈观海采访所得。

《香闺集》有多种手抄本流传。2005年出版的《苍南女诗人诗集》中的《香闺集》，则据多种手抄本整理，又据《诗存》补诗六首。

对女诗人的作品，人们很容易联想到婉约、缠绵，而周秀眉诗有些篇章，却有点雄豪意味，如《拟古》《昭君》等。因出生于山区，放胆就地取材，如《地瓜》诗："藤叶何蕃衍，开花心头奇。瓜从肥地出，种自异方移。生食应消渴，烹尝足止饥。山园勤力作，不让稻梁滋。"《遗母甘蔗》："昔年顾子传佳境，愿母长如啖蔗时。"《咏女贞子》，还想到是女科重要药材。朴质有味，令人有亲切感。

《七夕》诗云："闻道仙家才一日，人间岁月合周年。方知七夕欢相会，牛女何曾别恨牵。"诗还好，但不能认为太新鲜。细细一想，据"天上一日，人间一年"这种"天算"，来为牛女会少离多"翻案"的诗词，宋人如崔涂、李荐、韩元吉等就有了。周秀眉或许是无意中与古人遇合，也可能像书法的意临。即使意临，正可说明她阅读过书籍不少。

周秀眉无愧是一位女诗人，但毕竟太年轻。人们如果来个不可假设的假设，她如能活到谢香塘的年纪，成就将会如何呢？

就在周秀眉去世后三年，在这一带山区，又有一位女诗人——谢香塘诞生了。巧得很，谢香塘毫无疑问出身于书香门第，后来嫁到蒲城。

谢香塘（约1800—1870），矾山苋头庵人。兄青洲，道光乙酉（1825）拔贡；弟青扬，道光癸卯（1843）府学岁贡，两人俱以能文能诗著称。谢香塘从小便耽溺于典籍。

谢香塘嫁与蒲城金洛先。金家原先殷实，但洛先吸食鸦片，又好冶游，挥霍无度，不久田园荡尽。谢香塘《示儿》诗云："自从适汝父，笔研多抛荒。汝父喜挥霍，家事懒屏当。轻肥事裘马，钱刀等秕糠。千金不为惜，日夜穷欢场。渐至谢台筑，遂以腴产偿。我苦进规劝，故辙思更张。喜心窃自谓，捕牢鉴亡羊。讵谓丁厄运，一疾入膏肓。行年未三十，下招来巫阳。"谢香塘苦劝不成器的丈夫改变旧习，金洛先刚要振奋起来，却一病不起，病殁时还不到三十岁。

金洛先行为如此荒唐，善良的谢香塘对他还是很有感情。她在二十八岁便守寡，寡妇的苦寂，会有更多的回忆来打扰。少时曾写一首《月中桂》，有"试问素娥枝许折，不辞相伴在蟾宫"。她的父亲看到，很生气，说这是不祥的。难怪她在《哭夫》诗中以为"诗谶竟成真"了。在《哭夫八绝》第一首中，认为金洛先致死原因，首先因吸食鸦片。"瘦骨不盈把，全非当日形。伤心何至此，恶饵误芳龄。""恶饵"是什么？鸦片！吸食鸦片的人，当然人不像人，鬼不像鬼了。寡妇要与丈夫相见，唯一途径是在梦中。"梦中曾一晤，到醒又全非。"因伤心而祈求入梦，有梦就更加伤心。谢香塘曾生有一子，未周岁而殇。生子是人生大事，她还年轻，可以再生，无奈丈夫又死了。"还将思子泪，倾向哭夫时。"这样凄惨的境遇，不如死了干净。"念欲从君去，承祧未有人。"在那个时代，承祧是头等重大的事，为了丈夫，她连死的自由也没有了，只好从金氏五房一个孩子过继为己子，以传宗接代。

  一位书香门第的大小姐，关心的是女红及写诗习字，而今却大大不同了。谢香塘是能持家又很会谋划的人。具体情况如何呢？请看她的《示儿》诗："井臼躬操作，米盐策周详。一日复一日，渐渐充仓箱。为筑新栋宇，为复旧田庄。虽幸收桑榆，辛苦已备尝。"对嗣子不能只养不教，于是为嗣子延师课读，并提出希望："延师课汝读，期汝早腾骧。上作廊庙器，下为宗族光。少壮不长在，白日去堂堂。我今明教汝，及时须就将。毋坠青云志，而诒白首伤。"

  谢香塘和娘家的兄弟姐妹侄儿等等，感情都很深。好几位先她去世。在她的著作《红余诗词稿》中有哭嫂、悼妹、哭兄、哭内侄等诗。自己命途多舛，而亲人又先后亡故，此情此境，真是无可言说。尤以哭闻名于道光间的诗人二弟小嵋（青扬）诗，一连写了十首，言辞惨切，令人不堪卒读。

　　萧斋寂寂暗生尘，碎墨零笺瞥眼新。依旧绮疏银烛短，可怜不见检书人。（其一）

　　自昔相随曲水隈，吟风弄月共徘徊。只今天末鸿归处，谁寄音书答大雷。（其六）

　　锦帐宵寒夜不眠，函书独对也潸然。我今亦为文章哭，不独伤心为阿连。（其七）

　　谢香塘不但工诗，小词也写得清新流转。《红余诗词稿》的自序，是用骈文写的，也婉约可读。

　　历尽艰辛的谢香塘，活到八十一岁高龄。唯一能自慰的，她留下一册诗词稿。此稿有刻本，附于谢青扬《愈愚斋诗文集》内，作为第五卷。吴承志评其诗词：颇温厚，风格近其弟青扬。

郑蕙　许琼

郑蕙（1850—1872），字雪兰，原籍永嘉（今温州市），殷执中妾。

殷执中，金乡人。清咸丰间，入赀以知县分发福建。后知政和县，有善政。咸丰八年（1858）平阳金钱会起事，福建提督秦如虎奉命剿办，调殷执中襄理军务。过数年，金钱会众围温州，殷执中随军去解围。事平，加知府衔。见中表郑松岩女郑蕙，便娶为妾。殷执中在所作《素心阁忆语》中，说郑松岩因他解了温州之围，没有被金钱会众凌辱杀戮，很感恩，知他结婚多年，未有子，主动将女儿嫁他为妾。郑蕙对这事也表同意。这段叙述读来很别扭。不过事已过一百五十多年，事实如何，人们就不必揣测了。在那个时代，一个家庭殷富，又有较高的政治地位的人，未有子而纳妾，不是稀奇的事。

嫁到殷家，郑蕙仅十五岁（1864）。她是好学的人，初读《列女传》，继读四子书，却更喜欢《离骚》和《杜工部集》。"有时闻鸡而起，伏几微吟。或夜漏屡更，开函检字。"一位出身于有文化的家庭，又是绝顶聪明的女人，加以勤学苦练，能写诗，写好诗，水到渠成。

郑蕙生性善良，喜欢放生，她说："贪生恶死，人物同情。"也喜欢布施，有家里死了人而无钱买棺木的，来求她，她便给钱。既开了头，就不时有人来求买棺木的钱。郑蕙买棺木百具施舍。有人提醒她，棺木可以转卖，这些人是否来骗的？郑蕙说："我只是尽了我的心。至于是否来骗，我也无从预料。"

同治六年（1867），殷执中署云霄厅同知。郑蕙没有随他去漳浦，而返回娘家。不久生病了。她在病中念念不忘自己未能怀孕，如能得一子那该多好。于是她祷于吕仙，口号云："盥露焚香默祷词，欲将心事问仙师。庭前玉树移栽久，何日成阴子满枝？"无奈，万分无奈！一个当小老婆的人，无论为自己或为丈夫，都迫切有个孩子。她平日见解颇为高明，到这时也只能从俗，所谓"病笃乱投医"了。

这时，殷执中大家庭起了纠纷。殷执中正为此事伤透脑筋，郑蕙寄信说："争继承即争财产，有财产必然群起而争之。与其报睚眦之忿，不如通骨肉之情，分明让产。善必子孙获福,讼则终凶。"殷执中很佩服,认为是明通之论。但此事不是容易解决,郑蕙又寄语提醒他:"置之不可,激且生变。"

因郑蕙未能怀孕,很快殷执中又买一妾——许琼。许琼,字榴仙,永嘉人,存诗三首。据《素心阁忆语》,郑蕙和许琼很要好,她指导许琼学习,"如慈傅,如益友"。这话不假。在《素心阁诗草》中,有关许琼的诗有六首。在一处时,曾约许琼月下赏梅、中秋望月。殷执中赴闽,携许琼同行。《早秋有怀主人并寄许娣》看这诗题,通情达理。许琼在闽中寄诗三首,她一一步原韵奉答。一位真正的诗人,总是希望在周围造成一个良好的诗的氛围,她不但指导许琼习诗,还指导过小婢女。她是如何具体指导许琼学习,已不可考。但在她的《素心阁诗草》中有《课小婢读唐人诗》可以参照。诗云:"教汝读《文选》,义深恐未知。且吟李杜集,复诵骆王诗。体格吾能讲,性情尔自思。绮靡不可习,俊逸定须窥。"她提出要重点学习李白、杜甫、骆宾王、王勃(更有可能指王维)四家。她崇尚俊逸,反对绮靡。"体格吾能讲,性情尔自思"说得妙极了。指导学诗,只能说到体格,至于性情,学者必须心有灵犀。

同治十一年(1872)夏,郑蕙在福鼎寓舍重病。寄给在闽中丈夫信一封,附诗六首,词一阕。词为《木兰花慢》:

把芳情折叠，书未寄，倍凄然。但镇日销凝，倦抛绣谱，斜倚炉烟。梅边故园望断，抚瑶琴怕理旧冰弦。凉雨芭蕉滴沥，夜灯挑尽无眠。　　缠绵，断续似丝牵，罔也奈何天。想石榴吐艳，珠房暗结，含露香鲜。窗前镜华试照，问何时人月可同圆。眇眇离魂倩女，亭亭瘦影婵娟。

一位才女病入膏肓时的心情，跃然纸上。岂止她的丈夫反复为之心动。

殷执中归来，郑蕙病已很危急了。殷执中要迎接她的父母来见一面。郑蕙说："不可！病人怕见亲人。"正是伤心人别有怀抱。有人认为她的病是肺气亏损，建议饮罂粟花浆来收敛。郑蕙说："这是外夷毒药，非中土之瑞草，我宁死不沾唇。"卓识惊人！十月廿七日，郑蕙自觉大限已到，忽然作出一个惊人的举动，把自己平生写就的诗稿投到火里去。说："作为妇女，何必写作呢？"待丈夫急忙从火里抢出，已焚烧过半了。接着便沐浴更衣，使人扶之登床。她迟迟不语，忽然张目，说："寄语父母，生女无益。"便永远闭上眼睛了。过了三天，入殓前，其父赶到，见到她"玉色如生"，大哭。旁观的人也都悲伤流泪。

郑蕙只活到二十三岁，所幸还留下半本《素心阁诗草》供后人细细咀嚼。张景祁评其诗："其近体清微澄澹，感物而兴，一洗绮靡柔曼之习。至拟骚拟古诸什，抒写哀乐，极命风谣，言约而趣闳，思近而旨远，盱愉幼眇，以达难喻之怀。其缘情比事，风谕偶托，率皆温然无戾于正。"其《清明日楼头即目》诗有"槐火石泉都换却"句，这不是常用典故，而是出于苏轼《东坡志林》："昨夜梦参寥师携一轴诗见过，觉而记其《饮茶诗》两句云：'寒食清明都过了，石泉槐火一时新。'梦中问：'火固新矣，泉何故新？'答曰：'俗以清明淘井。'当续成诗，以记其事。"在《苏轼文集》卷十九《参寥泉铭并叙》中也提及此事。于此可知郑蕙涉猎颇为广泛。

郑蕙去世之后，殷执中写了《素心阁忆语》作为纪念。又写颇为感人的《悼亡诗八首》，录其二：

十年随宦苦吟身，眼底芳华易委尘。绣被半床支病骨，春山两点写愁颦。乡关未断思归操，文字偏成隔世因。早识浮生同露电，莫抛心力作诗人。（其四）

中馈曾劳汝共治，翻教大妇惜娇痴。每怜络秀来还屈，更奈朝云病不支。官阁吟梅萦别梦，寒天倚竹动幽思。深宵兀坐还孤忆，无复灯前听说诗。（其五）

殷执中还通过其弟萼庭请大名鼎鼎的李慈铭为郑蕙撰写墓志铭。为了《素心阁诗草》能广为流传，又请张景祁、谢章铤等名人作序。光绪九年（1883）是书终于刻成。张景祁在《序》中说："永其年，非永；永其名，斯永也。"

一瞥董桥

看著述丰富而多样的散文家作品,犹如进入一座琳琅满目、墨香扑鼻的藏书楼,你只能拣那熟悉而喜爱部分打一眼,或许偏要挑选最生疏的。

"抬头一看,窗外天色有点迷蒙,像咸通九年刻本《金刚经》的墨色。"这是董桥一篇散文的开头。这是版本学家的口吻,你毋需疑心他还要说到在杭州雷峰塔塔砖中发现的吴越国王钱俶刻印的《陀罗尼经》,他只是打个比喻,作为引子。

"在伦敦跟你见面更等于是在旧书铺里捡回自己当年忍痛卖出去的一部绝版书。"这是藏书家口吻,也仅是一个比喻。

从这两个奇特而贴切的比喻,就可以约略知道他的情趣了。

他说自己案头摆着一件清同治年间的五彩茶叶瓷罐，四方形，四面各绘上不同形状的浮凸花瓶，瓶中各插一枝水红牡丹，配上秋葵绿色地，淡黄花边，虽不是什么名贵古董，到底是中国瓷器，看了甚为欢喜。是的，能喜欢就够了。如果他得到一件明清青花瓷，不一定能鉴别出是明的，还是清的，只要喜欢也就够了。因为他喜欢的不一定是经济价值，主要是文化价值。

他很注意印章的石质，他说："田黄虽贵，气质深不可测；昌化鸡血则美艳胜似红豆，惹人相思。"如是外行人，没有生花妙笔，能写得如此传神么？但他对篆刻承认不是太内行，只因一方刻有"杏花春雨江南"，一方刻有"我是个村郎，只会守蓬窗，茅屋，梅花帐"，爱上文中意境，便把刻工很平常的两方石章买下了。买画也如此，他不计作者声名大小，他买到一幅："夜月苍凉，草径入园，孤松参天，庭院岑寂，一老僧轻轻敲门；远处竹丛越去越淡，终于隐入云烟之中。图作枯墨素描，幽影里浮现轻赭之色，一派文人气。"好一派文人气，是指画呢？画的作者呢？还是他自己。

他爱藏书、爱画、爱书法、爱篆刻、爱砚、爱墨、爱瓷器等等。他只说文化，不说学术，因为他是散文家。

"玩物丧志"这话很古老。五四时期，有少数人，也敢写一些富有情趣的东西，曾几何时，便如人间的《广陵散》，绝响了。改革开放以后，也只有少数作家，偶然写一些。人们或许认为这太文人气，太名士气。世事沧桑，看北成南，人们对这类作品的评价也就不一致了。董桥身居海外，或在印尼，或在英国。还曾居台湾和香港，他没有经历过"一听到文化，我就想拔枪！"（汉斯·琼斯）那个怪异时期。看他所引书的作者，有袁宏道、屠隆、张岱等等，都是晚明的大名士，写小品文的高手。他无所顾忌，他谈的是品味，是文化。他说："现代人身在城中，心在城中，殊难培养层次太高深的文化品味；但是，培养求知的兴趣，多少可以摆脱心中的围城。"人们可以用他称赞朋友的话，转赠他自己：这是文化的倒影，更是历史多情的呢喃。

他为在浙江出版的《董桥散文》写了一篇《秋园杂卉小识》代序。在附识中说："去岁收得溥心畬小品数事，闲中谛观，于文章书画之道，若有所悟，因作小识以自匡励。"悟到什么呢？虽善说者不能下一语，唯会心者知之。此文笔墨十分空灵，"虽如烟雨中之多少楼台，迷迷蒙蒙，细看则依稀辨认得出是南朝四百八十寺"。他在四川出版的《董桥文录》中，也有一篇《砚边笺注》代序，他说砚，说到清代雕砚名家顾二娘的一句话，好像是戛然而止，突然"行到水穷处，坐看云起时"，他说："文章也是字字琢成，若干涩无光，那是字的堆砌，不成篇章，写来做什么？最要紧是琢字成章，是方是圆都不露镌琢之痕，都显见镌琢之妙，既可榴开百子，也能太璞自全；最后若然浮出那么一丝古艳，想必更妙。"金针度人，说出自己为文的诀窍。这犹如一位女郎，也使用眼睑膏，也涂口红，只是施得很淡，很自然，加上那特有的风韵，便令人觉得是天生丽质，仪态万方。

他不头痛，不需要柳树皮，也不提炼水杨酸，只偷偷将一粒阿司匹林放进那插鲜花的瓶里。

闲话《西湖楹联大观》

对我来说，一点也不奇怪。立于老友和他的女儿霜枝合作，洋洋三十万字的《西湖楹联大观》近日出版了。杭州还作为重点书推出，要请他俩在首发式上签名售书。

回忆是生活的复印件，有时不免模糊，但有些地方却清晰得叫人惊异。立于老友在读初中时便开始写旧体诗，至今整整六十年了。旧体诗不但律诗中有必要的对子，绝句中有时也会有，至于排律更不用说。他是好旅游的人，却不同于普通旅游者只喜欢到著名景点走走，如听到某个山间水滨有一颇有人文价值的坟墓，即使埋没于荒烟蔓草之中，也毫不吝啬脚力。他还有一个好习惯，每到一个风景点，便大模大样拿出笔记本，东抄西录，楹联更不会漏过。

他不但搜集楹联，欣赏楹联，还撰写楹联，至今已作二百多联，有寺院的、尼庵的、道观的、亭台楼阁的。对活人，来副寿联，对死人，来副挽联，当然这些人都是他的好友。如果谁有兴趣到苍南平阳两县的寺观走走，毫不夸张，十九会见到他的大作。

如果把上述的背景虚掉，就无法想象《西湖楹联大观》的编成。此书必然精彩，看官大可放心一读，老娘会倒绷孩儿么？

以往出版的楹联集，大都以名胜古迹、寺庙道观、厅堂书斋等等分类排列。《西湖楹联大观》好像是配合旅游编排的，以湖中三岛、北山路、孤山路、苏堤等等分卷。只要看每一卷细目，许多景点即使世居杭州的人，也会拍案惊奇，恐怕他们有些没有听过，更不会到过。

楹联可以作为诗来读，长联也可权作骈文读。我从来不敢鄙薄楹联，因为我知道作得好有多难。编著者首先要读懂楹联，也真不容易。楹联往往涉及文史哲多种学科。有机会到杭州的人，总会到大名鼎鼎的灵隐寺瞻仰一番，大雄宝殿有一联是张宗祥撰的："苦海驾慈航，看出没众生，有登彼岸，有溺深渊，百千万劫凭缘法；普门呈宝相，发菩提宏愿，或现宰官，或为童子，五十三参证佛心。"如果没有看过《妙法莲花经·观世音菩萨普门品》，就会一头雾水。又如张宗祥撰的另一联，下联为："开山是东晋惠理，无论是云门临济，均禅宗嫡派，顶香持戒，永传家法守丛林。""云门、临济"什么意思，也得涉猎一下禅宗史或《传灯录》，不然也摸不着头。同在这个大殿，有江庸撰的一联："古迹重湖山，历数明贤，最难忘白傅留诗，苏公判牍；胜缘结香火，来游初地，莫虚负三秋桂子，十里荷花。"不求甚解，可以知道一点，如果认真追究起来，"白傅留香，苏公判牍"是怎样回事，"三秋桂子，十里荷花"是从宋代哪一家名句活捉过来，就麻烦了。北山路有一半闲堂，堂主是谁？如果看过古剧《红梅阁》或记得二十世纪五六十年代一位作家因写《李慧娘》被康生诬陷而致灭顶之灾，就会知道。但"势将覆悚不回首；事到出师方噬脐"一联，就得略知南宋末期的史实，至少要看看《宋史·贾似道传》。许多楹联仅作风光描画，如原在平湖秋月有阮元撰的一联："胜地重新，在红藕花中，绿杨影里；清游自昔，看长天一色，朗月当空。"也要有诗眼，有诗心，才知妙处。

杭州西湖是唐宋以来我国顶尖的风景区之一，古人为西湖名胜撰写楹联，大概会是战战兢兢，因为那些联语是长期保留下来，就像一个无限期的展览会，不断被人们指指点点。今人思想似乎开放一些。但古人作的也有次品，如镜清楼有一联："白云自占南北岭；明月谁分里外湖。"分明是活剥苏东坡的"白云自占东西岭；明月谁分上下池"，观者就不是点头而是摇头了。

立于老友把古人今人一股脑儿拉出来展览,就像选美,个个仪态万方,为湖山生色。但为了保存文献,不免有个别相貌平常的傻丫头夹杂其中,只好让人们闲嗑牙去。

武夷的馈赠

一

如果你承认日常语言中有不少夸饰，说虎啸岩是壁立的，并不算太过分。人们从这高峻的岩上很勉强地凿出小小的一级级，只在一侧竖着栏干，即使胆小的人有惊无险，也不让胆大的人那么从容。当我走到最险峻一段尚有一小半时，回首一看，立刻心惊肉跳，我看到的是远远上来的人的头顶和背脊。越是不敢看，越是不能拒绝回首的诱惑。如此艰辛的道路，我是如何走过来！我无暇联系到身世的感喟，人生的感悟。没有树，没有泥土，昨夜一阵小雨，将石级洗得干干净净。越是干净，越是单调，更显得无所依傍，我只有牢牢地抓着栏干，一步步艰难地向上走。忽然下面有一女孩子惊得哇哇叫，我的同伴说：糟了，上不来了！我想：不会的，既然绝对没有退路，她一定能上来。待到我们到山顶休息不久，那一群女孩子也谈笑风生地来了。

二

从后山下去，我们很快到了天成禅院。这是一块硕大的石壁，不是壁立，而是前俯，岩下既很少有阳光的照临，也不会有雨点的敲打。有大款出巨资，费时两年就石壁凿出高达十七米的观音菩萨。哪里有偶像，哪里就有崇拜者，菩萨前有一桌，放着香烛之类，有一中年尼姑守着。桌前跪着一位少女，一脸虔诚，口中念念有词。这尊菩萨手执如意，是何种观音，佛国奥秘，不必探究得那么清楚。《大方广佛华严经》讲得很明白：有勇猛丈夫观自在。佛教传入我国最早的观音是男相，到隋代，有男相，也有女相，唐代以后，就绝大多数是女相了。《西游记》中孙行者偷偷发牢骚，说观音该没有丈夫。我看过许许多多佛菩萨造像，都是女性化的，慈悲为怀的佛菩萨，女性化形象是合理的。但都没有像观音"化"得彻底，因此偶尔看到男观音像，如在桂林龙隐岩看到清代摹刻的有两撇小胡子的观音，在南京古鸡鸣寺看到高鼻深目的男性观音，倒觉得突兀。未能免俗，每当我读《妙法莲华经·

观音菩萨普门品》，心中便出现一位庄严美丽的女性形象，绝不会有讨厌的小胡子在眼前晃动。观音只是菩萨，与佛尚差一级，如果说佛相当书记，菩萨仅是部长。但在众多的佛菩萨中，最深入人心的，还是观音菩萨。这可能得力于女性形象。农村信佛的老太婆能说观音故事，一则说：观音原是女子，修了几世，才修成一双男人的脚（这则故事当在妇女缠足后出现）。这真使大声疾呼提高妇女地位的人目瞪口呆。这些老太婆都认为念了经，会变成金子，下世好使用。这也是能大兴土木的某些职业者的"真言"。哪位大款肯花巨资刻巨大观音菩萨像，就不必解释为仅仅欲替名山添一景观。

三

在揽胜台，很乖巧的导游小姐指着远处一峰说，那是象鼻岩，那不是大象的鼻子么？人们顺着她的指尖搜索，忽然一位同伴大叫，像得很，还有眼睛呢！导游小姐笑嘻嘻地说："想象想象，越想越像。"妙极了！想象不但在文学艺术里发挥巨大作用，在日常生活中也派得上大用场。当我们来到一线天前的草坪上，导游小姐说，入洞，你们可以看到一线天了。那里面潮湿，空气又不流通。还有许多蝙蝠，进去，你们要想象，香，香，便会香起来。

入洞，我看上一线天的人太多，便退到草坪上等待他们回来。好久，一位从一线天出来的女游客，手挥餐巾纸拼命拍打鼻尖，用嵊州一带口音不断念叨：臭死，臭死！想象发挥到淋漓尽致，就会被残酷的现实砸得粉碎。一会儿，我们的人也来了，我问：香么？他们抿嘴苦笑。我很得意这回没有受到恶气，还是得力于天蓬元帅一句名言："曾着卖糖君子哄，到今不信口甜人。"

晚上躺在山庄的床上，听那雨点儿悄语，思绪不绝如缕。明天把这乱丝似的东西梳理一下，打叠起来，就算山灵对我的馈赠吧！

一段历史　一种误读

　　十九世纪已划上句号，二十世纪悄然来临。就在这一年，平阳县（含今苍南）出现了神拳会。它轰的一下燃烧起来，刹那间又灰飞烟灭。既没有留下战斗遗址供人徘徊凭吊，也没有壮烈的故事被后人传说，只有当时担任团防局副董的刘绍宽，二十余年后在他纂修《平阳县志》上抹上很轻蔑的几行。又经过半个多世纪，关心地方史的人们才重新提起，运用习见的方法，去研究，去描画。特别是神拳会头领之一的陈章氏，因为是个女的，更引起人们的兴趣，不免使用了浓墨重彩。

　　我出生于江南一个渔村，年青时屡屡登上一峰突兀的云台山绝顶，北望江南：东濒海，北鳌江，西横阳支江，西南与江南一带连绵的群山，中间是一片水网平原，形成一个很完整的地域。东望则天风海涛，动人心魄。当我将要过完中年，再一次登上云台山眺望时，忽地酸溜溜起来，居然发了思古之幽情。

咸丰十一年（1861）金钱会起事，至同治元年（1862）钱仓被清兵攻下，金钱会失败。在今苍南境内，虽未有重大战事，但有关金钱会成败的三人则不得不记述，即金钱会主要首领之一朱秀三，办江南团练的杨配篯和围攻金钱会的张启煊。

咸丰八年（1858）春，河前（今属龙港湖前）人能拳棒、以卖草药为生的朱秀三，与赵起、缪元、谢公达等八人，聚会于荆溪山啸霞寺，结为异姓兄弟，决定进行反清斗争，开始发展会众。他们仿效天地会组织，铸"金钱义记"铜钱为凭证。九月，会众集中钱仓北山庙，在神像前结盟，宣布会规：凡入会者，先向会首交五百文钱，作为金钱会活动经费，对神立誓，发给"金钱义记"铜钱一枚，红帖条约一纸。入会后，无论少长老幼，都以兄弟相称。会众除一般百姓外，在地方军队和政府中的官员、兵丁、胥吏、差役也有部分参加，甚至还有和尚尼姑。有的富商富民为自保计，也设法加入。

十一年春，温州知府黄维诰，平阳县令翟惟本慑于金钱会势力，非但不敢镇压，反而招抚为团练。金钱会正好利用这合法面目，进一步扩大影响。

同年八月，赵启、朱秀三等在北山庙集中会众三千人，正式宣布起义。北山庙中，香烟缭绕，人声鼎沸。钱仓江畔，树起义旗，猎猎招展。

一支军队首先得有军需保证，与钱仓仅一水之隔的江南，是较为富饶的地方，正可作为金钱会筹资筹饷的好地方。但这时江南巨绅张家堡人杨配箴倡办团练，划江自守。张家堡多大地主，杨配箴与堂弟杨德音就有田数千亩，于是杨氏家族首先进行减租，以笼络佃户，条件是：凡是杨氏佃户皆不得参加金钱会。于是江南富民纷纷响应，也减租。江南人皆参加团练。已秘密加入金钱会的，也不再参加。杨配箴及江南富民又集资储备火药，购买兵器，沿江数十里，筑有土城等防御工事。十一月，杨配箴病死，由其子杨逊伯及侄杨佩芝继续领导团练。金钱会自起事至失败，一直未能进入江南。

金钱会自钱仓起事后，打败瑞安林垟张家澜、平阳雷渎团练，奇袭温州府城，破福鼎等等，取得一连串胜利。然后围攻瑞安城。

十月，记名道张启煊、前陕安镇总兵秦如虎，奉浙闽总督命令，围攻金钱会。还调水师航海援瑞安城。十一月张启煊率台勇赴解瑞安围，高梁材带领广艇进入飞云江，赵起等为免于腹背受敌，指挥义军撤回各自据点。而驻扎于莘塍一带负责攻打瑞安东门的朱秀三义军，退还董田，陷入张启煊诸军的包围。朱秀三自杀。金钱起义时，北店村（在今江山）人陈成开携养子陈正强参加金钱会，在朱秀三手下担任拳棒教师，很受朱秀三器重。董田被围时，奋战至河边，小桥已被敌占据，成开与养子背靠背迎敌，坚持至午，正强坠河死，成开杀出一条血路，力战至傍晚，被杀。

十二月，祇陀、桐乾、碧山、屿头等金钱会据点，接连被张启煊攻破。同治元年（1862），金钱发源地钱仓陷落。二年（1863）七月，赵起在乐清塘下拒捕牺牲。后虽有"红布会"在浙闽边继起抗击清军，到同治三年（1864），最终失败。

光绪二十六年（1900）五月，古鳌头附近郑家墩人喜欢使拳弄棒的金宗财，联合白沙第七河圆通教主陈有理妻陈章氏、景雪和尚等，以"除灭洋教"为号召，成立神拳会，遥遥呼应北方的义和团。神拳会还散发双龙票布，会众迅速发展到江南。这里需要说明的是圆通教当时还是秘密的民间宗教，所谓票布是典型的帮会组织的联络信号。

此事立即震动了江南士绅，很快就以"江南自卫"为名，筹办了团防局。我们完全有理由认为，他们第一次会议的地点是宜山杨公祠，杨公者何许人也，他就是杨愚楼的父亲杨配篯。咸丰十一年(1861)金钱会在钱仓起义，很快就席卷温州，围攻瑞安城，且波及闽东。仅一江之隔的江南巨绅杨配篯，便以自卫江南为名，组织团练，以江为堑，金钱会始终未能进入。如果我们有兴趣把地方史再倒翻若干页，元至正十五年(1355)，闽括反元队伍从分水关进入平阳，便有郭嘆率领民团，防守江南。

从六月十一日江南团防局分发各都通知单看来，总董杨愚楼、副董陈筱坨、夏仲甫、黄源初、刘次饶，分董各都有一人到四五人不等。这些头头脑脑有杨、陈、黄、王、林、刘、李、张、郑、方、章等姓，基本上包括了江南所有大姓。这些总董分董们都是诸大姓中举足轻重的人物。

这时还有一个插曲，江南著名拳师陈庆铎，有徒子徒孙数千人，神拳会要拉他，团防局要利用他。作为有名的拳师，他必须具备勇决果敢的性格，处此两难之际，他的脑子却不管用了，就用最古老的决疑方式，卜于神前，结果是"从团防局大吉"。

投机并非商人的专利，一些官僚也精通此道。温州知府启续，知道西太后正利用义和团，他于十四日亲到平阳，诡称奉督抚命令来招抚神拳。于是拳民乘机捣毁教堂和教民房屋。但启续的意见没有得到平阳县士绅的支持。最终他得到的是撤职处分。

十五日，金宗财与瑞安拳首许阿雷(大学者孙诒让在给友人信中称之为阿戾）联合祭旗。县城戒严。

同日，团防局要江南每个田主给佃户减去每亩秋租五方谷。

两种力量好像是一母所生的孪生兄弟，马上就要在江南这片土地上进行殊死较量。

十七日拳民二百余人自古鳌头至钱库，江南拳民因受宗族压力，无一响应。都司蓝蔚廷率兵勇会合江南民团分道包围，如雷的呐喊声，溃败奔逃的噪杂声，一时响起，拳民一败涂地。拳首陈章氏、景雪等相继被捕。七月十五日，金宗财被捕杀害。神拳会从一开始便落到上不着天、下不着地的尴尬处境，至此犹如一曲不动听的音乐，戛然而止。

历史老人像个顽童，最爱和人们开玩笑。这时大多数人满脑子还是地域宗族、天神、菩萨，而维新思想，只存在于极为少数人的脑中。具有讽刺意味的这少数人，在镇压神拳的人中便有两位。作为副董的黄源初，他在三年前就在温州上海办起我国第一家《算学报》。副董刘绍宽，于四年后东渡日本，考察教育。五年后他担任温州府学堂的监督。为了有助于揭开历史奥秘，这里不妨再提一位，他是国民党元老黄良人黄实，这时刚好二十岁，年后，他在日本东京加入同盟会。

再过不到半个世纪，1944年，江南又爆发了大刀会。当他们身佩灵符,口中念念有词,自以为刀枪不入,手执大刀向国民党军队冲杀时,只过一年,广岛升起了蘑菇云。大刀会众完全没有考虑,就在他们身旁,即有一个进步的党派在奋斗,已近二十年。

大刀会与神拳会固然是风马牛不相及,但细心的读者或许能会心一笑,这并非我这个读书人的一点鼓噪。

投我以木瓜

有人类有男女便有爱情。

有爱情，男女双方有时不免送些东西，表表心意。不管爱情是否文学的永恒主题之一，但爱情作为文学作品的题材、情节在古往今来许许多多的作品中，出现够频繁了，但男女赠答这一既古典又现代的民俗事象，无论诗人、小说家、剧作家，当他们写到爱情时，总不大容易忘记，甚至使用浓墨重彩，在我国古代的诗、赋、传奇、杂剧等众多体裁里，就像春天看到花朵那么耀眼而多样，有的写得情意绵绵，有的写得凄怆酸楚，它不但存在于人世间，甚至泛滥到仙境、冥界。

在我国第一部诗歌总集里，"风"的部分至少有六首提到这一民俗事象。《诗经·卫风·木瓜》：

>投我以木瓜,
>
>报之以琼琚。
>
>匪报也,
>
>永以为好也。

木瓜是轻微的东西,琼琚是贵重的东西,爱情不是商品,不谈等价"交换",诗里说得很明白,这不仅仅是报答,而是表示永远相爱。别看轻这一汪泉水,后来的滔滔长江大河,无非是这一源头的延续与扩大。《诗经·邶风》有一篇《静女》,还写出千古不易的爱恋心理状态。

>自牧归荑,
>
>洵美且异。
>
>匪女之为美,
>
>美人之贻。

女的送给一根白茅,他觉得白茅太美了,并非白茅怎样美,只因是美人儿送的。这种意境,为后来许许多多的名篇所蹈袭,虽然花样翻新,始终跳不出它的势力圈里。如果我们体会不到这几句的妙处,正像海的美妙,反而给渔夫带来美感的麻木。

《诗经》里提到赠送的东西,有木瓜、木桃、木李、琼瑶、琼琚、琼玖、彤管、荑、芍药、椒(《东门之枌》),还有佩玖(玉石做的佩饰,见《丘中有麻》)、杂佩(《女曰鸡鸣》)等。《诗经·溱洧》是描写郑国青年男女在上巳节

（就是以后的"三月三"）去溱河洧河岸边游乐的情况，在古代，上巳节是个盛大而欢乐的节日，也是青年男女谈情说爱的好机会。河冰消融，风光旖旎，男男女女毫无顾忌地聚在一起，互相打趣，心花怒放，最后赠送勺药，表示爱情（"伊其将谑，赠之以勺药"）。关于勺药，还得说几句，这种是草芍药，也叫江蓠。情人将分手的时候，赠江蓠表示惜别。上面提到的赠品，都是表示爱情，赠品本身没有什么特殊寓意，只有这一篇，"勺药（江蓠），离草也"会扯到寓意离别。不过这是后代《诗经》学家的解释。

《诗经》那个时代，人们的感情或许朴质一些，投赠的东西，一类是植物，一类是宝玉。越到后来，人们的感情越细腻，投赠东西也品种繁多，怪怪奇奇，如果没有多种学科的知识，奥秘很难破译。所以有的作者就借作品中人物之口解释一番。

热恋的男女常说："我爱得要把心肝掏给你！"别怕，闹不了人命，这是艺术的语言，不兑现的支票。当然，肉体赠人是最可宝贵的，无奈不要说内脏，眼耳口鼻四肢都不好割舍，樊於期将头赠给荆轲，那是为了复仇（见《史记·刺客列传》）；项羽把头送给吕马童，那是顺水推舟式的人情（见《项羽本纪》）。那末人身只有头发和指甲剪下来，可以送人而毫无生命之忧了。如果这样看，又是错了，这个密码就需要民俗和道教的知识来破译。现代人的血管里有的还留有原始人的血液，如自然神崇拜、祖灵崇拜等。但对有些东西看法，我们和古人的距离，至少还得孙猴子三个筋斗云。古人不但把头发、指甲、津液、精、血看作人身的一部分，且看作是身体的精华，有同感，和灵魂纠缠在一起，道藏里著名的《云笈七签》有一段话："凡梳头发及爪，皆埋之，勿投水火，正尔抛掷，一则敬父母之遗体，二则有鸟曰鹎鹍，夜入人家取其爪发，则伤魂。"原来如此！难怪古代恋人赠送头发和指甲是如此慎重，这些东西不仅是爱情的标志、符号，竟是活生生地把自己的肉体和灵魂一道端出去。宋人柳师尹小说《王幼玉记》就有赠头发指甲的情节：

异日有过客自衡阳来，言幼玉已死，闻未死前嘱侍儿曰："我不得见郎（情人柳富），死为恨。郎平日爱我手发眉眼。他皆不可寄附，吾今剪发一缕，手指甲数个，郎来访我，子与之。"后数日，幼玉果死。

说到指甲，又令人忆起《红楼梦》第七十七回一段情节。晴雯被诬为勾引宝玉，撵出大观园，住到不成样子的哥嫂家，病得奄奄一息，宝玉偷偷去看她，两人都哭了。这不是生离，而是死别。

（晴雯说）："今日既已担了虚名，而且临死，不是我说一句后悔的话，早知如此，我当日也另有个道理。不料痴心傻意，只说大家横竖在一处。"

……晴雯拭泪，就伸手取了剪刀，将左手上两根葱管一般的指甲齐根铰下，又伸手向被内将贴身穿着的一件旧红绫袄脱下，并指甲都与宝玉道："这个你收了，以后就如见我一般。快把你的袄儿脱下来我穿。我将来在棺材内独自躺着，也就像还在怡红院一样了。论理不该如此，只是担了虚名，我可也是无可如何了。"宝玉听说，忙宽衣换上，藏了指甲。晴雯又哭道："回去他们看见了要问，不必撒谎，就说是我的。既担了虚名，越性如此，也不过这样了。"

这送指甲与互换袄儿的情节，无异于一把开启晴雯宝玉心灵的锁钥，再回头看第三十一回"撕扇子作千金一笑"和五十二回"勇晴雯病补雀金裘"，晴雯的恃宠撒娇，为宝玉带病拼命，彼景彼情，即使不能言说，也可以体会到大半了。

如果能把一种题材、两种处理方法的名作，把其中这一民俗事象加以比较，是有益而且有趣的。这里先举唐代传奇名作元稹的《莺莺传》为例。张生因"文战不胜"，留在长安，他给崔莺莺一信，"兼惠花胜一合，口脂五寸"。（花胜是女子头上插的假花，口脂就是口红）。莺莺收到这两种"耀首膏唇之饰"，不但没有高兴，倒"悲叹"起来，因为崔张关系还没有经过问名、纳采等的正式订婚手续，将别时又"不复自言其情愁叹于崔氏之侧"，就很有可能会始乱终弃。这原因在莺莺给张生信里说得很清楚："婢仆见诱，遂致私诚，儿女之心，不能自固。君子有援琴之挑，鄙人无投梭之拒。及荐寝席，义盛情深，愚陋之情，永谓终托。岂期既见君子，而不能定情，致有自献之羞，不复明侍巾帻。"她只能作两种打算：一种是张生真的与她结婚；另一种是弃了她，如果这样，信中说她还是要"因风委露，犹托清尘"。莺莺回信写得回肠荡气，随信还附上几件东西。

玉环一枚，是儿婴年所弄，寄充君子下体所佩。玉取其坚润不渝，环取其终始不绝。兼乱丝一绚，文竹茶碾子一枚。此数物不足见珍。意者欲君子如玉之真，弊志如环不解。泪痕在竹，愁绪萦丝。因物达情，永以为好耳。

这些赠品，既表达了莺莺的情怀与决心，也是对张生的期望。但"不幸而言中"，莺莺终于被抛弃了。张生（元稹）还把这件事告诉杨巨源、李绅这些文艺界的大名人，并发过一通莫名其妙的"补过"理论。他也没有受到这些人的谴责，反而当作风流韵事被写成诗篇。结合唐人的门阀制度、婚姻观念、习俗来考察，莺莺回信时的心情就容易理解了，那么就明白上面这段引文在《莺莺传》中是如何重要了。

王实甫《西厢记》是根据《莺莺传》并参考董解元《西厢记》而创作的。杂剧在当时是属于俗文学，他不得不考虑市民阶层的思想观念与要求，所以是大团圆结局。《西厢记》中也有莺莺送给张生一些物件的描写，由于总体结构的改变，所送的东西就很不同。张生中了状元，急忙遣琴童向莺莺报信，要娶莺莺。信中表现很坚决："指日拜恩衣昼锦，定须休作倚门妆。"

［旦（莺莺）云］书却写了，无可表意，只有汗衫一领，裹肚一条，袜儿一双，瑶琴一张，玉簪一枚，斑管一枝。琴童，你收拾得好者。

莺莺送给张生这几件东西，据她对红娘的解释是：汗衫，"他若是和衣卧，便是和我一处宿。但粘着他皮肉，不信不想我温柔"，裹肚，"常则不要离了前后，守着他左右，紧紧的系在心头"；袜儿，"拘管他胡行乱走"；瑶琴，"当日五言诗紧趁逐，后来因七弦琴成配偶。他怎肯冷落了诗中意，我则怕生疏了弦上手"；玉簪，"他如今功名成就，只怕他撇人在脑背后"；斑管，"当日娥皇因虞舜愁，今日莺莺为君瑞忧……都一般啼痕溰透……是必休忘旧！"她要张生不要忘旧，要他感到如与她一处宿，那袜儿最有趣，竟要拘管他胡乱行走。此莺莺真非那莺莺可比了。

关于男女赠答，尚有一例是应该提到的，唐代传奇典范作品之一蒋防《霍小玉传》，写李益负心，小玉忧愤而死，临死前，她对李益说："我为女子，薄命如斯。君是丈夫，负心若此……李君李君，今当永诀！我死之后，必为厉鬼，使君妻妾，终日不安！"

后旬日，生（李益）复自外归，卢氏方鼓琴于床，忽见自门抛一斑犀钿花合子，方圆一寸余，中有轻绢，作同心结，坠于卢氏怀中。生开而视之，见相思子二，叩头虫一，发杀觜一，驴驹媚少许。生当时愤怒叫吼，声如豺虎，引琴撞击其妻，诘令实告。卢氏亦终不自明。

这当然是霍小玉鬼魂的报复，报复的手段也是可以理解的。只是"投赠"之物有点奇怪，须解释一下。相思子就是红豆，古人用来表示爱情。"叩头虫"大概是表示仰慕。"驴驹媚"据说是初生驴驹口中一块如肉的东西，妇人带之能媚。只有"发杀觜"，研究者都不能确指，但一致疑为媚药。唐人写唐人故事，这些"投赠"之物，不可能是胡扯，会是某一类人惯用之物。爱情开始滑坡，而向性爱倾斜了。

自六朝兴起志怪小说后，后来屡见名篇，可谓源远流长，而"人神恋""人鬼恋"的故事中，也不乏相互赠答的例子。姑且拈出鏨有神秘色彩，又与民俗有重大关系的一例，以概其余。蒲松龄《聊斋志异》第二卷《莲香》写李通判女鬼魂与桑生交好。

鸡鸣（李氏）欲去，赠绣履一钩，曰："此妾下体所着，弄之足寄思慕。然有人慎勿弄也！"受而视之，翘翘如解结锥,心甚爱悦。越夕无人,便出审玩。女飘然忽至,遂相款昵。

弄弄鞋子,女就"飘然忽至",鬼么,写人鬼恋爱,总得赋予一点神秘感,才能造成气氛。在这篇作品中还有发展情节的需要。鞋子"翘翘如解结锥"(解结锥是古人随身携带的一种象骨做的工具,用于解结,末端尖锐如锥),"心甚爱悦",这不大好懂,原来大约自五代以后至"五四"运动前,女人是缠足的,足缠得越短越美,如果是三寸金莲,那就算妙极了。因为有这样审"丑"观,所以男女调情时往往要捏一下她的足尖,《水浒传》(百回本)第二十四回,《金瓶梅》第四回,都写到这一动作。

在我年轻时,常听到乡下女人做鞋子送给相好,有的仅做鞋子的衬底送去。在衬底最不易磨损处,必做两个相交叠的圆形或相交叠的方胜,这就是同心结。她们当然不知道这是什么意思。做鞋子送情人,好像很土气,其实大俗大雅很难分清,试看陶渊明《闲情赋》:"愿在丝而为履,附素足以周旋,悲行止之有节,空委弃于床前。"前两句是送鞋子最好的说明。那就雅得很了。

"美人香草"的传统手法,起源于屈原。在《离骚》中,他用热烈的爱的追求来象征自己对政治理想的追求。"溘吾游此春宫兮,折琼枝以继佩。及荣华之未落兮,相下女之可诒。"他折了琼枝上的花朵,来增加自己的佩饰，趁花朵还鲜妍的时候，去送给下界的女子。

吾令丰隆乘云兮，求宓妃之所在。解佩纕以结言兮，吾令蹇修以为理。

他要叫丰隆驾着云朵去找寻女神宓妃，解下自己佩用的丝带，交给蹇修去提亲。表面上是"人神恋"，投赠的东西，依然是楚国的风俗。表面上是谈情说爱，骨子里是政治理想，这种手法给后人开了一个法门。请看张衡《四愁诗》

我所思兮在太山，欲往从之梁父艰。侧身东望涕沾翰。美人赠我金错刀，何以报之英琼瑶。路远莫致倚逍遥，何为怀忧心烦劳。（其一）

诗前有篇《序》："张衡……出为河间相。……时天下渐弊，郁郁不得志，为《四愁诗》。依屈原以美人为君子，以珍宝为仁义，以水深雪雰为小人。思以道术相报贻于时群，而惧谗邪不得以通。"或疑这篇《序》是后人写的，不管怎样，它是解释了这篇诗，也说了我想说的话。

最后再举一例结束本文。张籍《节妇吟寄东平李司空师道》：

君知妾有夫，赠妾双明珠。感君缠绵意，系在红罗襦。妾家高楼连苑起，良人执戟明光里，知君用心如日月，事夫誓拟同生死，还君明珠双泪垂，恨不相逢未嫁时。

乍看，这是一篇十分美妙的爱情诗。但一看题目，才悟到别有用意。李师道于元和元年(806),任郓州大都督府长史,充平卢军及淄青节度副大使知节度事,他与父兄盘踞平、卢、淄、青一带,前后达四十年之久,是个飞扬跋扈、劣迹昭彰的大军阀。唐代文人除非自己能爬上政治高位去,否则大都依幕府为生。李师道要"辟"张籍入幕,张籍已入他人幕府,不愿在李师道手下做事,但又得罪不起,只得以这样缠绵悱恻的情诗来表达,"还君明珠双泪垂,恨不相逢未嫁时",临去秋波一转,多妩媚,多动人。但谁又知文人的辛酸!

一个小小的民俗事象,在文人笔下,居然写得如此绚丽多彩!方方面面,我总算点到一些,只是写得不那么有趣。但这里留下一大块空白,读者自会展开想象的翅膀,会心一笑,无意中掩饰了本文的拙陋。

回互其辞

我从一本古代的文学理论名著中摘了半句作为题目,纯粹属于摹仿说书人来一点"鼓噪"。其实说的是极为普通的谜语。我既不会巧制灯谜,也不善于"射虎",那又从何说起呢?这篇短文就像面对一所紧闭着大门的房子,无从揣测厅堂的布置,却从后窗里窥视了一下。或如一位刁钻的画家,他不去描绘画中人的眉眼,却来幅"背面美人图"。

一

如此不起眼的谜语,却在我国第一部文学理论的皇皇巨著《文心雕龙》里提到它。作者刘勰第一个记录了初期谜语情况,又是第一个毫不客气地把谜语赶出文学殿堂的人。《文心雕龙·谐隐第十五》论到隐语，举了还社、叔仪、伍举、齐客、庄姬、臧文六个例，认为隐语有讽谏作用或牵扯到大事，才有意义，所谓"大者兴治济身，其次弼违晓惑"。接下他说到谜语：

自魏代以来，颇非俳优，而君子嘲隐，化为谜语。谜也者，回互其辞，使昏迷也。或体目文字，或图象品物，纤巧以弄思，浅察以衔辞，义欲婉而正，辞欲隐而显。荀卿《蚕赋》，已兆其体；至魏文、陈思，约而密之。高贵乡公，博举品物，虽有小巧，用乖远大。夫观古之为隐。理周要务，岂为童稚之戏谑，搏髀而抃笑哉！

这段短短的文字，告诉我们好多东西，在曹魏时代，已经有了文字谜和事物谜。其次，提出好的谜语的标准：意思要曲折而正确，文词要隐蔽而浅露。这个标准，我们今天还用得上。第三，他举出曹丕、曹植、曹髦这些帝王和大才子的谜语，并评述它的"风格"。第四，他还把谜语溯源到荀卿的《蚕赋》。刘勰是从文学的角度来谈隐语、谜语，他对曹髦的谜语下的结论是：虽然有点小聪明，派不上大用场。最后他认为：谜语只能供儿童游戏，博得儿童拍着大腿咧着嘴巴嘻嘻大笑而已。我国记录风俗、歌谣都很早，但真正建立民间文学和民俗学还是在民国时期的事。刘勰把谜语说得如此不堪，实在不足怪，试看今日各种各样的文学概论，就没有谜语的位置。如果硬要争这份光荣，就像自己有两间房子不住，却要到人家屋檐下打个地铺，为此遭到白眼，那是活该！

刘勰把谜语溯源到荀卿《蚕赋》，但他说得很有分寸："已兆其体"；并非认为是货真价实的东西。现在有人认为《周易·咸卦》即是一组描写男女交合的字谜，更有人追溯到更古的《弹歌》。这应该留给企图建立所谓"谜学"的人去研究，我便不多费口舌了。

人们已经发现，东汉一部著名的文字学著作许慎的《说文解字》第三上"言部"没有"谜"字。这部著作经过后人辗转传写，以致错误遗脱，今天看到的本子是后人校订的。但在许慎之前的古籍里，也确实不见"谜"字，这给好找谜语源头的人，开个不小的玩笑。《说文解字》是许慎在东汉安帝刘祜建光元年（121）九月，在病中遣子冲进上的，至曹魏不过八十来年。为什么从没有"谜"字，经过短短几十年，居然会使帝王、贵族、大作家那么喜爱而进行创作呢？这倒是一个谜。但这个谜不难解释，谜语与歌谣一样起于民间，歌谣很早就有人记录下来，加以修饰，而民间谜语却没有人记录。也不管那时是否叫作"谜"，但这种民间的东西，总是在不断发展着，待到上层人物喜爱，才引起人们的注意，刘勰是根据已有典籍记载而立论的。如果以今例古，一些风味小吃，原是平平常常，偶然碰到大名人肯于品尝，立即身价百倍，贵得叫人吐舌头。

二

尽管文学把谜语拒之于前门,却开了后窗招手让它爬进来,与它结下不解之缘,或作为文学作品的一个情节,或一个关键性情节,或一篇作品的骨架,甚至一篇作品就是谜语组成。这其间当然有得有失。我只将诗歌、传奇、杂剧、话本、小说里有关谜语的,爬梳出六例,说明文学与谜语结缘情况,至于从文学角度加以评论,不是本文目的,因而点到即止。

一、南朝宋鲍照《字谜三首》(逯钦立辑校《先秦汉魏晋南北朝诗·宋诗》卷九):

二形一体,四支八头。四八一八,飞泉仰流。井。

头如刀,尾如钩。中央横广,四角六抽。右面负两刃,左边双属牛。龟。

乾之一九,只立无偶。坤之二六,宛然双宿。土。

因为鲍照是第一个用诗的形式写出完整的谜语,所以这三首诗很出名,苏轼的《仇池笔记》也谈到它,鲍照不一定把这些谜语看作诗,而以后诗人甚至著名诗人却作了谜诗、谜词,有的堂堂皇皇收入集子里。诗是诗,谜语是谜语,把诗写得像谜语,已经入了魔,何况把谜语当作诗,当然有的谜语是很有点文学味道的,但放在各自集子里,却都是次品。这一点还是要听听刘勰的告戒。

二、吴承恩《西游记》第一、二、四回孙猴子到灵台方寸山斜月三星洞向须菩提祖师学道，一日祖师问悟空要学什么，"道"字门、"流"字门等悟空都不愿学，一心要学长生。

祖师闻言，咄的一声，跳下高台，手持戒尺，指定悟空道："你这猢狲，这般不学，那般不学，却待什么？"走上前，将悟空头上打了三下，倒背着手，走入里面，将中门关了，撇下大众而去……原来那猴王已打破盘中之谜，暗暗在心……祖师打他三下者，教他三更时分存心；倒背着手，走入里面，将中门关上者，教他从后门进步，秘处传他道也。

佛教经典中，有的写得很有文学色彩，我也作为文学作品看。下面引一段禅宗最重要的典籍《六祖大师法宝坛经·悟法传衣第一》（契嵩本。宗宝本同。敦煌写本、惠昕本没有这个情节）作为对比：

次日，祖（弘忍）潜至碓坊，见能（慧能）腰石舂米，语曰："求道之人，为法忘躯，当如是乎？"乃问曰："米熟也未？"能曰："米熟久矣，犹欠筛在。"祖以杖击碓三下而去。能即会祖意。三鼓入室，祖以袈裟遮围，不令人见，为说《金刚经》。

一个打头，一个击碓，也都是三下。这就是所说的"哑谜"，在描写道释人物的小说、戏剧里多见。"哑谜"

也有用于爱情或秽亵动作的暗示。

三、《喻世明言》第十卷《滕大尹鬼断家私》写倪太守七十九岁时娶个十七岁的小妾梅氏，次年生个小儿子善述。倪太守将死时，怕长子善继为了家产害死善述，便将所有产业写给长子，只将一张预先裱好的《行乐图》交给梅氏，叫她待善述长大时到贤明的县官那里告状。十四年后，梅氏持《行乐图》(画着倪太守一手抱着婴儿，一手指地下)告到滕大尹手里，滕大尹发现《行乐图》夹层里有张关于藏银所在的说明，就到倪家装神弄鬼，将一小屋判给善述，发出窖藏，自己也要去一坛金子。

元纪君祥杂剧《赵氏孤儿》第四折，写赵氏孤儿已长到二十岁，程婴要使他明白本来面目，将屠岸贾如何陷害赵家，杀死赵家三百余口，几位义士如何舍生保护下孤儿，画成手卷，故意遗落在桌上，让赵氏孤儿猜测，最后程婴一一加以解释，使赵氏孤子报了仇。

以上两例，都是画谜在文学中的运用。后一例更成功，因为这时赵氏孤儿是生活在屠岸贾的府内，又是屠的义子，所以程婴先用没有文字说明的图去试一下他的思想感情。这个剧本到明代有人作了较大修改，就是后来的《八义图》，这个情节依然搬上舞台。

四、唐人李公佐传奇《谢小娥传》，写小娥父、夫都被盗所杀，梦她的父亲告诉她："杀我者，车中猴，门东草。"又梦她的丈夫告诉她："杀我者，禾中走，一日夫。"小娥誓为父、夫复仇，"广求智者辨之"这个谜历年无人能解。元和八年（813）春，李公佐到建业，经老僧介绍，见到小娥，为她解了这个谜：

若然者，吾审详矣。杀汝父是申兰，杀汝夫是申春。且车中猴，车字去上下各一画，是申字；又申属猴，故曰车中猴。草下有门，门中有东，乃兰字也。又，禾中走是穿田过，亦是申字也。一日夫者，夫上更一画，下有日，是春字也。

后来小娥根据李公佐解释，找到仇人，为父、夫报了仇。明代凌濛初《初刻拍案惊奇》卷十九《李公佐巧解梦中言，谢小娥智擒船上盗》就是根据这篇传奇改写的。李公佐写的《南柯太守传》在唐代就负盛名了，后来汤显祖改为戏剧《南柯记》为玉茗堂四梦之一。《谢小娥传》较之《南柯太守传》就逊色多了。但《谢》文对后来小说利用谜语追究仇人、破案，却很有影响。冯梦龙编《警世通言》第十三卷《三现身包龙图断冤》写小孙押司与大孙押司娘子通奸，三更勒死大孙押司，丢入井内，上砌灶台。后来大孙押司籍东岳庙判官递给使女迎儿一张纸，上写：

大女子，小女子，前人耕来后人饵。要知三更事，拨开火下水。来年二三月，"句已"当解此。

果然来年二三月，包拯来当知县，解了这个谜，破了案。但这类运用谜语作为关键性情节的小说,很难写得好,是先天不足,并非后天失调。

五、我国古代有一种小说,全篇是由谜语构成。这不是故作惊人之谈,自然有书为证。唐牛僧孺《元无有》写元无有独行维扬郊野,傍晚遇到大风雨,遂避入路旁空庄里,一会雨止,斜月一钩,无有坐北窗,忽闻西廊有行人声,月下有四人。一人说:"今夕如秋,风月若此,吾辈岂不为一言以展平生之事也?"于是四人相继吟诗:

其一衣冠长人,即先吟曰:"齐纨鲁缟如霜雪,寥亮高声予所发。"其二黑衣冠短陋人,诗曰:"嘉宾良会清夜时,煌煌灯烛我能持。"其三故弊黄衣冠人,亦短陋,诗曰:"清冷之泉候朝汲,桑绠相牵常出入。"其四故黑衣冠人,诗曰:"爨薪贮泉相煎熬,充他口腹我为劳。"

吟毕,互相吹捧,那得意的样子就别说了,好像阮嗣宗的《咏怀》诗,也休想胜过他。天快亮,四人不见了。无有找到堂中,只有捣衣杵、灯台、水桶、破铛四样东西。

牛僧孺是唐代小说名家,这是他的小说集《玄怪录》中的一篇,文字简洁,趣味隽永,确是名笔。类似这种小说,尚有无名氏撰的《东阳夜怪录》等。

六、《红楼梦》第二十二回《听曲文宝玉悟禅机,制灯谜贾政悲谶语》写荣国府在上元佳节制灯谜与猜灯谜的情况。

贾政答应，起身走至屏前，只见头一个写道是：

能使妖魔胆尽摧，

身如束帛气如雷。

一声震得人方恐，

回首相看已化灰。

贾政道："这是炮竹嗄。"宝玉答道："是。"贾政又看道：……

前身色相总无成，

不听菱歌听佛经。

莫道此生沉黑海，

性中自有大光明。

贾政道："这是佛前海灯嗄。"惜春笑答道："是海灯。"

贾政心内沉思道："娘娘所作爆竹，此乃一响而散之物。迎春所作算盘，是打动乱如麻。探春所作风筝，乃飘飘浮荡之物。惜春所作海灯，一发清净孤独。今乃上元佳节，如何皆作此不祥之物为戏耶？"心内愈想愈闷……只见后面写着七言律诗一首，却是宝钗所作，随念道：

朝罢谁携两袖烟，

琴边衾里总无缘。

晓筹不用鸡人报，

五夜无烦侍女添。

焦首朝朝还暮暮，

煎心日日复年年。

光阴荏苒须当惜，

风雨阴晴任变迁。

贾政看完，心内自忖道："此物还倒有限。只是小小之人作此词句，更觉不祥，皆非永远福寿之辈。"想到此处，愈觉烦闷，大有悲戚之状。

第二十二回后半回书，即使灯谜都是平平淡淡，也是写得极好了。贾家虽说声势显赫是祖宗争来的，而元春入宫，毕竟是实实在在的事，换句今天的话，元春是现职。元春差太监送来灯谜儿，原是很浅显的，宝钗一看就猜中，口里"只说难猜，故意寻思"。兄弟姐妹们又都作了灯谜，带进宫内，至晚太监出来传谕，说娘娘所制俱猜着，惟二小姐与三爷猜得不是。二小姐迎春"并不介意"，而贾环"便觉没趣"。元春猜众人的谜，"也有猜着的，也有猜不着的，都胡乱说猜着了"。贾母做的谜语很蹩脚，"贾政已知是荔枝，便故意乱猜，罚了许多东西，然后方猜着"。贾政做的灯谜，怕贾母猜不着，"便悄悄的说与宝玉。宝玉意会，又悄悄的告诉了贾母"。只这么几笔，就写尽人情世态与各人的性格，如对元春的奉承，宝钗的机心，迎春的大意，贾环的猥琐，贾政对贾母的"孝敬"等等。不但如此，曹雪芹对各人灯谜的创作，却煞费苦心，预示了各人的命运。元春的"炮竹"隐寓得宠而短寿；惜春的"海灯"隐寓以后遁入空门；宝钗的"更香"，隐寓以后凄清的结局，等等。在众姐妹的灯谜出现之前，贾政的灯谜"虽不能言，有言必应"，便是隐寓这些谜语的寓意必然应验。半回书，喜中寓悲，从热闹写到凄冷，对全书的结构，起了暗示作用。旧官僚、文人都很相信"诗谶"，这简直是"谜谶"。所以后半回题目是"制灯谜贾政悲谶语"。这是小说中运用谜语最成功的一例。

　　当然，文学与谜语结缘情况，远非这六例说明得了。但要增补，就需丰富腹笥，不是短时间办得到。神游五岳，不如登临眼前小丘实在，这就是我写这篇文章勇气的来源。

坐看牵牛织女星

我国似乎没有像希腊神话里的爱神，只有司生殖的神。古籍里明明白白记载着女娲抟土为人的传说，在汉墓出土的砖画中，可以看见女娲与伏羲连体交尾。民间许许多多的神，只要是女性，大都可以去求子。连常在阿弥陀佛身边的两大菩萨之一观世音，一到中国，也能送子了。这正应一句俗语："尼姑庵里讨奶吃。"如果我们要勉强找一爱神，只好拉牛郎织女来充数了。

虽然"七夕"这个节日在古代是非常热闹的，而牛郎织女故事，还列为我国四大传说之一。今天，我们几乎把这个节日忘记了，剩下的只有一种七夕特有的食品——巧舌，还可以吃到，至少在浙南是如此。

牛郎织女的传说，是一个有关爱情、劳动的传说。不必把这个故事上溯到《诗经·大东》，因为这篇诗歌里只提到两颗星辰的名,还没有构成一个故事。汉以前也不见这方面的材料。而我目前最有兴趣的是有关民俗与文学的联姻,暂不探究民俗的传承与演变,所以就不勉强到大籍中细细爬梳。很容易发现最早见于萧统《文选》的一组十九首大约写于东汉末年到建安之前的古诗,其中有一首《迢迢牵牛星》:

迢迢牵牛星,皎皎河汉女。纤纤擢素手,札札弄机杼。终日不成章,泣涕零如雨。河汉清且浅,相去复几许?盈盈一水间,脉脉不得语。

一对恋人,因隔条河走不到一起,只得含情脉脉不得语。但那是条又浅又狭的河,为什么不想个办法过去呢?或是由那边恋人过来呢?诗人很狡猾,这原因不肯说,也不必说。人们如果展开想象的翅膀,牛郎织女故事的雏型就跃然纸上。或许当时就有比较完整的故事情节,诗人在写诗,他知道什么应该说,什么不应说。再读一读汉末应邵《风俗通义》一条佚文:"织女七夕当渡河,使鹊为桥,相传七日鹊首无故皆髡,因为梁以渡织女故也。"古诗里说牛郎织女隔着河汉,因而怨望,这里则可以渡河了。"当渡河",谁同意她渡呢?记录者也留个悬念。这里点出了渡河的时间:七月七日夜里。晋谢惠连《七月七日咏牛女》诗里说得更清楚:"昔离秋已两,今聚夕无双。"一年也只有这个晚上相见。把这些材料联系起来,同今天我们听到牛郎织女传说的整个构架就差不多了。

元和元年(806)十二月,诗人白居易自校书郎调为盩厔尉,以唐明皇(李隆基)和杨贵妃(杨玉环)故事写了脍炙人口的《长恨歌》,歌的最后几句是:"临别殷勤重寄词,词中有誓两心知。七月七日长生殿,夜半无人私语时。在天愿作比翼鸟,在地愿为连理枝。"这对男女的发誓,恰好在七月七日夜里,有意呢,还是偶然?这可以在同时为《长恨歌》作《传》的陈鸿作品里找到解答:"(玉妃)徐而言曰:'昔天宝十载,侍辇避暑骊山宫。秋七月,牵牛织女相见之夕……时夜始半……独侍上。上凭肩而立,因仰天感牛女事,密相誓心,愿世世为夫妇。言毕,执手各呜咽。'"原来他们是"感牛女事"而引起发誓的。这一民俗事象在宋初乐史写的《杨太真外传》以及以后一些同样题材的戏剧里,大都没有遗漏。

清初洪昇的名剧《长生殿》第二十二出《密誓》对这一情节写得更详细。天宝十载(751)七月七夕,织女渡过鹊桥,"星河之下,隐隐望见香烟一簇,摇扬腾空",仙女告诉她,那是唐天子的贵妃杨玉环在宫中乞巧。于是织女同牛郎去看。唐明皇得知杨玉环在乞巧,悄悄到长生殿来,他对杨玉环说:"妃子,朕想牵牛、织女隔断银河,一年才会得一度,这相思真非容易也。"不料这几句话却引起杨玉环掉下泪来。由于地位的特殊,帝王的爱情是极不可靠的，杨玉环最担心的是日久恩疏，不免有白头之叹。唐明皇安慰她几句，杨玉环便提议："既蒙陛下如此情浓，趁此双星之下，乞赐盟约，以坚始终。"于是两人便焚香设誓："双星在上，我李隆基与杨玉环，情重恩深，愿世世生生，共为夫妇，永不相离。有渝此盟，双星鉴之。"牛郎织女看到他们设誓后，牛郎说："天孙，你看唐天子与杨玉环，好不恩爱也！……我与你既缔天上良缘，当作情场管领。况他又向我等设盟，须索与他保护。"所谓"情场管领"，就是管领恋爱的神。

上举从汉末《迢迢牵牛星》到清初《长生殿》，时间跨度大约1500年，在这漫长的岁月里，牛郎织女和有关民俗事象，在文学作品里不断地被引用，被丰富，被改造，牛郎织女最后成为爱神。至于口头传说，无疑也在传承、演变，但似乎还没有提到成为爱神这一点。

银烛秋光冷画屏，轻罗小扇扑流萤。天阶夜色凉如水，坐看牵牛织女星。

这是杜牧的名作《秋夕》。呈现在人们眼前的白色的蜡烛、暗淡的画屏、即将被遗弃的纨扇、点点幽光的流萤，加上凉气袭人的夜色，构成一幅冷色调的画面。一个可怜的宫女正默默地看着牵牛织女星。诗人惜墨如金，他只在读者心中轻轻撩拨一下，留下一大片空白，让人们想象的骏马，尽情在这片空地上奔驰。或许只有熟悉"七夕"这一民俗事象的读者，会成为最好的骑手。

上面所引的诗歌、传奇（小说）、戏剧，在今天看来，都是属于"雅"文学，不妨再引俗文学一例。明代的木鱼书《花笺记·花笺大意》：

起凭危栏纳晚凉，秋风吹送白莲香。只见一钩新月光如水，人话天孙今夜会牛郎。细想天上佳期还有会，人生何苦挨凄凉，得快乐时须快乐，何妨窃玉共偷香？但能两下全终始，私情密约也何妨。

粗野、真率、理直气壮。他不需要"誓盟密矢，拜祷孜孜"，"问今夜有谁折证，是这银汉桥边双双牛女星"，只要"两下全终始"，你们牛郎织女到佳期还要相会，我何妨私情密约、窃玉偷香呢？这很能代表一些人对牛郎织女故事的心态。

有文字记载的牛郎织女故事，到明代冯梦龙编集的《情史》中，也还是十分简略的："牵牛织女二星，隔河相望，至七夕，河影没，常数日复见。相传织女者，上帝之孙，勤织，日夜不息，天帝哀之，使嫁牛郎。女乐之，遂罢织。帝怒，乃隔绝之，一居河东，一居河西，每年七月七夕方许一会。会则乌鹊填桥而渡。故鹊毛至七夕尽脱，为成桥也。"说来说去，还是女的不好，嫁人，就"乐之"，布也不织了。牛郎呢？没有说。这是冯梦龙编集的故事，如果是冯梦龙的老婆来整理这个故事，大概不会这样写了。早在《迢迢牵牛星》里，也是女的"泣涕如零雨"，大概男子汉哭哭啼啼，太不像话吧。最可恶是天帝，忽而哀之忽而怒之，处罚也古里古怪。如果说天庭的一切设施是从人间摹仿去，恐不尽然，这里天帝就是有天无法的，既不杀，也不关，却罚他们一年一度相见，又永远执行下去。

处罚太残酷就引起逆反心理，容易受到人们的同情，所以历代咏牛女的诗词很多，意思也不免雷同。但秦观咏牛女故事，却不同凡响。请看他的名作《鹊桥仙》（《淮海集·长短句》卷中）：

纤云弄巧，飞星传恨，银汉迢迢暗度。金风玉露一相逢，便胜却人间无数。　柔情如水，佳期如梦，忍顾鹊桥归路！两情若是久长时，又岂在朝朝暮暮？

度日如年，度年又将如何呢？眼睁睁盼到这一夕，霎时又分手，真是悲喜交集。秦观却说"两情若是久长时，又岂在朝朝暮暮"，感情一下进入另一层次：别离是暂时的，爱情是永恒的。

秦观的说法，很有点柏拉图恋爱观意味。但柏拉图式的毕竟"说食不饱"，不现实，所以那么多唐代传奇只有一篇《任氏传》。既然费长房有缩地术，不妨来个"缩时间"术，好在有"天上一日，人间一年"之说，诗人便挖空心思来弥补牛郎织女一年一会的遗憾。但要"有诗为证"可不容易，恰好钱锺书先生名著《管锥编》论《太平广记》卷六八有许多现成例子：

"天上一日，人间一年"之说，咏赋七夕，每借作波澜。如崔涂《七夕》："自是人间一周岁，何妨天上只黄昏。"李荐《济南集》卷二《七夕》："人间光阴速，天上日月迟，隔岁等旦暮，会遇未应稀。"韩元吉《南涧甲乙稿》卷六《七夕》："天上一年真一日，人间风月浪生愁。"又卷七《虞美人·七夕》："离多会少从来有，不似人间久；欢情谁道隔年迟？须信仙家日月未多时。"《齐东野语》卷二〇载严蕊《鹊桥仙·七夕》："人间刚道隔年期，想天上方才隔夜。"桃源屡至，即成市廛……

腾挪狡狯，奇思妙想，虽用心良苦，但牛郎织女故事，要味同嚼蜡了。

七夕最重要的节目是"乞巧"。宋人孟元老《东京梦华录》卷八"七夕"条：

至初六日、七日晚，贵家多结彩楼于庭，谓之"乞巧楼"。铺陈磨喝乐、花瓜、酒炙、笔砚、针线，或儿童裁诗，女郎呈巧，焚香列拜，谓之"乞巧"。妇女望月穿针。或以小蜘蛛安合子内，次日看之，若网圆正，谓之"得巧"。

这是记载北宋汴京的风俗。至于南宋的行在杭州，七夕的热闹场面，绝不下于汴京。《西湖老人繁胜录》、吴自牧《梦粱录》卷四、周密《武林旧事》卷三，都有"七夕"活动的记载，可以参看。再看看唐代的"七夕"，《长恨传》:"秋七月,牵牛织女相见之夕,秦人风俗,是夜张锦绣,陈饮食,树瓜华,焚香于庭,号为乞巧。""乞巧"这种民俗事象,有较详的文字记载还可提前约两百年,南朝梁人宗懔《荆楚岁时记》:

七月七日为牵牛织女聚会之夜。是夕,人家妇女结彩缕穿七孔针,或以金银鍮石为针。陈几筵酒脯瓜果于庭中以乞巧,有喜(蟢)子网于瓜上,则以为符应。

陈鸿说唐宫中乞巧,系秦人风俗(长安古秦地),其实在梁代,长江流域早有这种风俗了。唐承六朝遗风,乞巧活动几乎完全相同,而且一直延至元明清,也大同小异。为什么要"乞巧"?或希望找到称心如意的丈夫,或希望爱情像牛女一样坚贞(如《长恨传》),或希望有如织女一样的巧手(如柳宗元《乞巧文》:"女隶进曰:'今兹秋孟七夕,天女之孙嫔于河鼓,邀而祠者,幸而与之巧,驱去蹇拙,手目开利,组纴缝制,将无滞于心焉,为是祷也。'"),或许还有求子。总之,她们是在祈求幸福。

文学作品写"七夕"的很多,自然要写到"乞巧"。有的写得很具体。如欧阳修《渔家傲》:

乞巧楼头云幔卷,浮花催洗严妆面。花上蛛丝寻得遍,颦笑浅,双眸望月穿红线。

《长生殿·密誓》:

[二郎神]宫庭,金炉篆霭,烛光掩映。米大蜘蛛厮抱

定，金盘种豆，花枝招飐银瓶。……愿钗盒情缘长久订，莫使做秋风扇冷。觑娉婷，只见他拜倒在瑶阶暗祝声声。

半阕词、一支曲子包含三种民俗事象：一是把小蜘蛛（蟢子）捉在盒子里，看网结得圆不圆；二是穿针。但这种针是特制专用，并非一般的针；三是"金盘种豆"。如果未曾接触民俗学，这就难懂了。《东京梦华录》卷八："以绿豆、小豆、小麦于磁器内以水浸之，生芽数寸，以红蓝彩缕束之，谓之'种生'。"就是这种玩意。

诗人总是喜爱别出心裁。宋赵长卿《菩萨蛮·七夕》（《全宋词》）：

绮楼小小穿针女，秋光点点蛛丝雨。今夕是何宵？龙车乌鹊桥。　经年谋一笑，岂解令人巧？不用问如何，人间巧更多。

"人间巧更多"这只是诗人在作诗，与民俗没有相干。

旧时女孩子恰逢七月七日生的，往往取个带着"巧"字的名。可见这一节日是如何深入人心。《喻世明言》第一卷《蒋兴哥重会珍珠衫》：

说这新妇是王公最幼之女，小名唤做三大儿。因他是七月七日生的，又唤做三巧儿。

《红楼梦》第四十三回，凤姐儿的女儿病了，刘姥姥提议"送祟"。"果见大姐儿安稳睡了"。刘姥姥便发一通议论：小人儿家，不要过于尊贵，以后姑奶奶要少疼她些就好了。

凤姐儿道:"也是有的——我想起来,他还没个名字,你就给他起个名字,借借你的寿;二则你们是庄稼人,不怕你恼,到底贫苦些,你们贫苦人起个名字,只怕压的住。"刘老老听说,便想了一想,笑道:"不知他几时养的?"凤姐儿道:"正是养的日子不好呢!可巧是七月初七日。"刘老老忙笑道:"这个正好,就叫巧姐儿好。这个叫做'以毒攻毒,以火攻火'的法子。姑奶奶定依我这名字,必然长命百岁。日后大了,各人成家立业,或一时有不遂心的事,必然遇难成祥,逢凶化吉,都从这'巧'字儿来。"

刘姥姥进大观园,为了博得贾母欢心,不无辛酸地胡说一通,故意出了一些洋相。但这里对凤姐儿说的几句话,却有民俗根据。奇怪的是:七月七日生的女孩子,既有人喜欢取个"巧"字为名,又有人认为"养的日子不好",既不好,为何又要取个"巧"字呢?牛郎织女爱情如此忠贞,相会佳期又可乞巧,取个"巧"字为名多妥当;牛郎织女又只一年一会,"会少离多",相见的欢欣,即是别离的痛苦,真是"相见时难别亦难",这个日子当然是不好了,这就像钱锺书先生拈出"比喻之两柄"一样,非常有趣。

至于刘姥姥说的"以毒攻毒",倒可做什么坏事变好事一例。这得联系到巫蛊,说来话长,只好"按下不表"。

斗玄坛

很早很早的时候，在平阳城南门，有一座玄坛庙，坐着玄坛爷。

三月十五日，玄坛寿诞，平阳城内的老百姓，每年都备了福礼来祝寿，请求玄坛爷庇佑一方太平。祝寿头家轮流做，由他备办福礼，福礼约定猪头一个，雄鸡一只，还有其他东西，请过玄坛爷后，大家就在庙中吃了，叫做吃福。

这一年，头家轮到邱三。

邱三家有一老伴卢氏，还有一个独生儿子叫邱卢。这年春荒，邱三家有一餐没一餐，日子挺难过，直到三月十四日早上，还没有钱备办福礼。众街坊看到邱三还没准备，就叽哩咕噜起来。

大家吵了一阵，还是凑起钱来给邱三去办。

晚上，邱三和老老娘在煮猪头和鸡。猪头和鸡都烂熟了，老老娘走到灶前，一刀就把猪口舌割下，一筷夹起鸡肫。

邱三说："老老娘，你这是干什么？"

卢氏说："邱卢儿多可怜，什么肉呀，油呀，他长到十来岁，还不认识呢！我留这一点点，明天给他下饭。"

邱三说："不要吧，玄坛爷要……"

卢氏说："玄坛爷大神大量，还和我们小人计较吗？"

邱三说："瞒得神，可瞒不了人呀！"

卢氏说："傻子，一个在口里，一个在肚里，谁还看得见？去去去，不要管我。"

第二天，邱三邀了一班人，挑着福礼去玄坛庙不久，有七八个十来岁小孩来邀邱卢到东门山割柴。邱卢不肯去，妈妈最知道孩子的心意，她把邱卢拉到锅灶间，切了一块猪口舌和一片鸡肫塞给他，邱卢才欢欢喜喜和割柴的孩子一同走了。

邱三他们在玄坛爷前焚香点烛，祭请过了，便七手八脚借来桌子，准备吃福。邱三慌忙拿起猪头要擘，有个年纪轻一点的，一把夺过去，说："老老，你擘不动了，我来。"

擘开猪头，不见猪口舌，大家一下哄起来。"邱三，口舌呢？"

邱三说："唔，唔，口舌吗？今日敬神，做生意人也要讨个利市,口舌,口舌,扣牢蚀,所以宰猪师傅就割去口舌了。"

有个人擘开鸡肚,又叫了起来。

"邱三,鸡肫呢?"

邱三说:"你们没有听过小孩子常念吗?一年两头春,养鸡没鸡肫,今年恰是两个立春,鸡就是没有鸡肫呀!"

大家哪里肯信,一口咬定是邱三偷吃。

"邱三,如果不是你偷,敢在神前罚咒吗?"

邱三被迫得没办法,就跪在神前罚咒。心想,偷是万万咒不得的,只好咒吃。邱三大声说:"神明在上,弟子邱三一家如果有吃猪口舌、鸡肫,上山有猛虎,下海有蛟龙。"

有人说:"碰到猛虎、蛟龙又怎样?"

邱三说:"哎,死嘛。"

大家听了邱三罚咒,也无话可说,吃了福,各自回家。

这天绝早,玄坛有事去见玉帝,待他回到庙里,弟子们早已吃了福四散了。庙内冷冷清清,只有土地尊神坐在殿角打瞌睡。

玄坛说:"土地,今天弟子们已来祝寿了吗?"

土地睁开眼睛一看,慌忙踮起脚尖,拄起拐杖走过来,把今天的事一五一十告诉玄坛。

玄坛火冒三丈，掐指一算，立即放出猛虎。

邱三吃了福，三步并作两步走，急急忙忙回家，一把拉住老老娘走进锅灶间，说："快把猪口舌、鸡肫给我。"

老老娘说："死老，越老越口馋，刚吃了福，还要吃，你张开嘴巴给我看一看，喉咙里快满出来啦！我是留给孩子的呀！"

邱三说："快拿出来！"

老老娘说："我就是不给。"

邱三急得没法，把罚咒的事原原本本告诉老老娘。"我只咒吃，不咒偷。只要你拿出来，我往阴沟里一丢，便没事了，神也怪不着我们。"

老老娘说："死老！你应该罚偷，我老了，死有什么可惜？你罚吃卢儿就保不住了，我们只有一个孩子……"

两老正在互相埋怨，忽听门口吵吵闹闹，出去一看，街坊抬着邱卢来了，手掌没了一个，断气了。七八个孩子吓得脸色煞白，在讲黑虎怎样咬人。

两老哭得死去活来。

左邻右舍，聚了一大堆人，有的摇头，有的叹气。

有的说："玄坛爷真小气，为一点猪口舌，就放虎伤人。"

有的说："哪像个神佛！"

怕事的说："嘘！不要多嘴。举头三尺有神明，玄坛爷听着可不是玩的。"

这一天,陈十四恰好来到平阳城。她看到一大堆人围着,便问出了什么事。

大家看到一个十八九岁的道姑,身背包袱,背插桃木剑,问这问那,觉得有点讨厌。

有人被她问得不耐烦,就说:"你吃过几斤盐呀?还问这样大事。你帮得了忙吗?"

陈十四说:"出家人很愿意做好事,能帮忙的。"

"嘿嘿,玄坛爷放虎咬人,你能帮?"

"玄坛做的事,我更能帮。"

这一下可惊动不少人,都围过来,问长问短。嘴碎的就从头到尾告诉她。

陈十四说:"你们快借桌子搭起高台,我好救他。"

那些平时脚轻手轻的人,这回只当看把戏,就去借来桌子,很快搭起高台。

陈十四手执桃木剑,登上高台,捏诀念咒。一会,九凰山、东门山、凤山、雅山三十六头猛虎,一齐跪在台前。

陈十四说:"没有咬邱卢的,都摆摆头,回去!"

三十五头猛虎都摆摆头,回去了。只有一头黑虎仍跪着。

陈十四说:"黑虎,是玄坛差你咬的吗?"黑虎点点头。

陈十四步下高台，向黑虎额头猛击一下，说："吐出来！"黑虎呕了几口，吐出邱卢的手掌。

"去吧！以后不许咬人。"

陈十四捡起手掌，粘在邱卢臂上，叫一声"邱卢醒来！"邱卢一下就蹦起来啦。

陈十四又步上高台，烧下灵符三道，只见玄坛从天而下。

玄坛说："陈神娘，四位元帅为何只召我前来？"

陈十四说："今天找你评理。"

玄坛哈哈大笑："你找我评什么理？"

陈十四说："你身为天庭元帅，坐镇平阳城，受万民香火，你不庇佑百姓，为点儿小事，便任意伤人，聪明正直才是神，你聪明呀还是正直？"

"哈哈哈！陈神娘，你要与我评理！好呀！我们同去灵霄殿上，由玉帝公断。可惜你是凡胎，只学得茅山法，上不了天。"

这一下真叫陈十四上得台来下不了台。陈十四大叫一声："赵公明你不要欺人太甚！今天我非把你赶出城外不可，看剑！"

玄坛举鞭相迎，两个来来往往，斗到半个时辰，玄坛渐渐抵挡不住。陈十四猛刺一剑，玄坛急忙躲闪，脚下一滑，跌个四脚朝天。

陈十四说："玄坛，你输了吧？"

玄坛含含糊糊答应一声。

陈十四说:"把你迁出城外。"

玄坛爬了起来,灰溜溜驾云走了。

陈十四对众街坊说:"大家跟我来,拆玄坛庙去。"立时轰动街坊,跟着数百人,有的拿梯子,有的挑箩筐,有的拿麻绳,有的拿扁担。来到南门玄坛庙。有的抱金身,有的端香炉,有的掀瓦片,有的扳板壁,有的抬梁,有的扛柱,噼里啪啦的,不到一刻,把一座玄坛庙拆个精光,发声喊,送到东门外去。

打这时起,平阳城内再没有玄坛庙。

东坡《荔枝叹》中几条自注读后

冯应榴《苏文忠公诗合注》卷三十九，有《荔枝叹》一篇，咏汉、唐贡荔枝致百姓"颠坑仆谷""惊尘溅血"。东坡笔锋一转，使出杜甫伎俩。最后八行，咏本朝事，更见精绝。

东坡诗："君不见武夷溪边粟粒芽，前丁后蔡相笼加。"这里东坡有个自注：

大小龙茶始于丁晋公，而成于蔡君谟。欧阳永叔闻君谟进小龙团，惊叹曰："君谟士人也，何至作此事！"

丁晋公即丁谓，《宋史·列传》第四十二有《丁谓传》，少时袖文谒王禹偁。王以为自韩愈、柳宗元后三百年，始有此作。办事能力也很强，但为了讨好皇上，尽出些馊主意，人品很差。《传》中没有提及进龙团事，相比之下，只是小菜一碟，不足言了。

蔡襄，字君谟。《宋史·列传》第七十九有《蔡襄传》。蔡襄立朝行事皆有可观。《传》一开始，便记载一件大事："范仲淹以言事去国，余靖论救之，尹洙请与同贬，欧阳修移书责司谏高若讷，由是三人者皆坐谴。"形势如此严峻，而蔡襄挺身而出，作《四贤一不肖诗》，都中人士争相传写。蔡襄书法是当时第一，仁宗制《元舅陇西王碑》文，命他书写，他接受了。后又命他书《温成皇后碑》，他就说："这是待诏的事。"不奉诏了。从这两件事，便可看出他的人品。但他为了讨好皇上，竟进小龙团，难怪欧阳修要惊叹了。

大小龙团情况，欧阳修在《归田录》卷二中谈得较详："茶之品，莫贵于龙凤，谓之团茶。凡八饼，重一斤。庆历中，蔡君谟为福建路转运使，始造小片龙茶以进。其品绝精，谓之小团。凡二十饼，重一斤，其价值金二两。然金可有而茶不可得。每因南郊致斋，中书、枢密院各赐一饼，四人分之。宫人往往缕金花于其上。盖其贵重如此。"

东坡诗："争新买宠各出意，今年斗品充官茶。"自注：

今年闽中监司乞进斗茶，许之。

斗茶是已有习俗，相互用最佳的茶比赛。当然是精之又精。蔡襄用小龙团作贡茶，已是极好了。而监司还要进斗茶，这马屁越拍越精致。所谓"今年"是绍圣二年（1095），时东坡在惠州。

东坡诗："吾君所乏岂此物？致养口体何陋耶！"这位"吾君"就是哲宗赵煦。你们为何老在皇上的"口体"方面拍呢？表面上看，东坡所骂的是拍马屁的臣子，其实，在监司乞进斗茶时，东坡就重重写了一句"许之"，可见这位万岁爷也不是好东西。

东坡对这些拍皇上马屁的人很痛恨，因而把进花的钱惟演也带上了。东坡诗："洛阳相君忠孝家，可怜亦进姚黄花。"自注：

洛阳贡花自钱惟演始。

东坡《仇池笔记》卷上"万花会"条："钱惟演作留守，始置驿贡洛花，有识鄙之。此宫妾爱君之意也。"钱惟演之父吴越王，钱俶降宋，宋太宗许为"以忠孝保社稷"。这就是所谓"忠孝家"。《宋史·列传》第七十六有《钱惟演传》，此人文辞清丽，名与杨亿、刘筠相上下，于书无所不读。但人品极坏，如他见丁谓权盛，"附之，与为婚"。丁谓失势，他怕连累自己，便落井下石了。他拼命挤进后族，与之联姻。以妹妻刘美，长子暧娶郭后妹。次子晦，取献穆大长公主女。封建王朝，大臣死亡，朝廷要给予"谥"，作为盖棺论定。最有趣的是，惟演死，太常张瓌按照《谥法》，敏而好学曰"文"，贪而败官曰"墨"，请谥"文墨"。这时惟演家族还很有权势，要求改谥，朝廷命章得象等人复议，以为惟演无贪黩事迹，而晚节又能自新，有惶惧可怜之意，取《谥法》追悔前过曰"思"，改谥"思"。庆历中，钱暧又提出要求，改谥曰"文僖"。按古谥法，有过为僖。从惟演的"谥"，可知此人糟糕到何种程度。

姚黄是牡丹之王。洛阳至东京六驿，贡花时，乘驿马，要一日一夜至京师。

读《林景熙集校注》

《林景熙集校注》(下称校注本)出版了,这是陈增杰先生一部力作。林景熙生前手定的诗集《白石樵唱》,赖章祖程注很完整地保存下来。章祖程和林景熙是同乡同时代人,年辈稍晚,或说是景熙的门人。他为《樵唱》作注(下称章注)有其优势,质量也高,但太简。陈先生既很好地利用章注,又丰富了章注,补写的条目很多。林景熙生前手定的文集《白石稿》,身后散失了,明吕洪辑得二卷,无注。陈先生为其校注,书后附录六部分资料,便见搜辑之勤。我手头有一本1959年中华书局上海编辑所出版的《林霁山集》,那是根据《知不足斋丛书》本排印的,也参考了上海图书馆藏的明冯彬校正重刊本(抄本)。我将校注本与中华本一一作了对照,并读了《前言》和全部附录资料,深感校本取材赡博,考证精核,评论切当,创获良多。无论是林景熙的研究者或一般古典文学的爱好者,只要细心阅读,虽不能夸饰为如入宝山,但也绝不空手而回。

下面是我的读后感,分四点来谈。

第一,《白石樵唱》诗稿既为林景熙手定,章祖程作注,按理说章注本中的诗篇绝不会发生著作权问题。但是出于人们预料,从现存有关资料看,就在元代,林景熙诗集中重要篇章,著作权却发生了大问题。作为后出的校注本,校注者首先就得将集中作品进行辨伪存真工作。辑佚工作亦如是。陈先生对林景熙有深入研究,态度审慎,他搜集到大量资料,从中发现问题,又细作考证,认真解决了问题。下举四例。

(一)《梦中作四首》是景熙集中主要作品,且有关景熙一生大节。罗有开《唐义士传》引为唐珏作,郑元祐《遂昌杂录》记为林景熙诗,此两人均为元人。罗有开《唐义士传》内容是辛亥(元武宗至大四年,1311年)秋得之于友人倪端叟,时距林景熙死仅一年,距杨髡掘陵事仅二十六年,较章祖程对友生出示《白石樵唱注》(元统二年甲戌,1334年)早二十三年。而所录《梦中作四首》与《白石樵唱》中四首仅有七字差异。郑元祐所录《梦中作》说有十首,仅录三首,篇数既不同,且三首中有三句全不同,异文计达三十余字。这样对比一下,作为唐珏作品可信度要高一些。但陈先生经过细密比较分析，认为属林景熙诗无疑，理由主要有四：其一，《白石樵唱》为景熙生前手定，章祖程即据《樵唱》作注，来源可靠。其二，《遂昌杂录》所记情节与《梦中作》相符合。其三，林景熙其他的诗不止一次提到"兰亭""永和帖"，取喻相同，出自一手。其四，风格与林诗相类，并引王士禛和四库馆臣所论佐证。其说有理有据，令人信服。于此，也可见陈先生的治学功力。至于上面提到《遂昌杂录》引述的《梦中作》篇数及记载异辞，毕竟是七百多年前的事了，无可究诘，因此陈先生很谨慎说：未详。

（二）夏承焘《天风阁学词日记》1936年9月3日谈到刘绍宽（次饶）告诉他，宋遗民黄庚《月屋漫稿》与《白石樵唱》诗互见甚多。陈先生据这一线索查阅《月屋漫稿》，加以对照，发现两书互见诗竟达22首，但篇题大部不同，字句也多差异。据《四库总目提要》，《月屋漫稿》自序作于元泰定帝泰定四年（1327），距林景熙去世仅十七年。他们是同时代人，只是黄的年辈稍晚。这二十二首诗要判定林作或黄作，又是个棘手问题。陈先生细心比较、体味，判定是林景熙作品。提出理由六条（详见附录六《月屋漫稿与白石樵唱互见诗辨疑》及各篇校记），言之凿凿，而最重要的有三条：其一，诗中涉及地名可证为林作，如谢客岩（在温州）、仙坛寺与连云楼（均在平阳），此正是林景熙家乡的风光，而黄庚足迹似未到温州、平阳。其二，诗中所咏情事与林合，与黄不合。景熙与郑宗仁"生同里，学同师，由长至老同出处"，年龄又相差无几，故在《郑宗仁会宿山中》有"挑灯怀旧梦"，"相看非少年"之句。黄庚于霁山、宗仁为晚辈，此情此景就无从说起了。又"手折一枝惊昨梦"，景熙上舍释褐，故有此语；而黄庚未尝及第，也不合。其三，从诗的风格看，《四库总目提要》说黄庚诗"沿江湖末派，体格不免稍卑"；而景熙诗是学杜甫的。这二十二首风格也与黄庚不合。从风格上来判论作品归属，最难，有时也最准确。

（三）刘绍宽据瞿佑《归田诗话》曾称"石田林景熙"，便将《东瓯诗续集·补遗》和《东瓯诗存》卷八所录林石田诗五首，作为"霁山逸诗"，收入他纂修的《平阳县志·文征内篇》。所撰《林景熙传》又言"与汪元量相唱和"。陈先生指出与汪元量唱和的林石田即林昉而非景熙，认为所谓"霁山逸诗"显出附会。校注本不将其作为佚诗辑存，是很有见地的。

（四）校注本诗补遗有《题陆秀夫负帝蹈海图》一首，[校]云："此篇原集不载，中华书局排印本据冒广生《霁山先生集跋》补录。按：此诗见载明瞿佑《归田诗话》卷中，元吴师道《吴礼部诗话》则记为元盛元仁作。冒氏《永嘉日记》云：'姑两存其说可耳。'"此诗确不类景熙诗风格，尤其最后一句，前人已指出太俗套。陈先生这回并不下判断，而沿用冒氏语"姑两存其说可耳"，亦甚审慎。

第二，孙诒让《温州经籍志》卷二四对章祖程《白石樵唱注》评价很高："霁山先生身丁国难，蛰遁以终，感事忧时，悉形篇什，而痛怀故国，未敢讼言，《樵唱》一编，辞多隐托。宜竹亲及霁山之门，见闻最悉，其《白石樵唱注》，疏通证明，多得霁山微旨；至于诗中本事，考核尤详……霁山诗之有是编，亦如山谷诗之有任渊注，荆公诗之有李壁注矣。"孙诒让指出章注好处有二：将霁山"隐托"之辞，疏通证明，多得微旨；详考诗中本事。说得很中肯。陈先生的校注本几乎全部采纳章注，而又很好地利用章注，加以补充丰富，并作订正。也举四例说明。

（一）章注疏通景熙微旨，有不够醒豁及未详明处，校注本则于注或评中补说。如《商妇吟》，于评中既引章注，又引陈璋《霁山先生文集序》、孙锵鸣《永嘉诗话》，使原意更加突出。《秦吉了》《孙供奉》二诗，既引章注，又于《秦吉了》下加评语。写道："此诗及下首《孙供奉》，皆假题讽刺降元将相禽兽不如，笔端饱含义愤。"揭概本旨，读来更其明确。又如《梦中作四首》注①引章注一大段（此注有疑，说见后），又引《遂昌杂录》为证，再加按语，指出《唐义士传》引为唐珏诗系出误传，最后告诉读者参阅附录三他写的《收葬宋陵骨事及梦中作诗辨证》一文。四首注都写得很仔细，尚有集评，殿以自己的评语，使颇为隐晦的《梦中作》诗被注释得明明白白。

特别值得注意的，全部章注提到杨琏真加发掘宋陵事，仅此篇注及《春感》注两处。均无发掘宋陵时间，陈先生在按语中明确指出是在元世祖至元二十二年（1285）。掘陵时间在元初便有二说：罗有开《唐义士传》说在"戊寅"，即宋帝昺祥兴元年，元世祖至元十五年，1278年；周密《癸辛杂识》说在"乙酉"，即元世祖至元二十二年，1285年。陈先生主从周密说，最充足的理由有两点：（1）周密是根据"当时其徒互告状一纸"，属第一手材料；（2）景熙应王英孙邀请赴越，是在乙酉年。发掘宋陵如在戊寅，则景熙时在故乡平阳，不可能有殓骨收葬事。后一条尤为确证，且为前人所未曾论及。这对于澄清事实，解决历史疑难问题很具价值和意义（如毕沅《续资治通鉴》及大多数著作均依照罗有开"戊寅"说，定于1278年）。

（二）章注于事实有过简略处，则申补详说之。姑举二例。如《多景楼故址》，章注："在润州城西土山上，甘露寺侧。"校注本据张邦基《墨庄漫录》，写出多景楼建于何时，具体地址，所处形势，取名由来。又如《寄七山人》，章注："平阳州治北五里有七星山，郑初先生隐居于此，称为七山人。"为了不使人误会七星山是一个山，便引了乾隆《平阳县志》，列出七个小山名，因此七山距离很近，故名七星山。

（三）本书于[校][注]后列集评，详引各家评论，间有自写的评语。而章注是评与注夹杂的，校注本把章注中"评"与"注"分开。以《桐角》为例，题下章注："荆楚间，山家每季春，截桐皮卷而次之，谓之桐角。"校注本引入"注"内。"碧卷春风老，清吹野水空。"章注："二句盖先得之妙。"校注本移作"评"。此类甚多。这样处理是恰当的，使全书体例保持完整。

（四）章注引文出处，不举篇名，颇嫌疏略。校注本利用章注时，一一寻检原书加以覆按，校核文字，详明出处。如《南山有孤树》"惊秋啼眇眇"章注："杜诗：城乌啼眇眇。"校注本则补上杜甫诗篇名《舟月对驿近寺》。"风挠无宁枝"，章注只作"韩文"云、"仲文表"云，校注本则补上韩愈《送孟东野序》，晋殷仲文《解尚书表》。校注本援书皆标明卷次、篇目，征引严谨，翔实可信，并给读者复检带来方便。

第三，校注本搜集资料的丰富，是有目共睹的；但全部校注都写得那么认真，一丝不苟，只有细心阅读，才能体会。兹举一例，以见一斑。文补遗《州内河记》一篇，最早系知不足斋补辑，是平阳张綦毋提供的。张綦毋是乾隆《平阳县志》纂修者张南英之子,《船屯渔唱》作者。乾隆《平阳县志》收有这篇文章,弘治、嘉靖、康熙《温州府志》也见收录。该文写于乙亥年(宋恭帝德祐元年,1275年),而题目为《州内河记》。平阳升县为州,是在元成宗元贞元年(1295),即林景熙写作此文后的二十年,所以"州"字必定错的(应作《县内河记》)。陈先生将此问题写在校记内,真是心细如发。

第四,本书的《前言》写得很好,精审透辟,有许多新的研究成果。《前言》的第一部分,钩沉史料,多方取证,考述林景熙生平事迹,勾勒出一个明晰的轮廓,远较以前的传记充实具体。其叙景熙家世,鼎革前后行迹,应王英孙延聘赴越和收殓宋陵遗骸时间以及吴越漫游等,都有确定的说法和依据,足资治史者参证。第二部分对林景熙诗歌成就作了高度而恰当的评价,观点和材料相为结合,写来血肉丰满,使人读后觉得称他为"宋元之际最富成就的诗人",不为虚美。宋末元初的遗民诗家,多擅长近体,古体则较薄弱。景熙诗"古近体兼工",所以称雄于时,这一派诗人中,古体称有气格者当数谢翱,因此将景熙与谢翱作了比较和品评。其论五古,即从景熙《酬谢皋父见寄》入手,谓:"谢、林古诗悉出《骚》《选》,谢兼效东野、长吉,林多法时洪、杜老,而皆能匠心自恣。"然后引吴之振评语"翱诗奇崛,熙诗幽宛",显示两家不同艺术风格。其论七古,谓:"景熙的七言歌行酣放矫拔,意韵沉至,比五古更能见出他的才力。"接下证实胡应麟"很有眼力的评论":"林德旸七古不多见,而合处劲逸雄迈,视谢(翱)不啻过之。"其论七律,谓:"景熙的七律完全是宋派宋调。他远绍杜甫,近俪放翁,又效法黄庭坚、陈师道奇警遒劲的格律,豪健跌宕,郁勃沉挚,表现出'清而腴''婉而壮'又蕴藉又酣畅的特点,在宋季戛戛独造,凌驾诸家之上。"所举《寄林编修》《答郑即翁》《别王监簿》三诗,的确体现了"流丽中感慨顿挫"的艺术特色,称得上代表作。这些论述都很精辟。

此外,本书编排得宜,编校质量甚高,读来赏心悦目,也为一大优点。如果要说校注本是否还有个别疏忽之处,吹毛求疵起来,我发现有两点:

一、《梦中作四首》其一引章注,章注最后说:"在元时作诗,不敢明言其事,但以《梦中作》为题。后篇《冬青花》亦此意也。"章祖程是元代人,而说"在元时作诗,不敢明言其事",不应有如是口吻,此段系元代以后人补入无疑。此条章注是否还有可疑之处呢?有。弘治《温州府志·林景熙传》与章注自"元兵破宋……且种冬青树识之"一大段文字几乎全同。且杨琏真加两者都写作"杨胜吉祥"。我疑心有人抄弘治《志》文于《梦中作》题下,至嘉靖间毛秀作《辨〈霁山集〉中〈梦中作〉诗下章祖程注疏谬说》便径作章注了。但弘治《志》这段记述以前是否还有相似的文字呢？也有。那就是天顺间吕洪作的《霁山先生文集序》。读者可细细比较。但陈先生可没有指出这条章注的问题。

二、校注本说南雁荡山在今苍南县境，更正确说应在今平阳县境。

以上拈出两点均无伤大雅，姑妄言之。

《林景熙集校注》，陈增杰校注，35万字，浙江古籍出版社1995年12月出版

《梦中作四首》题注非章注考

　　林景熙死后二十四年（元统二年，1334年），同里章祖程为他的诗集《白石樵唱》作的注释脱稿了。章祖程说："愚尝熟玩其诗，大抵皆托物比兴，而所以明出处、系人伦、感世变而怀旧俗者至矣。卷首数篇，尤为亲切。其他题咏酬唱，虽有不同，然而是意亦未尝不行乎其间，读者倘以是求之，则庶乎不失其本领，而有以知其诗之不苟作也。"（《题白石樵唱》）又说："予尝伏读而窃爱之，沉潜反复，盖亦有年。于是童课之暇，不揆僭逾，爰辑旧闻，为下注脚。间有见其意之所指、义之所在，亦辄为之发挥，而不敢隐焉。"（《注白石樵唱》）

　　历来对章祖程的注释评价较高，郑僖说章注"辞义兼得"，鲍渌饮说自己所以要刻《霁山集》为的是"庶几昆阳之注，或由此不致泯没尔"。大学者孙诒让说章祖程的

注"原原本本，精审居多"，比之任渊注山谷诗，李壁注荆公诗。（见夏绍俅《船屯渔唱笺释跋》）

1960年中华书局版《霁山集》，全部保留章祖程注。细读章注后，我认为《霁山集》卷三《梦中作四首》题注，绝不是章祖程原注。

题注：元兵破宋……在元时作诗，不敢明言其事，但以梦中作为题。

元人注同时代人的诗，能说"在元时作诗"吗？这显然是后人口吻。这条题注，很面熟，似乎在什么地方看过，忽然悟到，原来是与明吕洪《霁山先生文集序》许多句子是全同的，不妨抄出，比勘一下：

题注："元兵破宋，河西僧杨胜吉祥行军有功，因得于杭置江淮诸路释教都总统，所以管辖诸路僧人，时号杨总统。尽发越上宋诸帝山陵，取其骨渡浙江，筑塔于宋内朝旧址，其余骸骨弃草莽中，人莫敢收。适先生与同舍生郑朴翁等数人在越上，痛愤乃不能已，遂相率为采药者，至陵上，以草囊拾而收之。又闻理宗颅骨为北军投湖水中，因以钱购渔者求之，幸一网而得。乃盛二函，托言佛经，葬于越山，且种冬青树识之。在元时作诗，不敢明言其事，但以梦中作为题……"

吕洪《霁山先生文集序》："丙子，元兵破杭，有杨总统，尽发越上宋诸陵墓，弃其遗骸于草莽中，人莫敢收。

先生在越，痛愤不已，乃与朴翁伴为采药，偕行陵上，以草囊拾之，盛以二函，托言佛经，埋瘗越山，植冬青树以志之……"

《梦中作四首》题注与吕文许多句子全同，是否可以这样设想：一，吕文抄章注。这不可能。吕洪是"惧岁月愈久，散亡愈多，辄敢僭逾，正其豕亥，厘为五卷，总为一帙，题曰霁山先生文集。将锓诸梓，以广其传"。他整理《霁山集》，是要刻印以广其传的，而在自己写的序言中，却照抄章注成文，岂不自抹黑脸。二，是否吕洪先写了序言，又在《梦中作》题下加个有许多句子几乎全同的注呢？也不可能。吕洪是通人，文思不至于枯窘到这样地步。那么，只有一种可能：吕洪这篇序文写于明英宗天顺七年（1463），天顺七年后，吕本行于世，有人摘录吕文，写在《梦中作》题下，又不加以说明，以致被误认为章注原文。

清康熙时汪士铉刻本内有吴瞻泰序："章祖程注《白石樵唱》又云，杨总统尽发越上宋诸帝山陵，取其骨，渡浙江，筑塔于宋内朝旧址，其余骸骨弃草莽中，人莫敢收。适先生与同舍生郑朴翁等数人，相率为采药者，至陵上，以草囊拾而收之……"吴瞻泰就曾看到这条题注，并误认为章注。吴瞻泰序文写于康熙癸酉（1693），就是说这条题注是在天顺七年至康熙癸酉二百六十年间有人补写进去的。

在这二百六十年间，现在所能知道的《霁山集》有两种刻本，一种是辽藩光泽王本（序写于嘉靖七年，即1528年），一种是冯彬本（序写于嘉靖十年，即1531年）。据知不足斋本鲍正言序，辽藩本是不重视章注的，删除殆尽。冯彬本虽任意割裂，失其本真，却保留了章注。汪士铉本是据辽藩本开雕的。辽藩本既然"删除章注殆尽"，就没有补写注释以至混淆的可能。这样，补写《梦中作》题注最大的可能却是保存章注的冯彬本。

读民国《平阳县志》札记

平阳县最早的志书是元成宗大德十一年（1307）编纂的《平阳州志》〔平阳在元成宗元贞元年（1295）升为州。见林景熙《霁山集·平阳州志序》〕。以后在明正统、弘治、嘉靖、隆庆，清顺治、康熙、乾隆、同治、光绪以及民国期间，先后编纂了十一部县志。其中民国《平阳县志》被称为佳作。

民国《平阳县志》共九十八卷首一卷，是详尽而精细的一部方志。总纂符璋，江西宜黄人，县志创修不久即离开平阳，副纂刘绍宽实负其职，完成整书。该志从民国四年（1915）创修至十四年（1925）刊成，历时十年。

志书优劣和编纂者的学术水平、治学态度关系很大。民国《平阳县志》的编纂者有几点很值得学习。

一、治学谨严。民国《志》一面采"诸书异同辨正"

详于各卷夹注内；一面又"录其遗漏或文稍繁者"另编《考异》上、下二卷。在《考异》里，除补正旧县志外，统志、省府志和其他史籍有沿讹者，均随条辨明，如卷六十一《考异上》"陈桷传"条中"按任与桷名字相应，旧志作'任'，是。黄公度《知嫁翁集·贺陈帅书》原注，桷，季任。亦作'任'。"因此指出陈桷"字季任，《宋史》作季壬"，误。又如同卷"宋之才"条：《系年要录》虽有"绍兴十有五年七月乙丑，权尚书礼部侍郎宋之才充敷文阁待制，提举江州太平观"等记载，但"礼部侍郎上加'尚书'二字是当时系衔如此，非曾为尚书"。因此，编者断定，王朝佐《东嘉先哲录》卷三标目称"宋尚书"，郑思恭《仰止录》的理学标目也称"尚书宋公""皆误"。

编纂方志，宗谱是重要的参考资料，各姓谱牒资料固然非常丰富，但大都真伪杂陈，既不可轻易否定，又不能迷信盲从，必须细心谨慎，辨伪存真。编纂者在这方面是做得相当出色的，如：

1. 在《白沙章氏谱》中得章慰《劾韩侂胄疏》，认为此"疏"真实，可补国史失漏，便全文录入《章慰传》中。

2. 古代传记通例，传主的父祖及子孙如有可靠资料依据，一定要提到。《泗源林氏宗谱》记载第十一世为林则祖，其子为林景熙。但县志编纂者在《人物志》的《林则祖传》和《林景熙传》中，引用了《宋史·陈宜中传》、

《续资治通鉴》、乾隆《志》、《霁山集》、《元史·世祖纪》、《辍耕录》等有关资料，却没有引用《林氏宗谱》。编纂者在引用多种书籍中，不厌其烦地罗列了林景熙的兄弟和子孙的名、字及官职，甚至从不很受人注意的《哭德和伯氏》诗里，找出一个兄弟名德渊，但却不提林则祖为何处人、子是谁，也不提林景熙其父的名字、里居。可见编纂者对宗谱资料的引用是极其慎重的。

二、搜罗宏富。除符璋在民国《平阳县志·叙》里指出：至有关系金石一门，明以后题桥不与，尚有二百十件之多（内"灵峰摩崖词"已由夏承焘教授提供给唐圭璋教授编入《全宋词》）外，卷五十八《杂事志·祥异》，还从《晋书》、《旧唐书》、《宋史》、《霁山集》、《苏伯衡集》、乾隆《温州府志》、乾隆《平阳县志》以及碑文、宗谱等资料中辑出从晋孝武帝太元十七年（392）六月，至民国九年（1920）九月，计一千五百二十多年，共一百四十条有关平阳自然灾害资料。又如不太为旧式文人注意的谚语，在《风土志一·农谣占候》里也记录了九十条之多。其中除删取祝尧之《农家谣课》外，一部分是采访所得。

符璋在民国《平阳县志·叙》里说：民国《志》"有四善"：一为体例之善；一为搜罗之善；一为考据之善；一为叙述之善。洪焕椿在《浙江方志考》中认定本志"为近代浙江方志之佳作"。评价都是很中肯的。

但全书洋洋数十万言，又只依靠少数人力于短时间内完成，差误之处，亦属难免。现就所见，选部分予以订正如下。

一、史实差误。

（一）卷二《舆地志二·沿革表》："（后）梁乾化三年，吴越天宝七年，改横阳曰平阳，此为改今县名之始。"同表又载："（后梁）末帝乾化三年，吴越武肃王天宝七年"，"今县名始此。"

后梁乾化三年是913年，而吴越天宝七年则是914年，两者必有一错。查顾祖禹《读史方舆纪要》卷九十四《温州府》："（平阳县）五代梁乾化四年，吴越改今名。宋因之。"《十国春秋》卷七十八《武肃王世家下》："是岁（天宝七年）改温州横阳县曰平阳。"乾隆《平阳县志·舆地志·沿革》："乾化四年始改名平阳。"据此，乾化三年应为乾化四年之误。

（二）卷二《舆地志二·沿革表》："（后）晋高祖天福四年，吴越文穆王七年"，"（建）靖海军节度"。

后晋天福四年是939年，而吴越文穆王七年是938年，建靖海军节度究竟在哪一年？

查《十国春秋》卷七十九《文穆王世家》："是月（晋天福四年秋八月），晋敕建温州为靖海军节度，从王请也。"此证民国《志》说晋高祖天福四年建靖海军节度不错。但天福四年应为吴越文穆王八年，而不是七年。

（三）卷三十九《人物志·宋衡传》："壬寅，礼部侍郎朱祖谋以经济特科荐，丁母忧，不赴。癸未游日本……己巳应山东巡抚杨士让聘……宣统元年归里，明年卒，年四十有九。"

查阅多种《历史年表》，从清德宗光绪二十八年壬寅（1902）起，至宣统二年庚戌（1910）宋衡逝世止，当中只有癸卯、乙巳，而无癸未、己巳。

查宋衡《致孙季穆（宋衡夫人）书》（转引自胡珠生《宋恕全集》稿，附录《宋恕年谱》）："（癸卯五月）廿四，（在上海）上弘济汽船。廿六，到日本长崎；廿八，到马关；廿九，到神户；闰五月初二，到横滨。孙诒棫等来迎，乘汽车入东京……"《清史稿》卷四四九，《列传》二三六《杨士让传》："杨士让，字莲府，安徽泗州人，光绪十二年进士……三十一年（1905年，乙巳），署山东巡抚。……三十三年（1907），代袁世凯为直隶总督。"胡珠生《宋恕全集》稿，附录《宋恕年谱》："光绪三十一年乙巳（1905）八月廿五，因山东学务处总理张士珩敦请，离杭赴沪，廿九乘海轮，二点到青岛，次日到济南……抵济之次日，张士珩调离山东，但山东巡抚杨士让礼待甚殷，故兼数职，薪俸极优厚。"

根据上引资料，我国近代卓越的启蒙思想家宋衡

(恕)游日本和应山东巡抚杨士让聘,应是癸卯和乙巳,而非癸未和己巳。

二、志传所载互异,读者无所适从。

(一)卷二《舆地志·沿革表》:"洪武三年,(平阳)复为县,属温州府。"同表又说:"洪武三年,平阳复为县。"

但同《志》和此相异的记载有六条:(1)卷六《建置志·县治》:"元贞元年(平阳)县升为州……明洪武二年复为县。"(2)卷二十二《职官志二·历代职官表》:"(知县)梅镒,元知州改,(洪武)二年任。"(3)同卷《职官志一·县职》:"(平阳)元贞元年升为州……洪武二年改为县。"(4)同卷《职官志一·学职》:"元贞元年升为州学……明洪武二年改为县学。"(5)卷二十六《职官志五·名宦列传·梅镒传》:"梅镒……知州事,洪武二年改为知县。"(6)卷四十五《神教志一》"神祇坛"条:"神祇坛,在坡南马路口,距县治南四里。明洪武二年,(县)令梅镒建。"

查顾祖禹《读史方舆纪要》卷九十四《温州府》:"(平阳县)元元贞初升为平阳州。明洪武二年复为县。"乾隆《志》卷一《舆地·沿革》和同卷《舆地·沿革表》所载,同《读史方舆纪要》。

根据上引资料,洪武三年(1370)应为洪武二年

（1369）之误。

（二）卷三十七《人物志·王朝佐传》："（王朝佐）弘治二年领乡荐，五年第进士。"

但同《志》与此相异的记载有二条：(1)卷二十九《选举志二》："（王朝佐）弘治九年丙辰（第进士）（朱希周榜）。"(2)卷五十六《金石志二·周叙国朝题名碑》："王朝佐中丙辰科进士。"

《周叙国朝题名碑》按语："明正德己卯以前科目自以此碑为准。郑让、郑能，旧志错出，应据此碑定作郑让。李昊在洪武己卯科，旧志误入丙子。万英，《通志》误作道英，皆当据此正之……"又《四库全书总目》卷六十一《史部·传记类存目三·东嘉先哲录》提要：朝佐字廷望，浙江平阳人。宏（应作弘，乾隆时避弘历讳改）治丙辰进士。

据上引资料，弘治五年（1492）应为九年（1496）之误。

（三）卷三《舆地志三·山川上》："自甸阳山东北迤为白石山，一名下山。有溪东南流，曰白石河。山麓有白石巷，有宋林景熙故居遗址。"又卷五《建置志一·县治坊巷表》："白石巷在西门外登瀛巷内。"

同《志》与此相异的有一条：卷三十五《人物志·林景熙传》："（景熙）弃官归里，隐州后白石巷。"

据《霁山集》卷一《南山有孤树》诗，元章祖程注：

"案先生所居州治后白石巷中，南对昆岩。"吕洪《霁山先生文集序》："挺生林先生，讳景熙，字德旸，号霁山。居州治后白石巷，别墅在城西赵奥马鞍山之麓。"

平阳县治在南门内，晋太康间置，历东晋、南北朝、隋、唐、五代，直至今天，都在同一地点（元元贞元年改为平阳州时，州治也在此，参见乾隆《平阳县志·建置志下·公署》、民国《平阳县志·建置志一·公署》和《霁山集》卷四《公溥堂记》）。元时州后，应为今县府后。元时州后白石巷，应为今县府后的府后巷（和白石河街平行）无疑。西门外白石巷在平阳西门外登瀛巷内，即在今西门外莲池巷内。也可说在白石山山麓。此两巷相距约一华里，一在原城外，一在城内。林景熙的赵奥别业，明时为吕洪府第，清为苏璠的大雅山房，清末归吾师张鹏翼先生所有。今下山大雅山房故址，犹依稀可辨。章租程与林景熙同是平阳人，章又是"林景熙高第"，他们一起生活过，章说林景熙"居州治后白石巷中"，应是最可靠的。如说林景熙故居在西门外"白石巷"，非但和章说"先生所居""南对昆岩（该岩尚在）"的地理方位不符，且和林景熙《赵奥别业》诗中"家书时到城"句亦有出入。

据上引资料和我们实地调查分析，霁山先生故居应以"州治后白石巷"为是。西门外登瀛巷内的白石巷，该是另一条白石巷。该地现名白石村，即张綦毋《船屯渔唱》中的"欲询问字亭何处，遍种芙蓉白石村"。它为清进士张南英故居所在，非南宋末年爱国诗人林景熙故居白石巷。

三、其他。

（一）卷十八《武卫志》："（光绪二十六年十七日）都司蓝蔚廷率兵勇壮役，会合民团，分道前进，擒获妖妇章陈氏（平阳神拳会组织中的女首领）……二十二日……擒获'匪党'谢凤标解县，并章陈氏伏诛。"

查刘绍宽《日记》（1900年6月17日）："'匪'有妇人一名，系第七河陈有理之妻。有理在时，为圆通教主，其妻仍挟其术惑人。"又刘绍宽《日记》（同年7月25日）："昨听徐通甫少尹尚原言，妖妇陈章氏即陈有理之妻，及假官谢凤标皆已在郡城伏诛。"

《日记》两次提到陈有理之妻，一次直称为陈章氏。按旧时习俗，妇女一般不取名，或很少取名，已婚妇女都将夫姓列在上面，父姓列在夫姓后，称某某氏。所谓"妖妇"既为陈有理之妻，应称陈章氏为是。

（二）民国《平阳县志》内还有一种情况，即编纂者对当时的记载有疑点，便在夹注中提出问题；另一种是因无佐证，只作客观叙述，不轻易下断语。这是他们治学谨严的又一表现。这种情况，只有待文物出土时才能解决。例如：

1. 卷四十六《神教志》："栖真寺在罗阳，宋嘉定间僧思齐建。"夹注："按大日寺砖文即有栖真寺，疑非始自嘉定，或即嘉佑之误欤。"

1984年在栖真寺塔基附近发现的《重建塔志》碑文："凤林栖真寺建自周广顺年间，以石琢五佛塔于放生池旁……天顺元年丁丑岁十月廿四日，当山比丘通信立。"

对栖真寺的始建年代，编纂者据大日寺砖文提出怀疑，并将始建年代从南宋宁宗嘉定间（1208—1224）推至北宋仁宗嘉祐间（1056—1063），即上推一百五十余年。今据明英宗天顺间（1457—1464）《重建塔志》碑文，才确知该栖真寺系始建于五代后周太祖广顺间（951—953），应再上推一百多年。

2. 卷五十四《古迹志·杂物》："钱仓四塔，俱在宝胜寺前，其一已圮，尚存三残塔。光绪十六年（1890），风坏塔尖，堕一铁镬，镌有靖康年号。"

1984年6月在钱仓保胜寺东塔第二层北面龛内发现的《清河弟子造塔记录》碑文："乾德三年（965）乙丑岁十月八日，勾当造塔僧师福、智荣、朋星，寺主赐紫智琮、赐紫庆饶、赐紫居奉……旧塔记录已坏，天禧二年（1018）戊午夏，当寺宣教沙门从信重修塔……"

过去有关我省省重点文保单位"宝胜寺双塔"文章，

都引民国《志》记载，以靖康年间（1126—1127）为始建年代，今据《造塔记录》碑文，始知该双塔的始建时间，是宋太祖乾德三年（965），较靖康间早一百六十多年。

本文在《浙江方志》1988年第二期发表时署名萧耘春、周干

《苍南诗征》后记

《苍南诗征》分内外编，内编收苍南地诗人的作品，外编收苍南地以外诗人写到苍南地政治、军事、山川、风物以及人际交往的作品。

很幸运，我有一很好的参考资料，就是民国时期刘绍宽编纂的《平阳县志·诗征》（以下简称《县志·诗征》）。《县志·诗征》也分内外编，内编收原平阳县人的作品，因此我就必须先做一件事，把属于今平阳县人分出去。《县志·诗征》是从宋代收到清末，这段时间乡里划分和今日完全不同，我花了很大功夫，只剩少数诗人里居还不能确定。

刘绍宽是位博学的人，诗写得好，鉴赏水平也高，但他毕竟是前一辈人，和我们这一代人的文艺观点或多或少有不同。因此在他编选的《县志·诗征》基础上，我做了删、补、增的工作。

先说删。

一、我把属今平阳县的诗人，一律分出去，这样就删去了一半以上的作品。这些诗人有少数作品涉及苍南地的，转收入外编。

二、或因当时资料不足，不免有误解错收的。如《县志·诗征内编》据《东瓯诗续集补遗》和《东瓯诗存》收林石田诗五首。刘绍宽有一按语："此皆霁山逸诗，瞿祐《归田诗话》称石田林景熙，知石田为霁山别号……因《东瓯诗存》已别出，故仍录之。"又在《县志·诗征外编》收汪元量（水云）《杭州杂诗和林石田》二十三首，《答林石田见访》一首，《答林石田》一首，《客感和林石田》一首，计二十六首。刘绍宽既然认为平阳林石田即林景熙，与汪元量唱和的林石田，当然是林景熙了。这是一场误会，这个误会来源很早，以我所看到的资料，第一人是康熙间著名史学家鄞县万斯同。他在《宋季忠义录》中说：林石田，浙江永嘉县人。汪水云集有《和林石田杭州杂咏诗》。第二人是乾嘉间的平阳诗人张綦毋，在他专咏平阳风土的《船屯渔唱》中有："石田处士宋遗民，二十三年作客身。不是水云留和句，谁知笔砚老斯人。"张綦毋认为与汪元量唱和的是平阳林石田，但没有明确说林石田即林景熙。第三人是平阳人周喟，在他所作《船屯渔唱笺释》中笺释这首诗,引《东瓯诗存》中林石田诗:"可怜一盏菖蒲酒,二十三年不在家。"又引汪水云诗"饭蔬留好客,笔砚老斯人。"指出张綮毋诗的出处,后有一按语:"《东瓯诗集》……判霁山、石田为二人,自来辑《霁山集》均失收石田五诗,今据《归田诗话》拈出,以证石田即霁山也。"周喟认为林霁山即林石田,与汪元量唱酬的林石田便是林霁山。第四人才是刘绍宽,民国五年(1916)他看到协助他纂修《平阳县志》的周喟所作《船屯渔唱笺释稿》,为其作跋:"至援据《归田诗话》与《水云集》,证明石田林氏即为霁山,以订正《东瓯诗集》析为两人之失……凡此皆有功于乡哲,非仅善注先生之诗而已也。"

其实这个误会是可以解决的,与汪元量唱酬的林石田,乃粤人林昉。孔凡礼《汪水云事迹纪年》:德祐二年(1276)"春,和徐宇(雪江)、林昉(景初、石田)诗多首","林昉,字景初,石田乃其号"(孔凡礼辑校《增补湖山类稿》第235页)。据此,《县志·诗征外编》录汪元量诗二十六首,应全部删去。《归田诗话》有石田为霁山别号,我看过许多林霁山资料,无第二人提到。万斯同以为石田是永嘉县人,即使有永嘉县人林石田,与苍南与林霁山也无关。平阳有个林石田,没有证据与苍南有关,他的诗就不能入《苍南诗征·内编》,那五首诗内容与苍南无涉，也不得收入外编，只得全部删去。

三、疑似，而无确凿证据的，如《县志·诗征》录方本易诗三首，有一按语："旧志，方燧字本阳（陽），此'昜'字即'昜'之误。《东瓯诗集》有'本易'无'方燧'，'昜'又讹'易'，《诗存》遂误为两人。今两存而订之。"理由似乎很充分，但无其他资料作证，不录。

《县志·诗征》收陈石斋《葵花》诗一首，陈石斋名下有"按，此即陈力修也"。钱锺书先生《宋诗纪事补正》卷四十三，陈石斋《葵花（俗名一丈红）》诗补正："按，此诗重见本书卷三十八陈与义《一丈红》，'石斋'或即'简斋'之误欤？"

查上海商务印书馆影印常熟瞿氏藏宋本胡穉《增广笺注简斋诗集》、影印南陵徐氏藏元人写本《简斋诗外集》，均未见《葵花》或《一丈红》诗。陈力修（石斋）诗仅见这一首，姑存之。

四、宣扬某种思想，而诗味不多的，如被孙锵鸣、诒让叔侄雅重的玉苍僧晓柔（卍莲），曾刺血画阿弥陀佛，并作《血佛》诗九首，《县志·诗征》录四首。直截了当宣扬佛理是释子诗通病，沈德潜云："诗贵有禅理禅趣，不贵有禅语。"只有如王维诗"行到水穷处，坐看云起时"方臻上乘。不然，佛理说得好而诗味不多，就不足贵了。因此《血佛》九首，我只选一首，作为一种样品。

五、《县志·诗征内编》录有林景熙《赠泰霞真士祈雨之验》诗,《县志·诗征外编》也有同时瑞安人陈昌时《赠泰霞真士祈雨之验》诗,可知泰霞(姓吴,法名冲真)求雨是很有名的。古代求雨往往是官方主持,有时皇帝也亲自祷告上天。就诗论诗,林景熙这首诗写得好,如"檄龙呗佛寂不应,蜥蜴那能擅权柄。泰霞真士鞭风霆,绿章叩天天亦惊。玄云沛雨起肤寸,点点都是盘中饭"。不但关心人民生活,什么"蜥蜴"呀,"绿章"呀,让一个民俗学家看来,一定大有兴趣。但我是选诗,今天的人们读这种带有神异色彩的诗篇,是很难接受的。

林景熙又有《送横舟真士游茅山》诗,瑞安陈则翁也有《和寄林横舟》诗。横舟真士何许人也,横舟是林任真的号,这个道士年轻时涉猎经史,宋末曾任过官员,宋亡归隐荪水,遂参水南家学,是个很有名的道教人物。无论赠诗的人多么有名,受诗的人多么有名,但这种诗与今人的思想感情不免隔膜,也全删了。

宋元时期,苍南地道教很兴盛,荪湖有道乡之称,文人学者喜欢与道士交往,为著名道士写诗,也在情理之中,所以我仅保留一首林景英《林氏庵呈周炼师》。

六、封建意识过于浓厚的,如《县志·诗征》录有郑兆璜《陈贞女》诗,有序,大意是金乡陈某长女,许字徐某,未嫁夫卒。女矢志不嫁,在母家十余年。一日,母要她嫁人，女即自杀。今人读这样的诗，是要倒胃口的。

七、用字、押韵过分怪异的诗，也不选。如郑采诗《题复古秋山对月图》"天燊燊兮月朤朤"一首绝句，还有四个"出"字、四个"水"字各组成一字的，有三个"竹"字、三个"寒"字、三个"鱼"字各组成一字的。

又如刘天益《呈陈紫微》诗，看那韵脚，如"泷""唪""庞""扛""杠""腔""龙""矼""撞""悾""幢""玒""枞""驡"，不说有些字读音难准确，吟诵起来也非噎死不可。塞满僻典的诗，尚有极罕见的"两脚书橱"点头，而这类大掉书袋有似符咒的诗，今人只有徒唤奈何。

删去的除了以上几种情况外，尚有不大合于选者口味的，也放胆删去。同是好诗，选者也会有所选择，标准又很难说。或许这是历来选诗者都会遇到的问题。

其次说补。

《县志·诗征》已收诗人作品，我搜集到几十种刊本、手钞本，再选若干首补入。

一、《县志·诗征》选林景熙诗六十多首，我删存仅三十多首，补入九首，其中《冬青花》《过徐礼郎状元坊》《赵奥别业》更应补入。林景熙一生最光彩的一页，就是拾皇陵遗骨，葬于兰亭，体现他的民族气节，《冬青花》正咏此事。徐俨夫是苍南地唯一文科状元，宁可退隐，穷得并日而食，而不依附丁大全。元初，林景熙过其故里，甚有感慨，诗的最后说："东海扬尘久，无人钓六鳌。"赵奥别业是林景熙晚年居住的地方，这首诗足见一个遗民的垂老襟怀。

二、华文漪是清代苍南一位很重要的诗人，《县志·诗征》仅录诗十三首。开头有一按语："《逢原斋集》有刊本，节录数首以见概而已。"后又有"按，逢原斋体物诗最工，以小品未录"。这两个按语，我都有不同意见。（一）有刊本就少录，不妥。诗人如有全集，《诗征》所选当给人一个较为完整的印象。读选本的人多，读全集的人少，除非他是作专门研究。（二）只要诗好，不必分大品小品。因此我据清道光丙戌刊本《逢原斋诗钞》补若干首。

三、苍南地道释人物有诗传世的，仅晓柔一人，读《卍莲诗钞》，发现《牧牛颂十首》也是宣扬禅理的，较有诗味，使用语录体语言，很活泼，补选一首。晓柔诗云："试把禅机写俗情。"这种诗更好一些，补选多首。

四、《县志·诗征》据吴氏宗谱录吴宝秀《口占》一首。吴宝秀因触忤宦官，被诬，系诏狱，妻自尽。经多人挽救，侥幸得以削职归里。阅《东瓯诗存》卷二十六，有《京邸述怀》二首，诗虽非上乘，而情感真挚，应补。

任何一个关心地方文献的人，如果选诗，不可能把那些存于民间的乡里先生的作品手钞本全都找到看过。

凡我见到的，通读之后，觉得有必要补入的，便补选若干首。如果说理由，除上述几例外，其余唯一能说清楚的，是不比其他已选入《县志·诗征》的作品差多少。

再说增。

凡《县志·诗征》没有收入的作者，增收若干名，如与陈高、何岳齐名的林齐，就漏收了。又如乾隆间贡士杨士炳，有《小儿班演剧》诗。(内编补收缪文澜《暮春钱库观小儿作剧》诗一首。外编补收张綦毋《船屯渔唱》"儿童唇吻叶宫商"一首，也是咏小儿班演剧的。)温州是戏剧极为繁盛的地区，苍南地演员尤多，这种风气一直延续到二十世纪五六十年代。清末以来戏剧史料留存较多，而道咸以前史料甚少，上举三诗，除张綦毋一首外，其余二首，诗味不多，但作为资料，却很珍贵。内编还增入章善、邱一龙、夏正炎、陈际中等等，外编增入郑洪、李东阳、苏椿、赵之谦等等。

民国《平阳县志·诗征》只收到清代末年，至今又有一百多年了，在这漫长的时间内，苍南地也出现许多诗人。除少数人如刘绍宽、郑汝璋、苏渊雷等有诗集面世外，其他人作品只有从地方志、日记、笔记、酬唱集、谱牒、报纸、手钞本中找寻。经过这百年风云变幻，有的家属已片纸无存。谈起他们的祖辈、曾祖辈(别说其明清远祖)的诗名及诗坛活动情况，犹如听白头宫女说开元天宝遗事，只有惊讶与无奈。杨悌、汤国琛诗是从民国初年印刷的《西泠酬唱集》中找到的，林竞诗是从《西北丛编·日记》中发现的。有偶然附在别人诗稿内，甚至是口传记录下来的。一人仅存一二首，或许是他最平庸之作，其人当年诗名藉藉，只能想象不是名实难符，而是精品之不幸。留存即将被遮蔽或消融的雪泥鸿爪，以免一片空茫，也是可喜的事。以上说的是内编情况。至于外编，情况便不同，作者多数是名家，虽然翻阅辛劳，得到的往往是会心一笑。

对于这个选本，还有两点必须说明：

一、《苍南诗征》主要是保留文献资料，侧重有关苍南地的政治、军事、山川、风物，选录标准也放宽一些。

二、诗人简介中，尽可能注明家学渊源，也点到师承。

《苍南诗征·内外编》选了二百五十多位诗人一千一百五十多首诗作，跨越千年，不免有遗漏、讹误，我诚心诚意等待人们的补充、指正。

二〇〇四年七月

《苍南诗征》，上海古籍出版社 2005 年 8 月版

《苍南女诗人诗集》后记

苍南不是文化很发达的地区,从清代到民国,却能找到五位女诗人,这是颇为奇特的现象。这次我把她们的全部作品,予以点校、出版,为关心苍南文化史的人们,提供一份资料。

《香闺集》,周秀眉著。周秀眉(1769—1789),兰宋阳路下(今温州苍南县南宋镇)人,嫁蒲城金瑶瑛(初名肇因,字琪材,号瑜圁,邑庠生)。卒时仅二十一岁。

《香闺集》未见刻本,今据流传钞本整理。钞本补遗(不知何人所补)有诗三首,词二首。词一为《鹊桥仙》,一为《思帝乡》,因错得太多,无善本可校,删去。

乾隆五十五年(1790),依绿园刻本曾唯选录《东瓯诗存》卷四十六,录有周秀眉诗二十一首,此时距周秀眉去世仅一年,可知其在世时诗已有流传。二十一首中有《题画》《咏虞美人》《观书口占》《自悼二首》《七夕》计六首,为钞本所无,今增补于《香闺集》后。

《红余诗词稿》,谢香塘著。谢香塘,矶山苋头庵人。生于书香门第,兄青洲,号芳崖,拔贡;弟青扬,号小嵋,岁贡生,皆能诗。嫁蒲城金洺先。其《示儿诗》云:"自从适汝父,笔研多抛荒。汝父喜挥霍,家事慵屏当。轻肥事裘马,钱刀等秕糠。千金不为惜,日夜穷欢场。渐至谢台筑,遂以腴产偿。我苦进规劝,故辙思更张。喜心窃自谓,捕牢鉴亡羊。讵谓丁厄运,一疾入膏肓。行年未三十,下招来巫阳。"香塘二十八岁便守寡,无子,辛苦培养嗣子成立。卒时八十一岁。吴承志评其诗:颇温厚,风格近其弟青扬。

《红余诗词稿》有刻本,附于谢青扬《愈愚斋诗文集》内,作为第五卷,又有钞本流传。这次点校,以刻本为底本。

《素心阁诗草》,郑蕙著。郑蕙(1850—1872),字雪兰,永嘉人。福建候补同知金乡殷执中妾。工诗,好学,尤爱《楚辞》及《杜工部集》。张景祁评其诗:"近体清微澄澹,感物而兴,一洗绮靡柔曼之习。至拟骚拟古诸什,抒写哀乐,极命风谣,言约而趣闳,思近而旨远。"至于好学,可举一例,其《清明日楼头即目》诗有"槐火石泉都换却"句,这不是常用典故,而是出于苏轼《东坡志林》:"昨夜梦参寥师携一轴诗见过,觉而记其《饮茶诗》两句云:'寒食清明都过了,石泉槐火一时新。'梦中问:'火固新矣,泉何故新?'答曰:'俗以清明淘井。'"当续成诗，以记其事。"在《苏轼文集》卷十九《参寥泉铭并叙》中也提及此事。于此可知郑蕙涉猎颇为广泛。卒时仅二十三岁。病重时有人劝其吸食鸦片治病，郑蕙说：这是外夷毒药，我宁死不吸。卓识惊人。

《素心阁诗草》有光绪九年（1883）刻本。《诗草》开卷即见李慈铭撰《郑孺人墓志铭》，校以《越缦堂日记·平阳殷君姬人郑蕙墓志铭》，颇多异文，其中最令人注目的一句，李慈铭原作："孺人父殿鳌，与殷君故中表也。"《素心阁诗草》中《墓志铭》，"与殷君故中表也"七字全删去。原来殷执中与郑蕙父殿鳌（即松岩）是表兄弟，郑蕙是殷执中的表侄女，娶表侄女为妾，还是不提为好。

许琼（1852—?），字榴仙，永嘉人。殷执中小妾。据殷执中《素心阁忆语》，许琼学诗曾得郑蕙指教。

许琼诗仅存三首，录自《素心阁诗草》，附于郑蕙《和许氏娣闽中见寄三首》后。

刘蕙（1906—1950），字佩薰，刘店人。廪生刘庆祥孙女，拔贡刘绍宽幼女，承家学渊源，父以"经业继宣文"期之。曾任扶秀女塾教员、平阳县立中学职员。其女姜伟搜集整理其遗作，名《晚晴集》。

刘蕙诗仅存六首，录自《晚晴集》。

二〇〇四年六月

《苍南女诗人诗集》，上海古籍出版社 2005 年 8 月版

《苍南碑志》前言

碑志是研究历史的重要资料,这是史家共识。

《苍南碑志》涉及内容甚广,如政治、军事、工业、农业、林业、水利、交通、环保、文化、宗教以及风俗等等。兹举数例,以概其余。如有关阴均、东魁陡门,本书收录宋、元、明、清、民国碑文六件,从南宋宁宗嘉泰年间县令汪季良开始筑埭并筑陡门至民国,历经七百多年的漫长时间,已知重建大修五次。碑文中记载关心民瘼的好官,热心地方公益事业的士绅,群众修建的积极性,以及如何运用多种办法筹集庞大经费等,使"三十六源得蓄泄之宜,四十万亩免干溢之患"。关于环保方面的,有清乾隆四十三年(1778)严禁金乡城内狮山开垦种植,以保护沿山井泉的《禁垦官山碑》。清光绪三十四年(1908)严禁自莒溪至灵溪沿流毒鱼,以保护沿溪居民的饮水卫生(《王宪示禁毒鱼碑》)。清咸丰七年(1857),为使矾业能顺利发展，从事矾业的居民能安居乐业，除规定的厘捐外，严禁奸徒勒索(《奉道宪严禁碑》)。有些乡规民约，也很值得重视，如光绪年间，农村有不少赌场和鸦片烟馆，苦竹垵、泗周安、石贡下群众，为避免"颓风"侵入，自发立碑永禁[《永禁赌烟(鸦片)碑》]。《宋史》未为黄石立传，本书收录南宋周必大撰《朝散大夫直显谟阁黄公石墓志铭》和《黄石圹志》，宋史研究者不妨一读。摩尼教是公元三世纪时的波斯古教，七世纪传入我国内地，但这种宗教已不存在。本书收录元陈高撰《竹西楼记》《处士彭公墓志铭》和孔克表撰《选真寺记》，是研究摩尼教颇为珍贵的资料。光绪二十五年(1899)，《朱曼妻地莂》出土，即引起学者的重视，吴承志、孙诒让、冒广生、刘绍宽、方介堪都写了考证文章。晋时禁止立碑，晋碑极稀有，《朱曼妻地莂》更显珍贵。

　　《苍南碑志》分上、下编，上编收录现存碑志；下编收录已毁或未出土(如圹志)而碑文见于各家文集的，如《横塘集》《水心集》《霁山集》《不系舟渔集》《愈愚斋集》《一粟轩集》《厚庄诗文集》等等，以及民国《平阳县志·文征内外编》和《金石志》。如有两种文本，即进行必要的校勘。现存碑志，每篇碑文后都有简短的说明。碑石残泐过甚的，不收录。为了读者阅读方便，碑文繁体字改排简化字，并加标点。

二〇〇三年三月一日

《苏东坡的帽子》后记

纯属偶然。1960年我看到钱锺书先生的《宋诗选注》,连注释也一读再读三读四读,突然忆起顾炎武一个很著名的比喻:采铜于山。从此我读书就比较老实一些,抄抄写写也成为习惯,不再用"怀素看法",一览而尽了。

1996年,我觉得需要找点乐趣,便把几十年来的札记、卡片、索引、纸条儿翻出来,归归类,排排队,开始试写一些笔记。初印成铅字时,还加个"苏轼诗文中有关风俗释证"的副标题,这回修改一下,便是这个集子里三篇文章。

这些无非是"螺蛳壳里做道场",但我也只要求事事有根据,文字尽力修饰得不太别扭,使愿意读的人不致大打瞌睡。写什么,怎么写,文字亦如人,各有各的机缘。

我还列有不少题目,仍有足够精力的话,打算要像小学生面对数学题,掐着指头,慢慢演算出来。但闲看画图卧游，总比一个个山头踩过容易。设想太美，有时连自己也不大相信。

2000年，我听从青年朋友的建议，出版了一本宋代民俗随笔《男人簪花》，以上文字是1999年12月写的后记。后记最后一句算是老实话。

瞬间过了五年，我才又拿起笔，写了《宋人茶事杂说》。说茶必先谈水，水写一万多字，最后引苏轼把好茶比作美人，又引李商隐"已闻佩响知腰细，更辨弦声觉指纤"说自己就要卷帘了。至今又过七年，想写，文思枯窘，不敢动笔，"要卷帘"是货真价实的空话了。

历来如此，凡是历史上名人，各地都抢着要。林景熙是历史上名人，原平阳县分为平阳、苍南两县后，林景熙籍贯便有争论。修《苍南县志》时，其人物传须考核出其人确生于苍南地者，方可上志。于是我写了一篇林景熙籍贯的考证。后又陆续写了几篇有关文章。志传文字只求质朴真实，容不得闲言语。

1953年，两次陪同方介堪先生到宜山陈宅寻找《朱曼妻地莂》券石。因方先生介绍，使我年轻轻时便得到温州老一辈学者、诗人如梅冷生先生等指教。这事不时唤起深刻的记忆，故三十年后，还很有兴趣地写了《关于朱曼妻地莂》，这篇文章牵涉面较广，写毕便请杨奔兄过眼，吸收他的一些意见写定。古代民俗和书法，是我几十年来的爱好，不免多谈一些。

　　我的散文1948年第一次见于报刊，几十年来，断断续续又写了一些，这回拣出两篇放在最后，来凑个热闹。

　　感谢胡小罕先生同意出版这本书，屈笃仕先生不辞辛劳，根据最佳版本的古籍一一校对了我的引用文字。感谢李晖华先生鼎力相助。感谢年轻朋友黄寿耀、陈纬、黄建生、陈革新、陈斯、李祥、王加煦等为本书出了不少力。以后如有人对我的书，提一些宝贵意见，我会很响亮地说一声：欢迎！

《苏东坡的帽子》浙江古籍出版社2011年12月版

《俯拾集》后记

在我虚龄十二岁那年,父亲为我请了一位温十中毕业的人,专教我古文。他教的方法很平常,但特别重视背诵。一篇文章不单是要我从头背到尾,往往从中提出一句,要我接下背。这样,我非把一篇文章背得烂熟不可。

十三岁,我考入平阳中学。一年级第二学期,因日本人占据浙江、福建一些地方,就买不到书了。各科都由先生(那时老师都称先生)刻了蜡纸油印分发。初中二年级,张鹏翼先生来教国文,他教了《陈情表》后,布置作文题目是《读了陈情表后》,《陈情表》我在两年前就学过了,于是就试用文言写了短短一篇作文,很受张先生称赞。我又曾临摹过张先生的字,张先生的儿子是我同班同学,有一个星期天,张先生要我到昆阳镇西门外他的家，教我古诗与古文。去了几次，我就拜先生为师了。

在学校，我是一个颇用功的学生，不但读古诗文，还常到中学图书室借五四以后出现的作家如巴金、徐志摩等书籍。看的都是散文和短篇小说。高中是在瑞安高中读。瑞高学生学习的风气也很不错。1948年，偶然有兴趣写篇散文《命？》，投寄《浙瓯日报》副刊，出于意料之外，居然很快就刊登了，还加了花边。

1951年，我从温州师范学校出来，分配到平阳县文化馆工作，经常下乡蹲点。那时阶级斗争很激烈，文章不敢写了。在乡下经常和农民朋友接触，听他们讲些民间故事，一有空，把故事记录下来，到1956年，我记录的一篇民间故事《一条扁担睡三个人》被华东、全国等民间故事集选中。后浙江人民出版社把我的七篇故事编入一本薄薄的《野熊和老婆婆》。

因为记录民间故事，慢慢地喜欢上民俗学，但我处境不可能到处走走访问，又因喜读苏东坡、黄山谷、欧阳修等人文集，于是我便比较熟悉北宋的民俗了。又因我喜欢看看唐宋以来的笔记、小说、戏剧，凡是民俗事象，就胡乱拉在一起，写了几篇文学与民俗随笔。

1958年最后被定为右派分子，过了一年多一点便摘帽，虽没有恢复工作，心情却好多了。约在1962年，突然想起写旧体诗，第一首是：

> 微雨洗青山,
>
> 晴岚生处处。
>
> 坐爱竹林幽,
>
> 清风自来去。

后来陈天孩先生看到了,说是写得好,如放在王摩诘集中,人们也挑不出。当然这是老诗人勉励的话,当不得真。

此后我还不时写几首旧体诗,至今也只有二十多首。也是意外,我的旧体诗居然会被《诗刊》选中,发表在 2007 年 6 月号上。

1962 年,一位和尚送我一部《六祖大师法宝坛经》,这是佛教典籍中唯一的中国人著述而被尊为经的。当我读到"行由第一",先作为小说来读,慢慢地引起对佛教的兴趣。后又读到大乘佛教典籍中非常著名的一部小品《维摩诘所说经》,兴趣更浓了。从此对佛教禅宗和净土宗经典,能找到就读一读,虽然领会得很肤浅,多读总比不读为好。

1944 年拜张鹏翼先生为师学习书法到现在已经有 71 年了。张先生是写《书谱》上溯二王,参阅北碑。我写的是章草,还涉猎钟繇、黄道周、沈曾植。平心静气说,几十年苦学,如果有点儿成绩的话,也只有章草这一点点,可叹!

二〇一三年九月一日

下编 传衣

一

唐高宗龙朔元年（661）的春天，节气有点不正，春的脚步似乎过早地悄悄来了。在这林木掩映的蕲州黄梅东山的东禅寺周围，比往年更早地充满生机。但是料峭的春寒，带着残冬的余威，又使一切归于沉寂。待到节近清明，春已过去大半，一切有生命的东西才真正活跃起来，到处充满一种不可名状的喜悦。虽然还难免"又作东风十日寒"，但春天毕竟是春天。

禅宗五祖弘忍大师的禅房，因为附近的林木蓊郁，加上晨雾弥漫，这时显得有些幽暗。禅房是五间殿堂，中央一间是平时打坐和接受参礼用的，所谓毗耶丈室。这里布置十分简单，正中靠后是狭而长、坐卧两用的禅榻，后壁是一幅巨大壁画，画着一个高鼻深目的胡僧，大概是菩提达摩。那衣褶是用铁线篆钩勒的，流利而生动，唯设色有些板滞，似乎是阎立本当将作大匠时的手笔。胡僧正在打坐，面部表情平和，双眼微闭，给人一种十分宁静而又玄妙莫测的感觉。壁画上没有任何文字题识。禅榻左首靠壁，置一张胡床和九张杌子，是十大弟子参见时坐位。居首那一张胡床，是有点显目的。与世俗坐具形制比较，榻有点偏高，杌子也略矮一些，这些是经过精心设计的，因为必须随处显示禅榻上这位大师的无上权威。这又是只可意会不可言传的。禅榻右侧，置一楠木小几，几上有一小佛像和香炉。又一长几，几上累着百许卷经卷，每卷有木签标识，最上几卷从木签上可知道是《楞伽经》，从它破损的情况看，可以推测这部《楞伽经》是弘忍经常诵读的。

早课早已过去，全寺一千多僧众开始了一天的日常活动。没有非常必要，即使十大弟子也不敢来打扰大师的，更无论那些烧火的、扫地的、种植的、舂米的、劈柴的等杂役僧人，这是一个绝对神圣的地方。这时已是辰初，禅房非常肃静，林中不知名的鸟儿不时啼叫一两声，更增加空寂气氛，简直可以听到呼吸的声音。炉中香已成烬，弘忍不再唤小沙弥添香。阶下数十盆春兰，因天气骤暖，花正在怒放，清香随着阵阵轻风，沁人心脾，如有如无，令人觉得有不可言喻的微妙。

坐禅原是禅宗的传统，弘忍也不敢例外。他跌坐在禅榻上，一动不动，像一段木头。这不过是他几十年的习惯，其实，这时他何曾入定，他的心中万千思维正在翻腾。自从菩提达摩来东土后，传下一领木棉布袈裟给禅宗二祖慧可，作为禅宗最高权威的信物。慧可传给三祖僧璨，僧璨传给四祖道信，弘忍七岁从道信出家，十三岁正式削度为僧。他在道信门下日间从事劳动，夜里静坐习禅。因为他天资颖异，尽得道信禅法。到五十岁时，才被道信印可认作法嗣，得到这领袈裟，成为禅宗第五代的最高权威。他的这个东禅寺，就有弟子千余人，天下闻名来参礼的，络绎于途。去年高宗皇帝遣使召他入京，他固辞了，随即送来衣药到山供养。他虽有赫赫声名，但他很有自知之明。当今正在玉华宫主持译经的玄奘，曾在五印度最大最有权威的那烂陀寺学习过，被尊为通三藏的十德之一。又戒日王在曲女城为玄奘建立大会，命五印沙门、婆罗门、外道义解之徒都来参加，与会的有十八国王、各国大小乘僧五千多人。戒日王叫大家来难破玄奘的《会宗》《制恶见》两论，经过十八天，没有一个人能提出不同见解，大小乘僧徒一致赞许，加以"大乘天""解脱天"的尊称，他弘忍有这样的能耐吗？单说玄奘到西天取经，历时十七年，仅这一点就无与伦比了。何况他译的经，先帝太宗还亲自为他写了一篇总序。还有仍健在的道宣，他是非常博学的人，他的不朽著作，一部部写出来了，他弘忍有这样的能耐吗？没有。他知道，他的声名大半是靠这件达摩袈裟来的。但他也明白，玄奘的唯识宗理论是如此烦琐，道宣的律宗、戒律是如此精严，这种宗派会逐渐失去信徒的，很快要没落的。而他这种禅宗，也到了非改变一下不可的地步了。

弘忍已经六十出头，须发都白了，精神体力日渐不支，他知道离圆寂的日子不会太久。他必须有法嗣，必须传衣了。一想起传衣，便想到二祖受衣时被人砍去一只手臂的血淋淋事实，这太危险，而且太可怕了。但他思想上因袭的东西太多，想冲出闸门，又再三退却。他怕对不起历代祖师，不愿禅宗在他的手里有太大的改变。他想起弟子慧安，慧安精通佛典，洞达世情，大智若愚，有时也出语惊人，但他甘居第二位，在紧要关头，总是表现出一种与世无争的态度；他又想起弟子印宗，这是一位理论家，他会很好地解释他的禅学，他胸怀豁达，知人善鉴，但挑不起实际工作的重任。这时他慢慢地睁开了眼，看一下那张胡床，他想到神秀……

这时一位僧人轻轻进来，轻轻地叫了一声"和尚"，深深地施了礼。弘忍慢慢地伸出左手，慢慢一按，示意来人坐于禅榻上。来人脸上微露一丝受宠若惊的表情，因为他忆起弘忍受衣前四祖引他同坐的故事。来人不敢贸然坐于禅榻，只侧坐在他平日常坐的胡床上。屁股只挨着胡床的边,身向前倾,头略偏,似乎刻刻在等师父说话。"神秀,我作的《最上乘论》你是否看熟了?"

"弟子已经能背诵了。"神秀的声音柔而甜,表情十分谦恭。

"你谈谈对我这篇论有什么看法。"

"弟子根性暗钝,不敢妄说。"他略一欠身,表示得更加谦恭。

"此论我构思十年,近年再三易稿,最近才写成这个样子,或许我还得改写。你读此论觉得最有心得的在什么地方?"他希望神秀这次回答能使他满意。

"弟子认为:'如'无有生,'如'无有灭。'如'者,真如佛性,自性清净……一切众生皆'如'也,众贤圣亦'如'也。这是此论精蕴所在。未知弟子如此领会是否对,请和尚指示。"神秀出身书香门第,年青时便博通经史,后在洛阳天宫寺受具足戒。他来黄梅参谒,还不到十年。来时也从打柴汲水做起,不到两年,弘忍便发现他有非凡才能,很自然地在僧众中形成一个中心,在大弟子中,他的名次跨越过慧安、玄约、玄赜等人。神秀知道弘忍身体近日大不如前,有传衣之意;所以谒见师父也越频繁,态度也更殷勤,如果得到师父印可,他便是禅宗第六祖了。这是他几十年梦寐以求的,也是他唯一的目的。今天他来这里何尝想到师父要他回答问题,好在他是学问渊博、过目不忘的人,所以对师父的提问能对答如流。他边回答边窥测师父的表情,只见和尚双眉微微一扬,又恢复常态。他知道师父修养湛深,毕生缄口于是非之场,他的心意莫测高深的。但是老于世故的人往往认为表面现象总不能全部掩盖内心的活动,总有蛛丝马迹可寻。神秀这时满心欢喜地接着说:"《最上乘论》中这一段是'真如缘起'的最好阐释。"他偷偷看了弘忍一眼,见和尚面部毫无反应,既不见喜,也不见憎,便不敢再说下去。

弘忍默默地坐着,如果没有一丝微弱而均匀的呼吸,简直是一尊塑象。

一会,弘忍开口了:"神秀,《最上乘论》中说,'身心本来清净,不生不灭,无有分别。自性圆满清净之心,此是本师,乃胜念十方诸佛'。'但能凝然守心,妄念不生,涅槃法自然显现。故知自心本来清净。'这几句话你的看法如何?"

前数日神秀在诵读《最上乘论》时,每念到这几句,就觉得不自在。"心"是"本师","妄念不生","涅槃法"就会"自然显现",这是违背经旨的,哪一种经文是这样说的?如果真是这样,就不须坐禅了,菩提达摩也不用十年面壁了。他本来要说出自己的意见,继而一想,和尚特别提到这几句,或许是他的独特心得,纵然自己不同意,也不能说了。和师父意相左,师父还肯把袈裟传给我吗？特别是在师父将要传衣的节骨眼上。忽然他又改变了主意，师父刚才不是讲过，这篇论还要修改的，或许师父觉得不妥，又拿不定主意，特地征求我的意见。于是他决定说出来了。然而在师父面前，说话总得留有余地。

"《论》中这几句话，弟子少智慧，未能全部领悟。"他对自己的回答非常满意，如果师父肯定《论》中这几句话，表示我非常谦卑，虽懂得，但懂得并不透彻，更显得这些话不同凡响；如果师父否定这几句话，也可说明我对师父回答得非常有分寸。

弘忍仍是一动不动，毫无表情。他已看透神秀的心意，此刻他非常失望，神秀所赞成的，正是他思想上冲不破的茧；不赞成的恰是他特有的心得。一个宗派的兴起，它必须有士大夫的赏识与众多的善男信女的支持。他看到唯识宗与律宗势必衰落，就因为没有群众。而最没有理论的净土宗，近年却逐渐兴起，因为只要口念弥陀，便可往生乐土，这就大开了方便之门，诱发了多数人的兴趣。这样看来，他的禅学总不能仍是"住心观净，常坐不卧"，也必须大胆改变面目。他老了，力不从心了。而神秀确是王霸之器，他的纵横捭阖的手段是高明的，但他的理论是僵化的。他能担负这一重任吗？

足步声由远而近，越近声音越轻，一个长长的影子映在阶前。略停，旋即进来知客僧。

"禀和尚，有一獦獠前来参礼。"

这时师徒二人才觉得禅房已经明亮多了。晨雾已经退去，太阳从前山露脸。

"带他前来！"弘忍语气很平和。

"和尚，弟子告辞了。"神秀说要起身又没起身。弘忍举起左手轻轻一按，神秀依旧坐着。这几年，凡是有人从远方前来参礼五祖，神秀总想坐在师父身边，不愿离开。

一会，知客僧带来一位青年人。他肩宽，胸阔，但很矮，就像一株大树被砍去了树梢，只得横向发展。腿似乎短一些，如果坐着，就会觉得相当魁伟。头发、眉毛黑而粗，鼻子大而直，一双大眼睛很富于表情。两手粗糙阔大，手指短而几乎呈方形。脚上五趾向外张开。身穿短褐，又旧又脏，两肩和肘部有许多补丁。是登多耳芒鞋，从芒鞋破旧的情况来看，或许脚底部分早已磨穿了。

知客僧指着禅榻对青年人说："礼拜和尚。"

"弟子慧能礼拜和尚。"青年人五体投地行了稽首礼。

"起来。"弘忍轻轻地说。

知客僧又指着神秀说："这是神秀上座，教授师。"

慧能合掌深深施了一礼。

这时慧能才看清楚，弘忍是个小个子，面容清癯，神情玉洁冰清。寿眉很长，眉尖下垂到眼角。额上三条皱纹，平直而深刻，绝像站在释迦牟尼像前的大迦叶。神秀是个高个子，约长八尺，额宽，浓黑的眉梢微微翘起，眼细而长，眼光特别有神。面容白皙。身体已经发胖，好像刚刚进入中年，但从这种人的面容来判断年龄，可能会比实际年龄轻得多。他一表堂堂，给人一种威德巍巍的感觉。

弘忍问："居士哪里人？今年多少岁？"

"弟子岭南新州人，二十四岁了。"

"在家作何营生？家中几人？"

"弟子樵薪度日，家中只有老母一人。"

"萱堂在家，何人奉养？动身到此已几日了？"

"应是宿缘，有一客人念弟子心切，赠银十两，令充老母衣粮。弟子因缺乏路费，日夜赶程，经二十余日才到宝地。"

弘忍微露笑容，说："真不容易！"

这时神秀端坐在胡床上，流露出一种不可捉摸的表情。

弘忍问："居士来此之前，曾参谒过何处名山，哪位大德？"

"弟子未曾至别处参谒，一心向东山法门。"慧能曾住宝林古寺，又至乐昌西石窟从智远禅师学禅。他认为这段经历没有必要提起。

"居士千里迢迢来到黄梅，欲求何物？"

"弟子远来礼师，不求什么，只求作佛。"

单刀直入，毫不拖泥带水，多大的气魄！弘忍想，这不是等闲之辈。

"居士是岭南人，又是獦獠，如何能够作得佛呢？"慧能的父亲卢行滔，河北范阳人，谪官岭南新州，到新州后才生下慧能。所以慧能的语言、行动与新州一带尚未十分开化的土著——獦獠一般无二，所以弘忍误会了。对这个误会，慧能也不加纠正，一个獦獠能远迢迢来至黄梅求佛，不是更好吗？

"人虽有南北的分别，佛性是没有南北的。弟子与和尚地位不同，而佛性是没有差别的。"

神秀心里一震，偷眼瞧一瞧弘忍。弘忍双目微闭，毫无表情，内心却十分欢喜。站在他面前这个其貌不扬的人，竟是个辩才无碍，了不起的人物。佛性没有差别，这种理论比他的《最上乘论》提出的观点更为彻底。

"居士识得字吗？"神秀问，他的声音如黄钟大吕。

"一字不识。"

且不说玄奘、道宣，就是玄奘的高足弟子窥基、圆测，还有净土宗的大德善导，哪一个不是很有学问的人呢！不识一字，竟敢求作佛！神秀脸上微露鄙夷的神色，用微含嘲弄的口吻说："居士一字不识，如何诵经，如何领会经中的奥义呢？"

"诸佛妙理，不关文字。"

弘忍吃了一惊,这种舍离文字义解,直澈心源的主张,比他的理论更高明。这种主张,正为上至王公大臣,下至贩夫走卒,大开方便之门。这个人可能会把禅宗发扬光大。他看一眼神秀,神秀嘴角下垂,现出一种对无知而狂妄者的讥讽神色。

弘忍似乎不大高兴,对慧能说:"不得妄语。"又对肃立在那里像段木头的知客僧说:"唤惠明来。"

一会,知客僧领进一个年约四十的僧人来,他身材高大而结实,神情朴质而粗野,从这样的外表和神情看来,定是勇猛有余而机智不足,这是供在天王殿里的人物,绝无可能挤进大雄宝殿的。但这种性格的人物,一旦觉悟,就会勇往直前,义无反顾。

他到弘忍前,施了一礼,又目注神秀,神秀微微点头,他又施了礼。

"和尚唤惠明前来有何吩咐?"他发音只用喉头,唇、舌、齿等好像又全无用处。也似乎这里不是禅房而是沙场,或许误会他把谁都当作聋人。这样沙哑而响的声音与庄严肃穆的禅房气氛非常不协调。

"惠明,听说你近来仍在使枪弄棒,还带着一批僧众学,有这回事吗?"弘忍在数日前偶然绕过伽蓝殿后,见惠明正赤膊挥舞禅杖,向僧众传授少林棒法。这是弘忍亲见,而他却说"听说"。

"是，有这回事……"

"惠明出身行伍，习惯了使枪弄棒。"神秀马上接口说。

"是呀！他们也觉得有趣，随便跟着学一学。"惠明说。

神秀看了他一眼。

"念你是三品将军出身，旧习难改，不怪罪于你。"弘忍接着说。

"快谢和尚。"神秀说。

"谢和尚。"

"佛门是清净之地，何用使枪弄棒。今后决不许可！如若再犯，定按《神门规式》肃众，将摈条实贴山门，以挂杖杖之，集众烧毁衣钵道具，鸣大鼓三通，以杖从偏门攻出。你知道吗？"

"弟子知道。"他看一眼神秀。

弘忍指一指慧能对惠明说："把这獦獠带往槽厂，劈柴踏碓。"

惠明、慧能刚转身欲走，弘忍又轻声说："转来。慧能，运水搬柴，亦是修禅，你懂吗？"

慧能说："弟子知道。"

"今后不得擅离槽厂。"

"是。"

二

重阳前后，秋高气爽，正是登高好季节，这是千年相传的习俗。东山背依巍巍白莲峰，面对锦绣匡庐。发源于古角、龙坪的东西二河，像两条玉带，将东山萦绕。漫山苍松古柏，青翠欲流，中夹几株丹枫，色彩更加鲜活。加以千余间的东禅寺，雕梁画栋，黄墙碧瓦，隐约露于林梢木末，有时遇到晨雾夕岚，东山飘浮于空际，更会引起人们的遐想，这如果不是西王母的瑶池，定是华胥十二楼境界。可惜李龙眠生于五百年后，不然正是他的仙山琼阁图的粉本。

东山既这样诱人，又有弘忍大师在此主化，游山拜佛，心身两益。因此每年这段时间，自一天门经二天门至山门五里间，行人如蚁。进入山门后经天王殿至大佛殿这一段，更是摩肩接踵。山门后飞虹桥上的飞虹亭，清风习习，流水争琮，本是游人休憩的好地方，这时却无插足之地，别说在这里领略一番远离尘嚣的悠然见南山的意境了。绕过放生池，拾级登上麻城殿后，善男信女如织。不但斋堂、客堂挤满了人，即如法堂、延寿堂也开放任人参观。只有茶堂是五祖接待室，非达官贵人、四祖道信弟子和五祖弟子从远方来礼觐者，不得轻易入内。接待的僧人也寥寥无几，因为弘忍提倡实行农禅生活，种菜的、护林的、挑水的、舂米的，依旧各做各的，绝不许在善男信女中无事厮混。

今年却与往年截然不同。

入秋以来，太阳如火。中秋以后，酷热有增无减。到八月末，忽然大风拔木，大雨如天河倒灌下来。大风过后仍是秋雨连绵，万重雨幕，使十步之外，不辨马牛。群峰叠嶂，如水墨渲染一片。有几日雨稍小，但匡庐仍不识真面目，东山也云封雾锁，充满神秘。风雨重阳，当然令人遗憾，而且秋之凄凉也影响到人的情绪。弘忍入秋以来，身体时好时坏，节近重阳，病却日渐加重，这时他意识到责任的重大。佛家是反对道家长生之说的，主张寂灭为乐。死没有什么可怕，只是怕衣法相传在他这一代断了。这时寺中僧众不但大弟子埋怨弘忍年老糊涂，即如杂役僧人，也觉得利害攸关，须及早准备依止某一位接受依法的人。其中有些人，正准备为衣法献出必要的牺牲。

不料十月初，立冬一过，弘忍病也好了。有时拄杖命小沙弥扶着，到后山林木开阔处，望遥山疏林，天宇特别宽广，心情豁然开朗，他又考虑起振兴禅学，必须很快传衣。

大弟子们觉得和尚身体好得这样快，恐也是一种回光返照，他们认为和尚是精明过人的，一定会抓紧这个机会传衣。

这时寺院正如一条大河，河面十分平静，而底部却有一股暗流,打着一个个可怕的漩涡。

冬初的太阳还未显得特别可爱。近日神秀喜欢到寺中各处走走,僧众们叫一声上座,微微一点头,一改从前威而不亲的态度,遇到有的僧人,他注目而视,微露笑容。别看他的态度潇洒,心中正在琢磨寺里发生的一切。前日传智诜到五祖堂,这为什么?讨厌,这个老谋深算的老奸巨猾,他特别善于随机应变;玄赜,他的办事能力与理论水平是绝不相称的;印宗已去广州了……他边走边考虑弘忍大弟子中有可能传衣的人,甚至绝无传衣可能的人,近来有点惹起他疑虑的,也考虑到了。他经过圣母殿前刚要向麻城走,忽听一声"上座",一怔,停住脚,惠能已来跟前。

"慧安师兄到了!"惠明说。

"他为什么来呢?"神秀好像自言自语又好像是跟惠明说,"又恰在这时候来,他在嵩山不是很好吗?"

"不知道。"

"现在何处?"

"已往五祖堂礼觐去了。"

"唔,你即到五祖堂前等他,第一句话就说,上座知你远来,已在禅房侍候。"

一个时辰后,玄赜、智诜伴着慧安进入神秀禅房。彼此相让坐下。神秀问慧安:"前些日子风风雨雨,路又这么远,为什么拣这日子来?"

慧安笑呵呵地说:"前月有一头陀随缘居住嵩山,说到和尚圣体违和,我想和尚已是风烛残年之人,所以就栉风沐雨赶来了,好在至中途天就放晴,不然,还得迟些日子才能到此。"

神秀听了很不自在。慧安在大弟子中资历最老。仅从年龄说,他比弘忍还大。他是在弘忍刚接受衣法那年来参谒的,还服侍过四祖道信。他的修养也最高,作为禅僧,不但精通《楞伽》奥旨,还精研《法华》《华严》。他是最有可能承受衣法的人。"前些日子,我还很担心呢,五祖一朝寂灭,你还没有来,那衣法怎么办呢?"

"呵呵呵,你别误会,慧安若为衣法,也不到嵩山去了。"他很奇怪,神秀竟会说出这种话来。

"和尚最惦念的还是慧安呀!不过这几年里里外外全是上座处置,省了和尚多少精力。上座够辛苦的。"玄赜说。

"言过其实了。"神秀表示出一定程度的谦恭。玄赜是寺内人所共知的拥秀派。

"上座也着实辛劳。他思虑精密,非我辈所能及。即如为和尚造塔的事,就是我们考虑不到的。"慧安略缓缓口气,"不过,选择在这时候造塔,知道内情的人,认为上座是未雨绸缪,不知就里的,兴许说你要夺五祖圣位哩!"

一语破的。神秀十分恼怒,但面上只现出一种无可奈何的表情。

"我对上座是十分敬佩的。上座出身名门,博通经史,当年如果不来选佛,而是投身仕途,恐怕贞观名相房玄龄、杜如晦等都要相形见绌哩。"慧安这时想到贞观十九年(645)玄奘从印度回来到长安,至今虽仅十七年。民间却已传说,玄奘到西天取到经,全赖妖精保护,后来这些妖精都成了正果,只不过没有在玉华宫陪玄奘译经而已。这些传说不无道理,佛门广大,也免不了妖魔来修行,即如神秀,就有魔气。当前宗派斗争如此激烈,一宗之间也是如此。佛门与世俗仅隔一层纸。为了弘扬佛法,有时也很需要这种半天神半妖魔式的人物。

惠明突然出现在禅房外,高声说:"告上座,华州惠藏、随州玄约两位师兄来礼觐和尚。"

神秀、慧安、玄赜、智诜突然起立,神秀一脸惊异神色。

弘忍趺坐在禅榻上,微闭双目,心中十分苦恼。半月来,夜深时堂前还有足步声。近数日,月色朦胧,纸窗外常有人影晃动。昨夜三更时分,有一人影向他禅房窥视。神秀未曾禀告,就为他造塔,这不暗示他不久即圆寂,必须及早传衣吗?昨天惠藏、玄约、慧安接踵而来,也无非为这件袈裟。这件袈裟既有如此威力,也埋下这样的祸根。弘忍闭上眼睛,好久,额上三条平整而深刻的皱纹渐渐向上舒展,嘴角似乎微露笑意。他立即传下圣意,命大弟子们前来。

除了印宗仍在广州弘法外,九位大弟子相继进入弘忍禅房,依次坐于胡床和机子上,等待和尚开示。

他们心中都不免焦急,这是决定性时刻,禅宗的皇冠,不知要落到谁的头上。

弘忍突然开口:"世人生死事人。你们终日只求福田,不求出离生死苦海。自性若迷,福何可求?你们各去自看智慧,取自本身般若之性,各作一偈,呈来我看。全寺僧众,都可作偈。你们去吧。"

九位弟子呆若木鸡,完全出于他们的意料。他们随即醒悟过来,这是传衣前最后一次考验。他们互相觑了一眼,轻轻地退出。

一块巨石,投进一泓死水,马上掀起翻天巨澜。特别是大弟子们,他们平日所修的"凝住""壁观"工夫,即刻化为乌有。"得失随缘,心无增减。""有求皆苦,无求乃乐。"弘忍和尚所宣讲的达摩祖师圣训,要求他们身体力行,弟子们确也是嘴里念过,心里想过,有的也曾身体力行,此刻却被一领破烂袈裟搞得如风卷残云,汤浇残雪。他们原曾同舟共济,一旦翻身落水,一个个"剩有一发,毛头未没",想的只是自己如何浮上来,到达彼岸。岂但如此,他们突然感到彼此都处在对立地位,不是网破,就是鱼死。

那些地位较低的比丘，他们有的也精通禅学，只是没有机会得到重视，这次对作偈甚感兴趣，正在跃跃欲试，企图侥幸。还有地位更加低微的，他们自知没有作祖的希望，思想上只引起一点死水微澜。但也不尽然，有的只要有微利可图，便有骇人的举动，头脑的简单便是他们的无畏的基础。他们的狂热，令人愤慨，而借他的手造成他自己或别人的苦痛，又令人怜悯。还有一部分僧人，行头陀行，一向在京洛一带，见多识广，近年才在此安单的，他们感到有一种紧张的空气，揣测这里将出现如太宗文皇帝玄武门之变这样的悲剧。

敢于作偈的僧众终是少数，大部分人认为神秀是上座、教授师，这领袈裟必然归属于他，不用枉费心力。也有的认为慧安、智诜这样的大弟子，很有可能被认为法嗣。大弟子中各有各的心腹，绝大部分僧人是有自己所依靠的人。所以这几天很少有人安心在蒲团打坐，都在东一堆、西一堆窃窃私语。只有极为少数的两种人与之无关。一是真正解脱，不闻不问；还有就是文不能拿笔，武不能提刀，安分守己，甘心挑水劈柴了此残生的。还有就是八月初一重新开寮接众才游方到此，现在挂搭暂住云水堂尚未安单的。

几天来神秀少吃少睡，经常在房中踱来踱去，脑子发胀,身体似乎有些微温。他几乎要倒下去,但又不得不支撑着,全寺僧众除大弟子外,都不在他眼里。这些僧众既没有学问,又没有威望,他们是登不上这祖师圣位的。但这些人中有的却是他的基础,从前他们依靠他,取悦他,现在呢?到那个关键时刻,他们是否能出力呢?他在这里虽是上座,却不是唯我独尊的人。大弟子中如智诜、玄约都是学问渊博的,尤其是慧安,真正是大智若愚。扪心自问,他比他们高了多少呢?他甚至埋怨自己这几年不应当上座。当了上座与五祖接触过多,自然露出自己的弱点。而况树大招风,自然有人对他有意见,在五祖面前说他坏话。但他又觉得正因为当上上座,才有今日的威信,才有居高临下的气派,当上六祖的可能性才增大。他一向自信多谋善断。这两天他却又认为最少谋略,最是优柔寡断的人。他想把已写好的偈火化了,不呈给和尚。呈偈是为了求法,求法是好的,想做祖师就是恶了,这与抢夺圣位有什么分别呢?忽而他又觉得这想法太幼稚,太虚伪。由于少食少睡,心乱如麻,他一打坐便瞌睡,一瞌睡便入梦。

"神秀,你来,毋须拘束,就坐在我的禅榻上。"弘忍和尚破例显得十分愉悦轻快,"东山法门,尽在秀矣!"弘忍和尚的声音是如此抑扬顿挫,如闻仙乐。和尚进入内室,捧出菩提达摩传下的袈裟。那袈裟金光四射,令人睁不开眼，神秀立刻从禅榻下来，双膝跪倒，顶礼膜拜。弘忍十分庄严，说："此是禅宗法宝，今日传授于你，从此你便是第六代祖师了。"神秀欢喜无量，刚要举起双手去接，和尚忽然作色，说："神秀，你虽熟读经论，但仍未见本性，只到门外，未入门内，要想觅无上菩提，了不可得，我要把袈裟传给慧安了……"神秀刚要呼喊自己的心腹僧众进行武力劫持，弘忍早一把把他推出门外，僧房的门砰的一声闭上了。神秀吓得满身大汗，睁眼一看，原来坐在自己的禅榻上，小几上的铜铸香炉无缘无故滚落地上，发出撞击的声音。红日衔山，照在窗纸上，地上布满好看的冰梅图案，小几上用香炉压住自己用端楷写的偈，也飘落地下。这时窗上映出慧安、玄约、智诜的身影，他们缓缓从阶前走过。还听到智诜轻轻说：我们不求圣位，这回只苦了秀上座，嘿！嘿！嘿！

太阳沉山，天空只剩一抹余晖，神秀的禅房逐渐暗淡。神秀下了禅榻，俯身去拾起那张飘落的偈，他打个趔趄，险些跌倒。他定一定神，一弯腰，眼前金星直冒，手颤抖不止，好容易才拾起偈，折好纳于袖内。

神秀这时觉得清醒多了。和尚命全寺僧众作偈，已经第四天了，慧安他们或许早把偈呈上，我若不呈偈，和尚如何知道我心中见解深浅？我若呈偈，和尚认为我未入门，也不能得衣法。但不呈偈，最终不能得到衣法，枉在山中多年，受人礼拜。他苦苦回忆八个月前五祖同他谈论《最上乘论》的情况，可恨那个獦獠来打扰了。他细细琢磨当时五祖的圣意，始终不得要领。他下了决心，向五祖禅房走去。他绕过大雄宝殿，到了法堂，两腿便觉软绵绵，行至五祖堂前，心神更加恍惚，如醉如痴，手心湿淋淋，背脊冰冷。他不由自主地又退了回来。这样往返已经是第十三度了。他来到大雄宝殿前，在轻风中伫立一会，殿内长明灯灯光，透出窗棂，依稀可见门前大匾额上硕大无朋的大雄宝殿四字，顿有所悟，我何不在三更后，偷偷把偈写在五祖堂前的步廊壁间，明日五祖看了，认为好的，便去礼拜，说是我写的，若说不堪，就不再提起。

神秀几次瞌睡，几次心惊肉跳突然醒来。约莫三更后，他下了禅榻，一手秉烛，一手携笔砚，出得门来，这时已参横斗斜，万籁俱寂，只听到自己的脚步声。顷刻来距五祖堂前不远的步廊。这三间步廊，壁上粉刷一新，五祖要在这里请供奉卢珍画楞伽变相和五祖血脉图流传供养的。卢珍供奉才到，尚未动笔。神秀一手秉烛，一边挥毫。他的一手清劲遒丽的褚遂良体的字，确是漂亮，只可惜亦步亦趋，跳不出褚书窠臼，未能臻于上乘。一会便写好偈：

身是菩提树，心如明镜台。

时时勤拂拭，勿使惹尘埃。

写毕，默念一回，即回禅房。这时神秀又满身烦躁起来，他想起春天弘忍问他对《最上乘论》的意见，当时他没有尽力阿谀，是最大的过失。因为过分的奉承话，无论傻子或天才，都是喜爱的。

这时，起风了，禅房后几株参天大树的叶战声，阴森可怕，好像醉人的梦呓。

天明，卢珍携了丹青来到廊下，方要作画，看见壁间写有一偈，慌忙去禀告弘忍。

一样的袈裟，一样的光头，一样的语气平和、进退有序，因为他们是在清规戒律的约束下，长期在一种思想教养下，成为一种职业习惯。但是僧人也是人，他们也有所爱，有所憎，他们也有喜怒哀乐悲恐惊。这几天他们处在大动荡的时候，禅宗国土里一位新的帝王要加冕了。一种无上权威正在交替，这里充分表现出一种社会相，他们如有与世俗不同，只是表现在某种形式上。

因为纪律有所松弛，他们也充分表现出活跃、敏感。当弘忍和卢珍来到步廊前，这里已聚集百多僧人，他们正在窃窃私语。看到和尚来，便让开一条路。弘忍来偈前，一眼认出这是神秀手笔，便高声诵偈："身是菩提树，心如明镜台。时时，时时……"弘忍略停片刻，"时时勤拂拭，勿使、勿使、勿使惹尘埃。"弘忍反复念了三遍。神秀依然是八个月前的观点，主张"坐禅习定""住心看净"，并未见自本性。但弘忍这时不能表示自己真正的意见,以免激变,便对身边卢珍说:"经里说,凡有所相,皆是虚妄,即有此偈,就不用画了。供奉,劳你远来了。"

僧众不明白弘忍的意见,齐声说:"愿和尚慈悲指示。"

弘忍说:"这偈留着,给大家诵持,依此偈修,免堕恶道;依此偈修,有大利益。你们炷香礼敬,都诵此偈。"弘忍一向言简意赅,弟子们不敢再问,无论懂与不懂,都双手合十,齐声赞叹:"善哉!善哉!"

即刻有人报与神秀,神秀微微颔首。慧能在碓房踏碓,日出而作,日入而息,八个月来,从未离开过。踏碓虽是重活,好在他是樵夫,辛苦惯了,也不觉得太累。

在全寺的僧人中,他是最末等的,没有人瞧得起他,没有人愿意和他攀谈。凡在槽厂里劳动的,都是下等僧人,但又彼此互相瞧不起。位置较高的僧人,只有惠明偶而来到这里,仅仅瞧一眼就走了。凡是寺里发生的大小事,他既无所见,亦无所闻。生活单纯得近于麻木,这是不入定的入定,不参禅的参禅。

今天天气特别晴朗,阳光返照入碓房,一片光明。这白米捣得颇久了,他也觉得闷热。便跳下碓架,俯身在臼中抓把米,在手中倒来倒去,几口气吹去糠末,看看也差不多了。他伸伸腰,拍去衣上糠末,用袖子揩揩汗。这时两个小沙弥经过碓房,一个双手合十,口中念道:"身是菩提树，心是明镜台，心是菩提树，身是明镜台，菩提树……"

"错了，错了，你听我念。"另一个说。

"你别打断我，我会念的。菩提树……"他眨了眨眼，还是念不下去。

"听我念，身是菩提树，心如明镜台。时时勤拂拭……"

"别念了，你老要打扰我，看我揍你。"举起拳要打。

慧能忙去拉开他们，对较聪明的一个小沙弥问："上人，你们的法号叫什么？"

"我叫神会，他叫志彻。"

"你们刚才念诵的是什么？"

"这是五祖堂前步廊里写的无相偈……"

"神会，别理会他。你这个獦獠，问这干什么呢！说了，对你有啥用！"

"对我或许有用。"

"对你獦獠也有用吗？笑死人啦！"志彻露出一脸瞧不起他的神色。

神会说："我念的只有二十个字，谁做到了，就有大利益。那时别说平民百姓见了他便倒身下拜，便是黄梅县老爷，平日威风凛凛，好不神气，一见到他，立即要说'弟子某某前来参礼'，叭哒一声跪了，如果慌了手脚，额上准长个大疙瘩。"

"唉，唉，你胡扯什么？"

"我胡扯吗？别说小小的县官，就是朝中最大最大的官，一见到他，也这样——"神会说得高兴，叭哒一声跪下，将头抵地，伏在地下不起来。

慧能伸出大手，一下子把他提挈起来，按在一个石墩上，很诚恳地说："上人，别开玩笑了，你对我说，到底是怎么一回事。"

神会拍拍身上的米糠和尘土，说："你有所不知，听说五祖要传衣法了，前几天命全寺僧众作偈来看，如果悟得大意，便付衣法为第六祖。昨夜五祖堂前步廊壁上，有人写了无相偈，就是我刚才念的，和尚命大家炷香礼敬。有人说这首偈是秀上座做的。"

"谁说是秀上座做的，你胡说，我去告诉秀上座。"志彻说。

神会说："这有什么，你去告诉好了。"

志彻悻悻地走了。

慧能听了，沉思一会，便说："上人，我来此之后，从未离开，不知三间步廊在何处，请你引我到偈前礼拜。"

廊前聚集着一大群僧众在炷香礼拜。神会引慧能至偈前，说："这就是了。"

慧能说："上人，慧能不识字，请你为我诵读。"

有一僧指着站在慧能附近的一位官员说:"这是江州张别驾,你请他念吧。"

江州别驾张日用便高声诵读。

慧能礼拜毕,便对张别驾说:"慧能也有一偈,请别驾为我书写。"

慧能来时,那些僧众从他头发上、衣服上残存的糠末,一眼就看出他是从碓房来的,有的人心里还赞他一片至诚。待到他要求写偈,不免窃笑,有的认为狂妄,也有人认为此人或许有疯癫。

张日用向慧能看了一眼,有点不耐烦,带着明显的讥讽口气说:"你,你也会作偈,嘿嘿嘿!真稀罕!"

慧能说:"别驾,要学无上菩提,不得轻视初学。下下人有上上智。如果轻视别人,即有无量无边罪。"

张日用吃了一惊,此人口才了得!便转口说:"好!好!你念我写。"又用不无揶揄的口吻说:"行者,你的偈是我代你写的,你如得衣法,第一个就得度我。唔,别忘了!"

慧能笑而不答,随即口念偈:

菩提本无树,明镜亦无台。

佛性常清净,何处有尘埃!

早有僧人取来笔砚,慧能念偈毕,张日用也写好了。慧能立刻回碓房。这时廊下僧众你一言我一语,争着议论。

"奇怪,奇怪,不识字的人也能作偈,又作得这么好!"

"是呀，不能以貌取人。"

"或许他是肉身菩萨。"

"他是干什么的？"

"你不看他身上的糠末吗？"

"怪不得，我们从没有见过他。"

"抄人家的，也算作偈吗？这首偈和前一首偈不是只差几个字。"

"是呀，还不是一个意思。这样做谁也会。"

有一僧轻轻说："肯定是个疯子。"

忽然一个僧人大声而急切地说："别驾，坏了，坏了，你管自写上，我们还没有禀告过和尚呢！"

后面有一僧人说："和尚早在此。"

众僧十分惊讶，一齐向后看。

弘忍走到偈前。许多僧人齐声说："此偈如何，望和尚慈悲指示。"

弘忍命一僧扶住，脱下一只鞋子，用力把慧能的偈擦去，擦得粉末乱飞，顷刻间，只见墨痕狼藉，把雪白的粉壁污了一大片。弘忍穿好鞋子，用很轻而清晰的声音对僧众也好像对自己说："也未见性。"

弘忍离开后，僧众窃窃议论开了。

"我早知道此偈没什么意思。"

"还说什么肉身菩萨，以后你就别瞎吹了。"

"我看这獦獠大有勇气,随便说说取笑,难道我还不知道这偈是现抄现卖的吗?"

"疯子。"

第二天,天色依然很好。弘忍拄着杖在寺内各处走走。先到步廊,看见许多僧人在诵偈,识字的僧人帮助不识字的僧人背诵。壁上依然只有神秀写的偈。到大殿,瞻仰佛像,检查一下法器。过毗卢殿、药师殿、伽蓝殿,又到安放法宝的藏金楼,转轮藏殿,在门外看了看,又到安置祖师像的祖师堂前转了转。经法堂、禅堂、到旦过寮,看看新来挂褡的僧人。又到延寿堂看看养老的僧人,再到职事堂和香积厨看看。他给人的印象是:五祖要传衣了,以后寺中一切大小事务,不再由他操心了。最后他来到碓房。

昨天慧能回到槽厂,槽厂所有僧人一下子哄传开来,着实对他取笑一阵;尤其那两个经常用黄梅土话交谈的,他们以为慧能听不懂,说得更加粗野与狠毒。哪知慧能早已懂得,只是假装糊涂而已。他一夜没有睡好,惦记和尚是否看到他作的偈。今天槽厂僧众对这位呆头呆脑的行者,已失去取笑的兴趣,再不来打扰他。

慧能靠在碓架上,一脚一脚地用力踩着,脚下发出一声声响而钝的声音。脸上的汗一颗颗滴下,跌落在衣袖上,他陷入了沉思。

"求道的人为法忘躯，竟是这样的吗？"

轻而清的声音，似乎很熟悉。慧能猛抬头，见是五祖，慌忙要下碓施礼。弘忍摇手示意。这时碓房寂无一人。几个踏碓的，这几天也在乱跑，名为到廊下偈前礼敬，实际是到那里看热闹。

"米熟了吗？"

慧能说："米早熟，只缺个筛（师）。"

弘忍默然，举起拐杖在碓上敲了三下，转身出了碓房。

下弦月缓缓升起，万里碧空，没有一丝云影，满天灿烂的星斗，也收敛了光芒。近月的星星，更加显得惨淡。这时正是霜降木落，寒气袭人，月色特别凄清，冬的肃杀气象正降临大地。漏声报了三更，一个僧人，拖着长长影子，瞻前顾后，悄悄走近弘忍禅房。来到窗前，回身左顾右盼，而后轻轻在窗棂上叩了三下。

一会禅房有轻轻的脚步声，门慢慢开了一缝，让进来人，又紧紧地闭上。弘忍引来人至内室，脱了袈裟遮了窗，然后挑亮灯。这时才能看清楚，来人便是踏碓劈柴、目不识丁的慧能。

弘忍趺坐，慧能下拜，弘忍即为他说《金刚般若经》，当说到"应无所住，而生其心"，慧能将首抵地再拜，说：

"原来自性本自清静，自性本无生灭，自性本自具足,自性本无动摇,自性能生万法。一切万法,不离自性。"

弘忍满心喜悦,说:"不识本心,学法无益;若识本心,见自本性,即名丈夫、天人师佛。"

弘忍这时像一个肩挑重担的征人,跋涉万里,现在到了目的地,可以卸下担子了。他捧出菩提达摩所传的袈裟。他的表情是那么庄严,那么虔诚。他把袈裟放在几上,命慧能再拜。慧能双手举过头顶,弘忍把袈裟捧来授予他。说:"从此你便是禅宗第六代祖师了。以后振兴禅宗的重任,就落在你的肩上。你要善自护念,广度有情,流布将来,无令断绝。你听我的偈:'有情来下种,因地果还生。无情既无种,无性亦无生。'"念偈毕,弘忍扶起慧能,取出包袱包好袈裟,系在慧能身上,说:"这件袈裟是达摩大师从天竺带来,作为禅宗最高权威的信物,代代相承。而法则是以心传心,都是令他自悟自证。这件袈裟有无上权威,但每次传衣时,都发生争端,甚至白刃相见。接受衣法的人,他的性命像只有一根丝线系住,随时都有被杀死的可能。现在你得马上离开这里,但不要从山门下去。"

慧能这时才如梦初醒,传衣法如此秘密进行,他本认为法有什么秘密,现在才知道秘密是在这里。这时他怜悯起五祖来了。

"和尚,那你怎么办呢?"

"已传了衣法,也就是交出圣位,他们再要为难我,得到的是什么?"弘忍坦然。

"弟子应向何处去呢?"

"你还得回新州,大庾岭以北,目前没有你立脚之地。印中现在广州法性寺,他胸怀开朗,从无觊觎圣位的表现,又知人善鉴,必要时或许可以找他。时候不早了,走吧!"

"弟子不认识这里的山间小径,如何出得江口呢!还是从山门下去吧。"

"不可!这条路不能走。我来送你。"

师徒吹熄了灯,迅速出了门。慧能深情地向五祖堂看了最后一眼,随着弘忍向后山密林中走去。

三

弘忍是黄梅人,又在这里出家,对这一带地形非常熟悉。月色被密叶筛成斑斑点点,山径还依稀可辨。只是走得急了,虽是十月天气,两人满身还汗涔涔的,在林间小径走了近一个时辰,便听到山溪潺潺水响,顷刻来到小溪旁,他们顺着溪流走,慧能问:"和尚,天亮之前,是否得出江口?"弘忍说:"可以,你没有听到江声吗?"慧能侧耳细听,果然江声已听得很清楚,他们来到江畔,这时月色渐淡，江上有星星渔火，时明时灭，沿江东去，到九江驿边时，天已微明。行人三三五五向渡头走去。师徒二人尾随着他们，忽见渡船上坐着两个僧人，只是还看不清脸孔，这种情况弘忍早有思想准备，但未料到会发生这样快。弘忍立刻停步，扯一下慧能衣袖，慧能眼快，也立刻随弘忍沿江向东急走。

师徒二人不知走了多久，仍不见渡口，连弘忍也不知此地离九江驿有多远。江边迟开的疏疏落落的荻花，白色已经看得很清楚，江枫与乌桕的红叶也越看越鲜亮，弘忍命慧能止步，气喘吁吁地登上一个小丘，向东一望，说声："菩萨慈悲。"慧能上去顺弘忍所指方向一看，果然前方不远一株髡残的柳树下系着一叶小舟，正是"野渡无人舟自横"。

弘忍急命慧能上船，把橹自摇，慧能把住橹说："请和尚坐，弟子应该摇橹。"

"应该是我渡（度）你。"弘忍说。

"迷时师渡（度）我，悟了应自渡（度）。"慧能说"渡、度名虽一样，用处不同。慧能生在边方，蒙师传法，今已得悟，只应自性自度了。"

"我本要再送你一程，你既能自度，师徒同行有诸多不便，我要回去了。"

慧能扶弘忍上岸，稽首再拜。弘忍挼起慧能，将几两银子，按在他的掌中说："欲大兴禅宗，应广度有情，不能单为上乘人说法。切记，切记！到岭南后，必须隐蔽，目下不是说法的时候，恐有人害你，今后佛法将由你大行，只可惜我是看不到了。走吧！"

这时慧能泪流满面，流露出世俗父子之间诀别时的感情。

慧能下船，把橹自摇，一直向南，回首一望，弘忍仍呆呆地立在江畔。

江上弥漫着浓雾，初开旭日把浓雾染上淡淡红色，慧能摇着小舟在浓雾中穿行，人与船逐渐融成一小点，影子越来越淡，最后融入雾海里。危立江畔的弘忍耳边，许久还依稀听到欸乃之声。突然，他像意识到什么，心中起了一种莫名的惆怅。

浓雾包围了他，又逐渐变淡，除了隔江一抹远山上尚有一片似雾似云外，江面、平地上都已消失得无影无踪，太阳高高升起，他依然似一座浮图，直立在江边。看着江面上一个个漩涡，江上船来船往，起锚扬帆的雄壮的号子声，还有数声渔歌，在轻风中似有若无……一切充满生命力的音响，对这个僧人来说，是充耳不闻的。

弘忍回到东禅寺，他必须向弟子们宣布衣法已传了，使六祖得到合法的地位。但他知道斗争刚刚开始，而不是结束，必须等待数日，使慧能逃得远些，再宣布不迟。

因此他已经三天没有上堂了。

童子志彻匆匆来见神秀，说不见踏碓獦獠已经三天，神秀心中一震，马上沉静下来，一挥手，示意志彻退出禅房。他颓然坐在禅榻上，自言自语：这不可能，绝不可能。他无法理解五祖会把法衣传给慧能，也无法理解这一个目不识丁的獦獠竟敢居于六祖的圣位。他仔细琢磨八个月来他的心腹僧人来报告的情况，慧能在碓房并无特异行动，这个獦獠也曾妄想圣位，作过偈，却被五祖用鞋底擦去，他想象五祖当时用鞋底去擦偈显然带有侮辱性的举动，脸上又微露笑容，或许是这个獦獠做不成六祖梦，又嫌踏碓艰苦，悄悄逃走了。

神秀借口五祖身体不好，约大弟子们同来拜见，大弟子们也很清楚神秀的意图，只是心照不宣。

弘忍表情依然是严肃和蔼，他示意弟子们坐下，微闭双眼，似乎入定。

"和尚圣体可好？"大家沉默一阵，神秀问。

"还好。"他对弟子们的观微知著的本领感到惊异。轻轻说："衣法已传了。"

大家不约而同地颤动一下身子，只是慧安还是若无其事。

"衣法传与何人？"

"能者得之。"

大弟子同时起立，又都觉得有点失态，齐声说："和尚珍重。"便依次退出。只有慧安仍坐着，表情自然而安详。

神秀回归禅房，禅房前早有许多僧众在等候他。他们远远看到神秀一脸阴沉的表情，便知道有事了，大家面面相觑，当神秀告诉他们衣法已传了，有的表示愤慨，有的表示惊怪，而大家都有一个共同的心理：讨好神秀。

"这个獦獠能坐在六祖的圣位上吗？"惠明大声说。

神秀向众人看了一眼说："不得妄语。五祖决定是对的。"说毕，发出一阵异乎寻常的笑声。

慧能舒船登岸，一直向南。他不敢从江州去洪都，因那里有一条大路是从长安通全国的四条大路之一。这条路从长安向东南往商县、荆州、武昌，顺长江至江州、洪都，顺赣江到大庾岭，过岭直达广州，每三城有个驿站，供经过官员的食宿和坐骑，水路还设有水驿，备有船只。沿路客店，还设有"驴驿"，备有驴子供一般旅客使用。狮子国、印度远至大秦的使臣、僧侣、商人乘海船至广州，往长安朝觐、学习、经商的，都由这条大道走。慧能估计追赶他的僧人，也必沿这条大路。他躲开这条大路，迂回曲折行走于山间村野。经十余日，天气突然变冷，早晨朔风尤其凛冽，手足似乎有点麻木，这时他才悟到这一身行者打扮是很容易惹事的，便到一所村舍，借口天冷未带衣服，用碎银子买了一件短褐，到林子间换了。中午时分，他来到一座草亭，见亭边有两个老人正在向阳曝背，他就在旁边拣一磐石坐下歇脚。一个老人目注慧能，又向另一个老人努努嘴，慧能满身不自在起来。两个老人一齐大笑。

慧能起身，很有礼貌地施了一礼，说：

"敢问两位老叟为何发笑？"

一个老人说："昨日前村有一行者，活活被两个僧人打死。那个被害人的面貌与你一般无二，所以我们发笑。"

"还好，如果昨天那两位先遇到你，恐怕早被打杀了。"又一个老人说。

"为什么要打死他呢？"

"那就不知。据看到的人说，只抢去一个包袱。"

"唉！世风不古，只说世人要你争我夺，佛门中如何也有这种伤天害理的事？"

"佛门里什么人都有么，有和尚、和样、和障……俗话说，和尚和尚，三百六十样。"

另一个老人呵呵大笑，慧能出于礼貌，也跟着呵呵大笑。

慧能别了老人，心惊胆战。在这穷乡僻境也有他们的足迹，可见追赶的人数不会少了。

又过十余日，慧能来到一大村落。一月来晓行夜宿，村野间吃不上饭，只得随缘到茅房瓦舍乞讨度日，也真饿苦了。他看到前面不远处,挂一酒帘,便大踏步前去。在通都大邑,酒有酒楼,茶有茶肆,有专卖馄饨的、蒸饼的、麻饼的……都是分行专卖。但是在这山村水郭,虽挂酒帘,却是茶、酒、饭混一的。慧能进得门来,便看到角落一席上坐着两个僧人,眼睛正贼忒忒向他打量。他要退出去,已经迟了,便放胆进入,拣一离他们较远的席位,不敢面对他们,也不敢背对他们,好让眉梢眼角能窥见他们的行动,以防不测。

慧能点了一壶茶,拿几个蒸饼慢慢吃着。听到他们在用黄梅土音交谈。

"我看像得很。"

"不一定吧,我没见过他。"

"我也只有在步廊前见他一面,当时没有十分留意。你不看他身上的包袱。"

"出门人哪个没有包袱,他还不是行者打扮。"

"衣服是可以换的么。等会儿跟他到前面林子里,结果了……"

当慧能听到要结果他,心中一震,但马上镇定下来,用江州一带腔调的官话说:

"打一角酒!"

"不像岭南口音。"

"要作祖的人,还肯喝酒?"

慧能大声呼唤："拿十个麻饼夹，要肉馅的。"他很惊异自己居然会说得那么自然。

一个僧人拿起半个蒸饼刚要向嘴中塞，即刻停止，一脸讥笑的样子：

"你说像得很，他还要肉馅的哩！"

慧能喝完一角酒，打个饱嗝，把剩下的麻饼收拾起来，付了钱，装作微醺，懒洋洋地起身，一步一步出了店，向前走去，不敢回头。果然不上五里有座林子，入得林中，回身从树干间隙看出去，不见那两个僧人跟踪，才放下心，擦了一把汗。

这时他觉得这偏僻小路更有危险，不如向西折向沿赣江的官道，改为晓宿夜行，可缩短时日，早过大庾岭。前次他来黄梅参礼就是从那条官道来的。他绕出林子，从一个小山背后向北倒走一程，然后折向西。这样即使那两个蠢驴醒悟过来，也会一直向南追赶，不可能想到这一着。

慧能天生素食，入佛门后，更与酒肉无缘。今日为了脱险，不得不荤腥，这时脱了险境，又懊悔万分。他觉得口中逐渐有咸味，胃里作恶，加以酒力发作，不觉哇的一声，酒呀肉呀一股脑儿倒了出来。

这时他悟到佛家虽戒律精严，有时非得权变不可。山野间孤寂的行旅，往往是思想最活跃的时候，他由此及彼，想得很多。

经过两个月，慧能终于上了大庾岭，这时他的心情非常舒畅。昨天下午未申之交，他来到大庾城外，偶然在山坡上见到九株凤凰树，觉得似乎处身岭南了。他思归心切，看到岭南特有的风物，就特别敏感。夕阳照着高高的大庾城，这是到岭南的最后一个城池。他预感到在这座城里有许多僧人正在等候他的来临，这种预感虽然说不出理由，但他确实是这样认为，所以他不敢进城，依旧到山上林子里露宿。这两个月，他从未这样紧张过。他时时有生命危险，但他总认为在劫难逃，生死由之。这一晚他无法睡了，岭南只有一岭之隔，这里好像就是生死阴阳的界线。他曾打算夜行，绕过大庾东门，又觉得一定会有许多僧人在夜间拦截。他背靠一株大树，听鼓声冬冬，知道关闭城门了。报更的锣声，很分明地随风送来。他决定在五更之前绕到南门上岭。据他的经验，这段时间是一切夜间防守的人最疲乏、最大意的时候。他双手合十，说一声"菩萨慈悲"，慢慢闭上两眼。

大庾岭上一望无际的梅花，隆冬腊月，正含苞欲放。路旁偶有一朵两朵早梅，泄露了一丝春的消息。这时他充分意识到生的喜悦，他感到前途无量。他抬头一看，在高高的岭背，在繁密的梅枝上，露出一个线条平直又很古朴的亭子，过了亭子便是岭南，只有一箭之地了。他心中充满安全感，同时感到肚饿，疲乏，摸出干粮，边走边听水声，找点水喝。

"慧能，我在此等你多时了。"

这声音是那么熟悉。慧能一看，不到两百步距离，惠明手执铁禅杖，正大步向他走来。完了，慧能脑子里闪过这一念头，但他立刻沉静下来。满山梅林没有一张叶子，无法躲藏；回头跑吧，一定会被赶上。他很机警，知道如果袈裟背在身上，连人一起要完的，便迅速解下包袱，向路旁大岩上一丢，迎面走来。

两人只隔十来步了，惠明掣起铁禅杖向他逼来，大喝一声："留下袈裟！"

"这袈裟是表信的，可以力争吗？"

"少废话，拿来！"

"就在那边石上，谅你提掣不动。"

惠明放下铁禅杖，大步前去取袈裟。慧能双手一拦，说：

"接受这件袈裟能这么简单吗？当年二祖慧可为了得到这件袈裟，竟自断左臂呈献给先祖达摩，表示求法的诚意……"

"嘿嘿嘿，这种鬼话能骗得我吗？告诉你，当时二祖的处境就是你现在的处境，只是他很幸运，没有死，有人救了他，并帮他夺回袈裟。"

这时慧能才觉得站在面前的人，虽然行动粗鲁，也不是全没有头脑，他对二祖断臂的传说，居然也能说得合情合理。既有点头脑，也就可以理喻了。这时必须运用自己的辩才。

"为了上座神秀来夺袈裟，对你有何利益？"

惠明想，这獦獠精明得很，他如何知道我为神秀来夺呢？惠明一时答不上来。

"呵呵，今日你夺得袈裟，明日你也就是我慧能今日的处境了。这不是危言耸听，而是势必所至。"慧能知道必须一下击中他的要害。

"这话怎说？"

"你再回不了东禅寺！"慧能进一步把惠明的气焰杀下去。

"为什么？"

"目下禅宗大德，神秀上座的名声仅次于五祖。他利用武力夺得袈裟，必须绝对秘密，如果被人知道，便声誉扫地，为天下耻笑。他势必杀人灭口，也就是必须杀了你，才能平安无事。"

这是惠明从来没有考虑到的一着，他被吓了一跳。这时他想到这件袈裟只能自己要了。

"我何必为神秀夺袈裟呢？是我要。"

"你要这件袈裟吗？"慧能这时觉得战胜他是游刃

283

有余了,便充分发挥他的辩才,"你敢上法堂弘扬佛法吗?你敢接受公主、王孙、达官贵人来参礼吗?你敢接受天下名山的高僧大德来参叩吗?你敢接受天下深通佛典的大居士来诘难奥义吗?"一连串的问题,犹如车轮战法,使惠明应接不暇,无言以对。

"自古佛佛唯传本体,师师密付本心,你尚不识本心,不见本性,能作第六代祖师吗?"这时必须提到理论的高度上来战胜他,"衣只代表一种权威,只是一种号召力,不能长期依靠权威,停留在号召上。真正要弘扬佛法,还得自证自悟,不能以指代月。"

惠明顿时明白,他来夺取袈裟是十分荒唐的。他缓和口气,不无忸怩地说:"行者,我不为衣来,是为法来。请行者度我。"

慧能说:"好!"便找块磐石趺坐,然后对惠明说:"我今为第六代祖,第一个度你。沙门具三千威仪,你须顶礼膜拜。"

惠明突然觉得坐在磐石上的慧能,无限庄严,无限神圣,自己顷刻缩小,不自觉地双膝跪下,俯伏在地,再拜毕。

慧能说:"你屏息诸缘,勿生一念,我今为你说法。前念不生即心,后念不灭即佛;成一切相即心,即一切相即佛……"

惠明弄得昏头昏脑,只听到心心心,佛佛佛,半句也不懂。只有一点倒叫他十分明白，原来祖师这个宝座，不是谁都坐得了的，必须有这么多学问。他急不可待地听完慧能说法，便问："五祖还有什么秘密传授？"

"我既说了，就没有秘密了。你如返照，密在你那边。"

惠明听得更加莫明其妙，什么返照？什么叫密在你那边？他无可奈何地微微点点头，这种表示是介于懂与不懂之间。说："我在黄梅多年，实在没有心得，今蒙开示，行者就是惠明的师父了。"

慧能搀起惠明，说："不！我与你同师黄梅。"

惠明问："今后我向何处去呢？"

这一问却难住了慧能，一时答不上来。他担心后面又会有人赶来争夺袈裟，急需摆脱惠明的纠缠。就信口开河说："逢袁则止，遇蒙则居。"

朦胧晦涩的东西，往往引人好奇、猜测，好像揭去表面的纱幕，就会有无限宝物埋藏在里头。这句哑谜使惠明大为高兴。

惠明拜辞了慧能，大踏步向岭下走回去。在大庾城南门外，遇到数百僧人前来，走在前面的便问："师兄，你是否已夺得袈裟？"

惠明手一摊，说："说得方便，我在岭上等那獦獠已经三天了，连个鬼影也没有。"

"或许已过岭了。"

"不可能。"惠明说,"五祖会传衣法给他,可见这獦獠非等闲之辈。他知道我们会来此拦截,一定从江州上溯武昌,经长沙、桂林,然后回新州,那也是一条官道。如果他是这么走法,鬼也别想逮住他。"

一个僧人说:"如果他经洪都过信州,入八闽,然后回新州,绕这么一圈,更没人拦截得住。"

你一句,我一句,始终没有一个统一的意见,只好分头追赶了。

慧能系好包袱,一步步向岭上走。他浑身疼痛,腿也迈不开,两个月积聚的疲劳,一下都压到身上。手中的干粮,他记不起何时甩了。他只觉得以后的命运,会和这条山岭一样的曲折坎坷。他毕竟已到了岭脊,多想在亭子里歇会脚。他向亭子走去,忽然一个黑影唰的一声向他扑来,他向路旁一闪,险些跌倒,回头一看,骂一声"孽畜",原来是一头麂子没命地跑过。他再也没有在亭子里歇息的兴趣了,便向坡下走。南坡是一片经冬不凋的常绿林,一条大路向林中直插下去。慧能行不到百步,忽有碰撞的声音,继而一个面孔在林中一闪。他心头扑通一下,伸手欲解包袱,林中露出一支闪光的钢叉,说声"惭愧",原来是猎人。

三个猎人从中走来,问:

"你看见一只麂子从这里跑过去了吗?"

"没有。"可怜的麂子,它也和我一样,正受到人们的追捕呢!

忽然,他作了一个不可想象的决定,一步步向猎人走去。

四

佛经里经常用一弹指间,形容时光的短暂;用昙花一现,表示事物的无常。自弘忍在高宗龙朔元年(661)传衣后,倏忽十六个年头了。但这对短暂的人生来说,应该是够长久了。十六年中,这大千世界,起了多少变化啊!玄奘法师已在玉华宫示寂了,他的事业,正由他的大弟子窥基和圆测继续下去;著作等身的道宣也在终南山示寂了,他的大弟子大慈、文纲,正在阐扬他的遗教;被尊为华严宗二祖的智俨也示寂了,正由他的大弟子法藏光大发扬他的华严学说。五祖弘忍也示寂了,他的禅宗是谁在继承发展呢?

弘忍示寂后,黄梅东禅寺五祖的大弟子们就四处星散了。有去印度那烂陀寺的,有去浙江的,有去安徽的,而神秀到了荆州当阳山玉泉寺大开禅法。神秀选择这一地点是有深意的,因为南中国无论官员、学者、僧侣、商人，凡去长安的，必经荆州。这里可以很快知道长安帝王、达官以及佛教中宗派大德的活动情况，同时他的声名也容易传闻到宫廷。这时嵩山慧安已被"天后"武则天尊为老安国师，供养在内道场。玄赜、智诜也在。由于老安国师的推荐，武则天遣使请神秀进京。

神秀决定进京前数天，从长安经商县到荆州这一条官道上，车马飞驰，昼夜不绝，沿途官员都在准备迎送。

神秀坐在篮舆内，在官吏、僧人的簇拥下，来到长安南郊时，就听到三百下冬冬的鼓声，这时已到正午，长安所有店铺一齐开门开始买卖。雄伟高大的明德门城楼和城楼下的五个门道，远远就可以看见。明德门外是旌旗、仪仗以及聚集在这里的欢迎队伍。除了由禁军组成的仪仗队外，还有新罗、日本、印度、波斯等国的使节。使节之后是西域及其他国家的官商巨贾，有龟兹的、疏勒的、狮子国的、大秦的。接着是达官贵人和长安城中著名佛寺如兴善、慈恩、经行、崇福、西明、荐福、醴泉等高僧大德，以及外国来学习或参加佛经翻译的僧侣。当他将要进入明德门时，内侍薛简带了长安、万年两县组成的欢迎队伍，把篮舆接了进去。过了明德门正中一个门道，前面就是宽一百步看不到尽头的朱雀大街。大街两旁是一行行非常整齐的槐树。夹道的树荫下，簇拥着男男女女，烧香礼拜，香风四溢。禁军来回巡逻。达官富豪竞搭彩棚，以金玉、锦绣、珠翠装饰，一座比一座富丽，一座比一座堂皇，简直可以与《阿弥陀经》里那个极乐世界的装饰相媲美。夹道官私音乐，此起彼落。羯鼓声、琵琶声、念佛声，鼎沸盈天。神秀双目微闭，神情庄重而微有笑意。一种尊荣感油然而生。当年他曾为没有得到五祖的衣法而丧魂亡魄，到这时候才得到更大的补偿，甚至以为当时的心情有些可笑。十六年来，他的徒子徒孙不断在岭南寻觅慧能，至今音讯杳然，或许这位得到衣法的真的死了。这时他倒有点可怜起慧能来：这个夯汉一生困苦，何曾梦想过这样的风光！薛简骑着马，跟在他的身边，不时向他说些什么。朱雀大街长得惊人，神秀装模作样坐着实在有点不耐烦，眼看前面有那么多坐着高头大马的达官贵人，便问薛简有哪些官员。薛简说，除了宰相苏良嗣，别的官员都来了，神秀微微点了点头。行近安仁坊，一座浮图高插云霄，这就是有名的荐福寺塔。这时，神秀看见僧人队伍中一个身材特别魁伟的人，从他的背影看来，很有些趾高气扬的样子。他问薛简这是谁，薛简告诉他，这是白马寺主怀义大师。神秀听了，好像有个东西重重地把他的脑袋撞击了一下，他觉得昏眩，有点恶心。他想起近日不但长安，甚至荆州也在盛传一桩公开的秘密，武则天的面首薛怀义，不久前到南衙，也竟敢横冲直撞，宰相苏良嗣实在看不下去，便命令左右的人揪住他，连扇了他几十记耳光,打得他鼻歪眼肿。事后到武则天那里哭诉,武则天觉得太不顾影响,既伤心又无奈,便说:"你以后只在皇宫走走,南衙是宰相办公的地方,再不要去了。"这是件佛门大丑闻。神秀这时竟觉得自己也是这件丑闻的参与者,他联想到今天的欢迎者们,也肯定会有人在鄙视佛门弟子,他眼前似乎现出一个幻影:苏良嗣正大发雷霆,高叫打!打!打……

又过了两个坊,一座巍峨的城楼和雄伟的城墙映入他的眼帘。他清醒过来,觉得佛门中也如这大千世界,什么都会有的,也是正常的,刚才他所想的倒是极为幼稚。他又心安理得了。薛简告诉他,这是朱雀门,这是皇城。皇城内有尚书省、御史台、太仆寺、鸿胪寺、左右千牛卫等衙署。队伍又向东转,过安上门,这里街道虽比朱雀大街狭窄,但街上搭的彩棚更华丽,更奢侈,也更多俗气。不久就听到嘈杂的市声,这里就是京城两大商业区之一的东市。队伍向北转,是一条东西大街,再向西转,看见一条南北大街,它比朱雀大街还宽二十步。穿过来庭、永昌、翊善、光宅四个坊,便是丹凤门。到了丹凤门,禁军仪仗全部换下,官阶低的官员也退下了,鼓乐撤去一半多。神秀的篮舆也停下,宫中抬出步辇来,八个太监扶神秀坐上,缓缓进入丹凤门,便是大明宫了。这儿是一色的高大梧桐树,绿荫蔽天,十分幽静。龙道原上矗立着无比雄伟华丽的含元殿，殿的前侧，又有翔鸾、栖凤两阁，以曲尺形廊庑相连。薛简告诉他，大朝是在这里举行的。或许是受到这雄伟的美的影响，这时神秀自己也似乎无比膨大起来，他觉得以往住过的东禅寺、玉泉寺太寒酸了。队伍未到含元殿前即西转，再北转穿过几重门，才到麟德殿前。麟德殿有前、中、后三座殿阁，在殿的后侧东西各有一楼，楼前有亭。薛简告诉他，这里是皇帝宴饮群臣、观看歌舞和作佛的地方。如果站在东边那个亭子上，可以看到风光旖旎的太液池和池中的蓬莱岛。步辇一直抬到前殿，早有慧安、玄赜、智诜迎了出来。神秀下了步辇，由智诜、玄赜扶着，在麟法殿正中稍偏一点的一个座位上趺坐。这时乐声大作。在这支宫廷乐队里，今天就有最著名的演奏家龟兹人白明达参加演奏。

"天后驾到——"

乐声戛然而止。

达官们一下子都俯伏在地，高僧们个个闭目低眉，双手合十，口诵经文。

这次秉承天后旨意，集长安各寺院僧人来欢迎神秀。僧人中有各宗各派高僧大法，所以诵佛声就不统一。但诵声最高是这几句："尔时众中，有一天女，名曰净光……即以女身，当王国土，得转轮王……"神秀博览群籍，马上明白这是《大方等无想大云经》，同时也证了他近年听到的传闻，一批僧人为投合武则天想做女皇帝的心意，进上《大云经》，暗示佛对她做女皇早有授记。武则天是个绝顶聪慧的女人，她知道经文与她是风马牛不相及的，但这对她有利，不妨姑妄听之，姑妄信之。即命各州建大云寺，藏《大云经》，使高僧升座讲解。大云寺一直修建到安西、疏勒以至碎叶城。

十多个宫娥，列队而出，后面一个中年妇人，姗姗而来。这些宫娥都已徐娘半老，正好烘出这位中年妇人的无比妖娆。中年妇人后面跟着一个十分魁伟的和尚，再后面是十来个都已进入中年的太监。神秀看到这个中年妇人宽额广颐，极像洛阳奉先寺本尊卢舍那石刻，使他大吃一惊。这位珠光宝气的中年妇人，就是武则天无疑了。

武则天由宫娥扶着，慢慢地跪下去。待到宫娥轻轻扶她起来，她抬起长长的睫毛，定神一瞧，上面的座位是空着的。神秀早已站在一旁，双手合十，口念《大云经》："尔时诸臣，即奉此女，以继王嗣。女既承正，威伏天下……如是女王，未来之世……当得作佛……"他的声音轻而清晰。

由于这不可言传的默契，武则天庄重的面容上，流露出一种非常满意的神色，带着一丝柔媚。

这时武则天和神秀心中同时升起了一个念头："他（她）入我彀了！"

第二天，武则天即尊神秀为国师。

神秀看了长安的气派，大明宫的豪华，国主的威严，非常佩服玄奘说过的话："不依国主，则法事难立。"

当年东禅寺的上座神秀，今天是如此尊荣。而在十六年前突然失踪的那个亲受五祖衣法的慧能，就在神秀被尊为国师不到半年，又突然出现了。

一个穿得破破烂烂的人，身背一个非常破旧的包袱，正向广州法性寺踽踽而行。他老了，老得多了，鬓边出现丝丝白发，腰板也不那么直了。十六年来，在密林中过着餐风宿露的生活，和猎人厮混在一起，至今身上还依稀有血腥气。当他看到野兽在猎人手下垂死挣扎，他的心比它更痛苦。他的早衰不仅是生理的，更是心理的因素。

他随着一支二十多人的打猎队伍，带着二十多头猛犬，拿着刀、箭、钢叉，日复一日，年复一年在搜捕野兽。

林间小径铺满厚厚的落叶，松软异常，经过几场冬雨，落叶半腐烂，发出一种特异的微带酸味的气息。猎狗在林间欢快地跳着。猎人们都不爱说话，只有一个爱唠叨的半老头，悄悄地对他说：今天不会遇猛兽，昨天已经察看了兽迹。

到了一座密林的边缘，最有经验的猎人来交代几句，各人都带着自己的狗走了。慧能选择在一块大岩石旁边，手执钢叉在等候。据他的经验，野兽是不大会向这样的地形逃的,除非它被狗追得发昏。

包围圈逐渐缩小,猎人吹起野牛角,发出一种凄厉的呜呜声。狗一齐向林中猛扑,林中兽群即刻开始骚动、惊窜,狗的狂吠声、野兽的惨叫声、搏斗声,混成一片。树林很密,各种树都像伸长脖子,争先恐后地伸向天空,以便争取一份阳光与雨露。远远看去,是一堵树干组成的栅栏,甚至是一堵墙。也有老死的树倒下去,缺了一个大口,这些地方就可以看得清清楚楚,几条狗向一只野兽猛扑、乱咬,咬得鲜血淋漓。有的野兽由于恐怖,人立起来向狗狂嗥,龇牙咧嘴,作临死挣扎。猎人们一声呐喊,狗更加凶残。有的咬住野兽的喉咙在乱草间翻滚。林间的宿鸟,也一齐惊飞、四散、哀鸣,甚至吓得撞着树干,跌落在地,被狗叼去。林间不时闪过血淋淋的钢叉。

作为禅宗六祖,他不但亲眼看到这样的场面,而且还参与屠杀。这是与佛家戒律绝对不相容的。但是这是现实。他为了弘扬禅宗,必须保存自己;他受神秀徒众的搜捕,不得不躲在猎人队伍里。这一切都是真实的,又是合情合理的。而今,他不但承认这个现实,而且提高到理论上考虑:怎样为猎人着想,使他们也能成佛。

一头母兽急速向他这边逃来,离他不到十步时,林中发出幼兽稚嫩的叫声,母兽又返身冲入林中。一会,母兽带着幼兽一起逃来,真是一步一回头。这时他仿佛看到母兽眼眶里噙着泪水,他心动了,只虚晃一钢叉,让这母子俩逃走。

夜幕降临时,林中是最迷人的。猎人们在林间空地烧起一堆堆篝火,防止猛兽的袭击。他们架起锅,烧着香喷喷的兽肉。这时可怜巴巴的他,到处寻找野菜,把它投在肉锅内,说自己是天生的素食者。

他受到猎人的粗暴的指责,也受到善意的嘲笑。

他在猎人队伍中,曾经随缘说法。起初猎人总是不相信,甚至把他作为取笑对象。这也难怪,猎人每天要残害生命,如果不见血,他们能活下去吗?西方净土,猎人认为自己是无缘的。他说:"东方人心净就无罪,西方人心不净也有罪;东方人造罪,念佛求生西方,西方人造罪,念佛求生哪一方呢?不需顾东顾西,所以佛说:'随所住处恒安乐!'"猎人们笑了,他们说:"有这种说法吗,怪新鲜的。可惜你不是高僧,不然,说起佛经来,倒是很动听的。"猎人能有这工夫坐禅吗?能有工夫念佛吗?必须为这种人大开方便之门,于是他说:"只要认识到自性,心中就是净土;只要心善,弹指就到西方,就可见到弥陀。……"

异方的语言使他从回忆中惊醒过来,一群高鼻深目的外国僧侣从山门出来。这些僧侣大概乘海舶在广州上岸,去长安学习或翻译佛经的。他们是顺便在此礼佛。

啊！法性寺到了。

这里是三国时虞翻讲学的地方，虞翻死后，家人舍宅为寺。距今二百八十年前，和尚昙摩耶舍来寺弘扬佛法，随后天竺著名和尚接踵而来，这里便成为岭南名刹。但是这座名刹的山门，是平平常常的，唯一与别处不同是，这个山门的建筑类似城楼。元宵节即将到来，广州的官民正准备迎接这一年一度的盛大节日。法性寺前也是车水马龙。但一入门，这里却别有一番境界。过了天王殿，便看见一片庞大的建筑群，掩映在青翠的诃子林间。虽然有无数善男信女来来往往，却是静悄悄的。当慧能来到大雄宝殿前，他突然犹豫起来，因为据他的经验，转过大雄宝殿便是法堂，法堂之后便是毗耶丈室，很快就可以见到住持印宗法师了。十六年前，五祖向他介绍过印宗，但十六年后的印宗，到底是怎样呢？他是否也像神秀一样会觊觎他的这件无上权威的袈裟呢？为了保住这件袈裟，他经历了千辛万苦，如果今天又突然轻而易举失了，生命倒不在乎，主要是他辜负了五祖的嘱托……他又不能停步不前，他也不能再回四会、怀集的丛山密林里过那猎人的生活。他转过大雄宝殿，又见一座相当雄伟的殿堂，中间三间大门敞开着，门楣上有个巨大的匾额，但他不识字，不知是何去处。只见善男信女进进出出，不知不觉也跟了进去。原来这座殿堂里供着一尊巨大的卧佛，是释迦牟尼涅槃时的情景，佛向外侧卧，双眸微闭，表情安详；在他的腿旁，塑着一个弟子面向里，伸出右手三指，按在佛的左手寸关尺部位。在佛的头与脚踝处，各有一尊护法力士，上身裸露，肌肉结实，一手叉开五指，一手握拳。在佛殿西壁，有一组群像，是佛的弟子们在聆听佛涅槃前的嘱咐，表现出不同神态。在佛殿的东壁，也有一组群像，表现弟子们缅怀佛的生平和教诲，个个百感交集。这些栩栩如生的群像，使他也如处身于其中。当他出了卧佛殿，心就紧缩起来，因为即将见到印宗了。转过卧佛殿，并不是毗耶丈室，而是一片类似私家园林的去处，这里有一大片诃子林，林木深处，隐约可见几座亭子和一座小小的殿堂，林中也是人来人往。他走了十几步，抬眼忽见一株巨大的菩提树，树下设几个石墩。这时他不再急于寻找印宗，他必须把自己的思绪整理一下，考虑如何向印宗介绍自己，也考虑了可能出现哪些不利于他的情况，将如何说服他，或者如何脱险。他坐在菩提树下的石墩上，几乎是一动不动地陷入沉思。但是一幕幕林中的打猎景象又不断在眼前出现；野兽临死的挣扎、血、刀……

"嘿，真有意思！这个人老是呆呆地坐着，难道他也学我佛如来在菩提树下悟道吗？"

"达摩面壁，我是面向芸芸众生。"慧能想着，抬起头

来。两个上了年纪的人向他走来,慧能起身施了一礼:

"敢问二位居士,印宗大师在这里主化吗?"

"对呀!"

"他现在哪里?"

"你没有听到先前法堂的鼓声吗?那是报众同赴,印宗法师在开讲《涅槃经》哩。"

慧能感到惭愧,他还未见过大丛林的讲经场面呢。

"法堂在哪里?"

一位居士举手向南一指,说:"前面那座是伽蓝殿,殿后有一条直棂窗的回廊,回廊尽处向东有个月亮门,进入月亮门后,诃子林中有条笔直的通道,远远有五间殿堂,那就是了。"

慧能来到月亮门一看,诃子林中隐隐约约有许多殿堂楼阁,给人以一种宁静、调和、古朴的美。这时他的感情是欢喜与忧惧杂在一起。法堂的门开着,里面人头攒动,好像在休息。慧能来到法堂前,但见殿堂正中靠后壁处,有一高台,高台后有一幅大壁画,画着一头张口的狮子,大概是所谓作狮子吼。高台上设曲录床,曲录床前是讲台,讲台上有一如来小坐像。讲台前设有香案,供着香花。再前,胜幡高悬,上写经文。在高台两侧,设左钟右鼓。高台左右,都是听席,南北相似。

曲录床上不见有讲经的人。

今天正是正月十三日悬幡期，许多僧人在争论。

"幡是无情的，因风才动。"一个僧人很有把握地说。

"风幡都是无情的，风如何会动呢？"一个僧人不赞同前者的意见，他的见解得到一些僧人的附和。

"因为因缘和合，所以风幡都动。"一个僧人貌似调和，事实上他对前二人的意见都不同意。而这个意见却得到更多人的附和。但仍不能说服大多数人。

由于谁也说服不了谁，很自然地分成一小群一小群人在争论。

听讲经的不单是僧众，也有世俗的善男信女。慧能步入法堂，并没有引起注意。他觉得是他说法的机会了，便大声说：

"不是风动，不是幡动，是仁者心动么！"

一种十分新奇的理，马上震慑了满堂的僧众和世俗的善男信女。在他们面前站着的是一个头发粗硬，身材短矮，其貌不扬，穿一身破破烂烂衣服的人。由于惊奇，法堂里突然鸦雀无声。

这时，一只又大又软的手把慧能的手握住，慧能回头一看，一个胖大和尚笑嘻嘻向着他看，这个胖大和尚满身都是圆形的，无时无刻不表现出皆大欢喜的模样。由于这个模样，慧能有了一种安全感。

"行者涵养湛深，言简理当，随我来。"和尚向一僧人耳边悄悄说了几句，便拉着慧能走出法堂。从右首回廊中间一门进入，又是一带回廊，进入回廊尽头一门，是一个小小的院落。向南三间小殿堂，阶下数十盆兰花，有的正在开放，大约是报岁兰。进入中间一间，这里的一切摆设，简直和东禅五祖的禅房一模一样。这不能不使慧能十分惊奇。

胖大和尚让进慧能，两人同坐在杌子上。

"贫僧印宗方才在讲《涅槃经》，对性阐释，是否有当，望行者垂诲。"

"不敢。我来迟了，未曾听到。佛言：善根有二，一者常，二者无常，佛性非常非无常，是故不断，名为不二。一者善，二者不善，佛性非善非不善，是名不二。无二不性，即是佛性。如我说《涅槃经》，就是这样来解释佛性的。"

"行者说经，很像东山法门。"

"同中有异。我从黄梅来。"

"何时来？"

"十六年前。"

印宗吃惊不小。说："久闻黄梅衣法南来，莫非就是行者？"

"不敢。"

印宗慌忙起立作礼。慧能还礼。印宗便问慧能这十六年在什么地方弘法，慧能直言不讳，诉述了自己的经历。印宗说："佛门有低眉菩萨，也有怒目金刚。不然，设四天王、二力士，手执刀、鞘、金刚杵何用？"说毕呵呵大笑。

慧能会心一笑。

"现在你还是行者，我去请各地名山大德为你剃度，受具足戒。同时通广州僧俗，开讲《金刚般若经》，弘扬顿教。这样不但利于弘扬佛法，同时造舆论。对你也安全一些。"

慧能点头称是。

五

自从广州法性寺阐扬顿教以来，又过了二十七个年头，慧能再不需东逃西躲，而是高坐在曹溪宝林寺，接受人们顶礼膜拜了。他的信徒为数众多，除了庶民百姓外，还有中下级官僚、僧侣。他的顿教不但给士大夫以禅悦之乐，因为他来自下层，最懂得大多数人的心理，所以能给所有的人以最大的满足。他的无相偈："心平何劳持戒，行直何用修禅？……菩提只向心觅，何劳向外求玄？听说依此修行，天堂只在眼前！"到处被人传诵。顿教如夹在春风中的花草种子，在南中国上空飞扬，只要有泥土的地方，便发芽、生根、茁壮成长。

慧能自高宗龙朔元年（661）得法，弹指间已是中宗神龙元年（705），他已年老体衰，再过两年，便是古稀之人了。他的腿得了风痹，胃病也经常发作，这都是四十余年中千辛万苦的恩赐。人们说他是禅宗正传，其实他是创立了禅宗。他要在他最后有限时光里，再干下一件最光辉的业绩，就像一支乐曲，最终也是最精彩的部分，即使乐声停止，也要余音绕梁，三日不绝。半年前，他命弟子法海把他的韶州大梵寺说法记录下来的稿本加以整理补充。法海是跟随他时间最长的弟子，在大梵寺说法时，法海就是耳闻目睹，现在身居上座，在他的弟子中，被称为"多闻第一"。如果说法海深通佛典，毋宁说是最了解慧能思想的人，甚至对他所有的论点，都深信不疑的。由于这个原因法海获得了整理他的著作的特殊光荣。

法海捧着一大堆卷子，进入慧能的禅房。这是一个中等身材的人，满脸灵秀之气，一眼就使人觉得他是聪明的人。只是他的行动有点拘谨。他把卷子放在几上，向慧能施了一礼。

"你坐吧！《坛经》的稿本都整理好了吗？"

法海指着几上的卷子说："这就是。弟子有几个问题，请和尚开示。"

"你说吧。"

"和尚在大梵寺说法时，提到一个比丘尼无尽藏要求和尚讲《金刚经》，和尚说，我不识字，你念一段，我说一段。当时无尽藏很瞧不起和尚，后来勉强念一段，当他听了讲解后，才诚心敬佩。不知是弟子当时记错了，还是真是这么一回事。"法海知道自己绝对没有记错，但是哪一部传世著作不是改了又改，把那些有伤大雅的地方删去呢？

"呵呵呵，全没有错。这无尽藏还算客气哩。那年我到黄梅参礼，恰巧神秀上座在坐，他听到我一字不识，还求作佛，那神色才难看呢！如果不是在五祖面前，当场就要受到呵斥。这有什么，我真不识字又何必隐瞒！"

"和尚，弟子认为《坛经》是垂之久远的，这些地方不妨删去。"

"不，要记下。你要特别留意记下我说的'佛的妙理，不关文字'这些话，这是我独特的心得。"慧能出身于下层，他没有那些出身名门的高僧的那些特殊的气派，所以在他的禅房，是允许弟子辩难的。

"弟子明白了。当时黄梅参礼，五祖只听了和尚几句话，后来看了一首偈，就决定传衣，看来不像太轻率了吗？弟子认为这些地方应加些什么，使后人不致误会。"

"你又错了。这正是五祖的不可及的地方，五祖观微知著的本领是无与伦比的。光凭这一点，无愧于做四祖的传人。"

"还有,和尚当过猎人,写不写呢?"

"要写上,历史是不能伪造的。"

"那么和尚说法与五祖有很大不同,写不写呢?"法海说到这里有点犹豫起来。

"要写,凡是不同的地方只写我说的,不提五祖就好了。时间不同了,环境不同了,说法也会不同。四祖向五祖传法时,是说《楞伽经》的;五祖传法给我时,是说《金刚经》的。为什么呢,你慢慢参悟吧!好,你把卷子打开,慢慢念给我听。"

法海从"慧能大师于大梵寺讲堂中,升高座,说摩诃般若波罗蜜法,授无相戒……"开始,一节一节顺序念下去,他念得抑扬顿挫,非常悦耳。

不识字的人往往有很好的记忆力,慧能听得很精细,每念完一节,法海稍停,待慧能指出他误记或整理不当的地方。法海记得很忠实,有些部分在整理时删去了,慧能就加以补充,翻开原记录本,也确实是这样,这使法海格外佩服。但是也有慧能说得不很透彻的地方。法海增加了一些,只要不悖原旨,也就不再改动。有些地方发挥得颇见创造性,更叫慧能欢喜。他允许弟子发挥,就像他没有完全按照五祖的话一样。在记录大庾岭上向惠明说法一段,法海写道:"不思善,不思恶,正与么时,那个是明上座本来面目!"慧能吃了一惊,他何曾向他说过这句话呢？但他觉得很新鲜，他教法海暂时留着，让他再回忆一下。他那生动活泼的语言，要用文字表达出来，是有一定困难的。他毕竟是不识字的人，有时也很尊重法海的意见。

大弟子行思进入禅房，说："禀和尚，神会回来了。"

"神会平安回来了？"法海问。流露出一丝惊异的脸色。

"是啊，回来了，这回大大胜利了……"行思表情就像自己也参加了这次无遮大会一样。

慧能说："你教他即来见我。"

数月前，神会提出要去滑台大云寺设无遮大会，辩论南北禅宗顿、渐两派是非，决定宗旨。神秀正依靠武则天的势力，使中原成为渐教的天下。慧能在岭南，离中原万里，还不时受到刺客的威胁，而神会居然要只身深入中原，这不太危险吗？所以慧能并不赞同。

大弟子对神会此行，意见也不统一，有人认为辨是非、定宗旨虽有必要，但时机尚未成熟；有的甚至认为无此必要，"桃李不言，下自成蹊"，信仰不是口头争得来的。

但神会一经决定，便再三请求慧能同意，他的理由是：为佛法献身，是十分光荣的。他知道此行的危险，但总要有人开头。他得到慧能的许可后，便微笑向师兄弟说："师兄们，你们要送送我，就作为易水悲歌吧！"

动身那天，天色阴惨惨的。神会拜别了师父，师兄弟们送他十里，大家情绪也像天色一样阴沉，很少说话。到了长亭，神会请大家留步，回身施了一礼，说："师兄们诚心服侍和尚，大兴顿教。神会此行十九回不来了，灵山会上再见吧！"

师兄弟们这时举起一手，只机械地说"菩萨慈悲"，再也说不出第二句话，此情此景，或许什么话都是多余的。有的甚至没有抬头，怕流露出情感。神会慢慢跨上白马，白马长嘶一声，放开四蹄。

一阵急切的脚步声，怀让伴着神会进来。神会目光熠熠，就像一头鹰，见过和尚后，坐于一旁。

"我佛慈悲，你居然回来了。这次无遮大会有多少人，有哪些名山大德参加？"慧能问。

"僧俗总在万人以上。北方名山大德大都到了，绝大部分是秀师门下。律宗、密宗、净土宗、唯识宗、华严宗也都有大德参加。我看过智藏了，还有当今韦皇后的弟弟净觉法师也到了。"

"北宗主辩人是谁？"

"降魔藏弟子崇远禅师。"

"啊！他是深通佛典的大学者！"法海插了一句。

"他说北宗的奥义，在理论上确是很严密，汩汩滔滔，口若悬河，令人佩服。但这没有什么了不起，因为凝心入定、住心看净毕竟是在门外。最后谈到问题的核心了，谁是禅宗嫡传，崇远说五祖传给秀师。我问他有何根据，他说这话来自普寂大师，是秀师曾亲口对普寂大师说的。"

大家非常惊异，分明袈裟在此，竟敢睁眼瞎说，可见斗争总是不择手段的。

"我马上指出他是伪造法系，菩提达摩袈裟现在曹溪宝林寺，秀师不会说这种话，是普寂大师捏造。崇远要我说出根据，我说，我原是秀师门下，秀师入长安后，要我到曹溪参扣，我就在曹溪留下了。有人点头称是，有人就高喊'北宗叛徒'。"

大弟子们都笑了。

"崇远词穷理绌，猜他最后一手是什么，他说，普寂大师德高望重，你这种指名非难，不怕有生命危险吗？"神会显出趾高气扬的神色接下说："我说，好吧，我只身深入中原，要杀，你就杀了我吧，我是为弘扬大乘建立正法，如果顾惜身命，也不会来了。"说毕，他从袖子里拿出一卷递给慧能，慧能递给法海，法海打开一看，这是净觉法师的《楞伽师资记》摘录，内中关于禅宗法系分明写着：求那跋陀罗—菩提达摩—慧可—僧粲—道信—弘忍—神秀。

法海念了一遍，脸露微笑说："我们禅宗自先祖达摩大师以来，百余年间，都是以《楞伽经》相印证，到五祖才兼以《金刚经》为典据,秀师还是宗《楞伽经》的,这书名《楞伽师资记》法系如此,也有他的理由。"

神会有点生气:"妄说。这是偷梁换柱的手法。当今尚有人称禅宗为楞伽宗,楞伽宗法系如此,拐一个弯,禅宗法系也不是如此吗?净觉《楞伽师资记》是以玄赜师的《楞伽人物志》为蓝本的,玄赜在黄梅时就是跟着秀师转的。"

怀让、行思不愿参加神会和法海的争论,都沉默不言。慧能心中明白,近年法海与神会总有些抵牾,便说:"神会辛苦了,你们都回去休息吧!"

节候已过立秋,在南方还是那么热,一点也没有秋天的气息。庭前一株硕大的梧桐,如果在黄梅,大概要开始落叶了,这里却还是生机勃发,巨大的叶子,绿得可爱。黄昏时下起细雨,天气宜人得多。雨珠儿在巨大的叶子上慢慢积聚起来,慢慢滚圆起来,终于跌落了,点点滴滴,夜深人静,就有点凄凉寂寞的滋味。慧能坐在禅榻上,在细细咀嚼下午弟子们的谈话意味。他,现在也正经历着四十多年前弘忍大师将要传衣时的心境。法海跟随慧能最久,奉侍唯谨,也博学多闻,对慧能的理论的理解也最深刻,他是德才兼备的人物,办事很稳,问题也出在这稳字上,如果袈裟到他手里,禅宗恐怕不易发展。他想到行思、怀让,这都是大器,分不出谁高谁低。最后他想到神会,这是一个奇才,他胆大识高,气魄非凡,在大弟子中首屈一指，但是他有点粗豪，世俗气味太重，总觉缺少一种禅宗大德应有的风度。在理智上，他应该传衣给他的，在感情上，他不大喜爱这个弟子。但是如果顿教想在北方兴起，看来非这个大弟子不可。这次无遮大会是大大成功的，但是争论的结果，大家都集中在谁最正统的问题上来，谁有袈裟，谁就是正统，正统是有威力的，但是正统往往束缚人的思想，它会使思想僵化，甚至退化。目下渐教依靠的是帝王贵族的撑腰，顿教依靠的是善男信女的支持，从长远的目光看来，袈裟是发挥不了永恒的威力的。况且，这件袈裟树了无上权威，也是这件袈裟，佛门中出现了刀光剑影……他想近来大弟子们逐渐出现裂痕，特别是法海这样有修养的人，有时也言不由衷，对神会抱有成见。目前的风平浪静，全是在这件袈裟的遮盖下，一旦传衣，就会再掀起一场轩然大波，这闹剧几十年就要重演一次，多么可怕，看来这件法宝对禅宗的发展，不但没有帮助，恐怕适得其反……

雨不知何时停了，月光如水。

慧能睁开眼睛一看，心猛地一跳，纸窗外一个黑影正一动不动地向里窥视。

黑衣人伏在窗外差不多有半刻了，他从纸窗上一个小洞向里窥视，禅房除了一张小几和十几张机子外，空无所有，连一卷经文也没有。唯禅榻前挂着一口小钟，很触目,不知何用。禅榻上,慧能微闭双眼在打坐,明月映进圆月形的西窗,正好在头上形成一圈柔和的光轮。他的嘴角微微下垂,显得庄严肃穆。炉烟从几上一个鎏金的香炉上狮子口里喷出,氤氲的香气,阵阵透出来。黑衣人越看心里越怕,难道真的是肉身菩萨么。他是北宗门人,平时所积累起来的宗教神秘感,一下子在他的心理上发生作用,眼前突然出现了不可思议的幻象,慧能不是坐在禅榻上而是浮在半空,他的身上有一团瑞气将他托着。

崇高的神圣的地位,不允许慧能惊惶失措,他是猎人,曾经无数次与猛兽搏斗过,况且床头有铁禅杖,禅榻后还有个秘密通道。这时他只要伸手撞钟,全寺僧众马上向方丈集中,捉拿刺客。刺客必是武艺高强的人,捉拿时有一番格斗,盛怒之下,他的弟子们一定会把他砍翻,甚至砍成肉酱。北宗虽不仁,他却不能以牙还牙。如果这样,这将是佛门一件大丑闻。他几次想举手撞钟,他还是克制了。

"你要头吗?恐你来得去不得。"慧能向几上瞥一眼:"要钱吗?几上有十两银子,为你准备好了。"他语气平缓,几上刚好有十两银子。

黑衣人两腿发抖,他怎么知道我在这里呢?他迟疑一下,心想:我不能白跑一趟。窗已早撬了。叭的一声,打开窗户,黑衣人纵身进内,发出一阵短促而恐怖的声音。黑衣人吓得一身冷汗,双足一着地,便丢了刀,倒身下拜,再也不敢起来。

"你是何人,敢来行刺?你受何人指使,从实说来。"

"弟子志彻……弟子一时迷误,受秀师弟子嘱托,罪孽深重,望和尚慈悲。"

这时院墙忽有人说:"和尚睡未?宿鸟惊起,恐有刺客。"

"是我开窗,没有事。"

志彻跪着,浑身哆嗦,冷汗直冒。

"下屠刀,立地成佛,去罢!"

"弟子愿在此跟随和尚,不愿回去了。"

"火急离开此地,不然我的弟子必加害于你,三年后你再来吧!"

"弟子从那里出去吧?"

"从来处去。"

志彻拜辞了慧能。

慧能下了禅榻,在房中慢慢地踱来踱去,外表仍是十分从容、宁静,而内心正在翻腾澎湃。

突然,他下了一个出人意外的决定,他的心又平静下来,如水在瓶。

法海、神会、行思、怀让、志诚、法达等大弟子相继来到,见了和尚后,依次坐在一旁。今天天气晴朗,大家情绪都相当好，只有法海和神会因昨天几句争论心中尚有点儿疙瘩。但他们都是很有修养的人，脸上不大看得出来。不过大家都很奇怪，和尚今天为什么突然把所有大弟子都叫来呢？

慧能缓缓开口说："你等信根淳熟，决定无疑，都是堪任大事的。再过几年，我当灭度。"听到这里，弟子们无一不想到要传衣了，但是，禅宗历代传衣都秘密进行的，难道和尚要模仿五祖做法，命各人作一偈么。"你们各为一方师。我从大梵寺说法以来，法海已把我的说法记录整理好取名《坛经》，你们要守护着，递相传授。你们依照《坛经》说法，就是正法，就不失本宗，如不禀受《坛经》，就不是我的宗旨。"慧能依次把弟子瞧了一遍，看他们到底有什么反应。

"弟子谨遵和尚圣训。"弟子们齐声答应。

"至于达摩大师的袈裟，到我手里不再下传了。"他停顿一下，又继续说："我因这件袈裟，几次刺客来取我的头。如果再传衣，恐怕受衣人要短命。我不传衣，你们只需依据《坛经》一样能弘扬我的法。"

弟子相对无言。他们无法想到这一着，法海、神会、怀让、行思是最有可能接受衣钵的，更显得目瞪口呆。他们认为衣总应该要传的，但没有一个人敢首先提出不同意见。他们都希望别人先提出异议，然后再附和。

还是神会先开口:"和尚,自先祖达摩大师把这件法衣带到东土后,叶叶相传,这次无遮大会所以取得胜利,也因为和尚有这件袈裟。如果从此不传,以后口舌恐怕更多。"神会提出这个理由,表面是堂皇的,但是,大家已听懂他的弦外之音。

"神会意见不无道理,至少目前我们还是需要这个最高权威的信物。"法海首先附和神会意见,在大弟子中,他是上座。

慧能恐怕其他大弟子还会提出各种理由来反对,就说:"你们都反因为果了。"

弟子们仍是保持沉默。

"当时先祖达摩大师传袈裟给二祖时,曾有一偈,说衣不应再传,只是二祖未领会这首偈的意思。你们听我念偈:'吾本来兹土,传衣求迷情,一花开五叶,结果自然成。'"这些话完全是慧能的杜撰,但历代传衣,都是秘密进行的,谁也不知道这首偈的真伪,也无法在佛典中考证。必要时假托祖宗的意志来表达自己的想法,往往起了很好的效果。至少这时弟子们不敢提出不同的意见。

知客僧匆匆进来,轻声说:"禀和尚,圣旨到。"

空气一下子紧张起来,为什么突然下了圣旨,大家都猜不到。慧能传话下去,命僧堂鸣钟,集众上殿。慧能下了禅榻,拄着禅杖,由法海搀扶着,一步一步走向大雄宝殿。

大雄宝殿里几百僧众依次排列，钟鼓齐鸣，香烟缭绕，众僧齐诵《仁王经》和《佛顶咒》，钟鼓声与经声相应和。

内侍薛简带着随行官员列队向大雄宝殿走来，他看见九间大雄宝殿，每根柱头安着硕大的四跳斗拱，屋檐缓缓起翘，屋顶碧琉璃闪闪发光，加上屋脊上线条遒劲的巨大鸱尾，给人的印象是稳健而雄丽。一进入大雄宝殿，但见挂满幢、幡，欢门上绣着飞天、莲花、瑞兽、珍禽。薛简觉得即使长安、洛阳那些著名古刹，也难有这样庄严。深通佛典的薛简这时受到这种气氛的感染，似乎矮了半截。

钟鼓声、经声渐渐静寂下来。薛简捧着诏书，笔直地站着。

慧能听说神秀入长安时，武则天向他行跪礼。心想：我是禅宗六祖，何必表示过分谦恭。便说："老僧年迈，未能礼拜圣上，命弟子上座法海代为接旨。"

最后薛简把诏书递给法海。又参拜了慧能，便要求礼佛并瞻仰佛像。慧能命神会作陪。

慧能带法海回禅房，命法海开读中宗诏书，法海念诏："朕虔诚慕道，渴仰禅门，召诸州名山禅师，集内道场供养，安、秀两德，最为僧首。万几之暇，每宠一乘，二师推让云，南方有能禅师，密受弘忍大师衣法，传佛心印，可请彼问。师既禀承有依，可往京城施化，缁俗归依，天人瞻仰。今遣内侍薛简，驰诏迎请，愿师慈念，速赴上京。神龙元年六月十日下。"

慧能听到这回下诏召他进就，原来是神秀推荐，回想昨夜还有刺客来，不免失笑。如果他一进京，必然受到神秀势力包围，无法弘扬顿教，这是擒贼先擒王手段，这是一把软刀子。

慧能口授谢表大意，命法海撰写。法海写毕，念给慧能听："慧能生自偏方，幼而慕道，叨为弘忍大师嘱咐如来心印，传西国衣钵，授东土佛心。奉天恩遣中使薛简召慧能入内，慧能久处山林，年迈风疾，陛下德包物外，道贯万民，育养苍生，仁慈黎庶，旨弘大教，钦崇释门，如慧能居山养疾，修持道业，上答皇恩，下及诸王、太子。谨奉表。释迦慧能顿首，顿首！"

法海念毕，目注师父，慧能微微点头，表示满意。

"和尚为何不上京？这是弘扬顿教的大好机会。"法海悄悄问。

"我形貌矬陋，京师人士见到，恐怕不会尊重我。况且先师讲过，我和南中有缘，也不可违背。"慧能觉得这位弟子在这方面就太不敏感了。不过他也不愿意对法海说清楚。也不提昨夜刺客的事。"法海，你先把表送往茶堂交给薛简。迟一点，我即去的。"

一会，神会匆匆进来对慧能说，口气里不无愤慨：

"和尚,刚才薛简说,和尚如身体不好,不能赴京,他回去启奏皇上后再说,但达摩大师的袈裟,要给带去,皇上要放在宫中供养。"

"这都是你这次在无遮大会上捅的娄子。"慧能笑了笑,"好吧!就给他带去,反正不传了。"

薛简取了袈裟,用黄绫包好,辞别了慧能。

大殿里钟鼓齐鸣,众僧齐诵《仁王经》和《佛顶咒》。

薛简认为这是为皇上祈福,其实慧能只是要显示一下沙门威仪。

慧能和大弟子站在大雄宝殿的台阶上,目送薛简捧着袈裟出门。

法海轻声问:"和尚,先祖的袈裟,皇上是否还会送回呢?"

慧能静默,脸上毫无表情。

神会说:"我看,永远也不会送回来了!"

慧能双手合十,好像自语,也好像对弟子说:"善哉!善哉!"

观器味道，融通无碍——萧耘春的书缘人生

陈 纬

我的老师、学者兼书法家萧耘春先生是浙南苍南人，旧属平阳。1931年2月，萧耘春出生在苍南县（当时为平阳县）石砰乡外湖。苍南县位于浙江省的沿海最南端，历史上一直属平阳县辖域，1981年从平阳县分出。苍南是个新名，意思是玉苍山之南。一条鳌江将平阳与苍南隔开，之前这片土地在当地叫作"江南"。在我少时的印象中，"江南"人能做生意，宗族观念牢固，好尚武，早年时有闻说"江南"宗族间械斗的事情。江北的平阳人，曾一度甚是鄙视"江南"人，以为那是没有文化的地方。其实平阳历史上很多的文化名人大都出自苍南，如南宋诗人林景熙、林升，明代画家吴第，清末宿儒、教育家刘绍宽，民国书法名家杨悌，当代文史大家苏渊雷，甚至我另一位业师、当代书法篆刻家林剑丹也是"江南"人。自古有"东南小邹鲁"之誉的平阳，文化让苍南分去了一大半。

我认识萧先生是在平阳分县前的1980年夏，那年我

上高中。平阳县文化馆办了一份文艺刊物。当时萧先生50出头，他担任这个刊物的主编，久违了的文艺春天让他充满着激情。他组织了一次全县业余作者的文学作品加工会，从刚平反的老作家到爱写作的中学生，参加加工会的作者有近百人之众。那年夏天，注定是我人生的一个重要支点。我将一篇课堂作文向县文化馆投稿，想不到，萧耘春老师几经辗转，将电话打到临我家边上的小车站，通知我到县里参加文学作品加工会。他的这个电话于他而言也许是件小事，我却因这一个电话确定了人生的方向，而他成了我的恩师，对我审美观、价值观与世界观的形成产生极大的影响。

一

萧耘春是家中独子，其父亲十分重视他的教育，在他很小的时候，家里就为他请来先生教授《古文观止》，打下了扎实的古文功底。13岁时到平阳县城上县立初级中学，授国文的老师是著名诗人、书法家张鹏翼先生。一次他临摹学校礼堂圆柱上张先生对联作品十分神似，被张先生发现，甚是惊奇。再是他的一篇文言文作文《读李密〈陈情表〉后》深得张先生赏识，被张先生招致门下学习古诗文和书法。

张鹏翼属于前清生人,他的授课的方式完全是旧式的,强调苦读与顿悟。萧耘春随张鹏翼习书,一开始张先生便郑重其事地对他说:"你要先把诗和古文学习好,至于书法可以慢慢来。"随后,给了他一本《艺舟双楫》说:"慢慢读,不懂再读,总有一天会读懂的。"从此,他就按张先生说的话去做,一辈子的功夫都花在读书上。

新中国成立后,萧耘春20岁出头,正逢上天翻地覆的社会大变革。他朝气蓬勃,对工作充满着热情。先是在当地做乡村教师,21岁因有出色的写作能力,到平阳县文化馆工作。1953年,他协助时任温州地区文管会副主任的金石大家方介堪,几经周折在平阳搜得名碑《晋朱曼妻地莂》,成为温州博物馆的镇馆之宝。他喜欢民间文艺与民俗,经常深入民间采风,与农民交朋友,搜集整理民间故事,1956年结集出版民间故事集《野熊与老婆婆》。

28岁时被错划右派,遣回老家务农,做过食堂管理员、畜牧场管理员。这期间,妻子与他离婚,从此他没有重组家庭,以读书遣日,渐渐养成随遇而安的心态,习惯享受"寂寞"。"艰难困苦,玉汝于成"。他长期浸淫于章草书法的研习,终于成为当代著名的章草名家。他中学时代的老同学、诗人兼书法家谢云认为他书法取法"章草"这一偏门,正是漫长岁月年华,感怀于"寂寞"之写照,是"一种人生的苦味升华出哲学寂境的玄思";是他的"忘形骸"历程之一叹;是作"发思古之幽情的吟咏感叹";是风雨人生的修炼,是历史"潮流"所蒸腾起来的。

"文化大革命"中,萧耘春下放乡村,生活艰辛,但始终保持着乐观的心态。在那样贫匮的年代,因为热爱读书,内心保持安静而快乐,精神世界并不匮乏。当时平阳籍著名文史学家、诗人苏渊雷被遣返原籍,与张鹏翼、萧耘春等当地诗友时常聚会雅集,至今流传着当年他们吟诗唱和,翰墨往来的种种佳话传说,令我向往。

1971年的一天,苏渊雷与当地诗友王光铭、陈镇波一起到灵溪渎浦萧耘春的家,恰萧外出不在。当时已是苍茫暮色,三人便留宿萧家,次日离开时个个留诗。待萧耘春回到家中读得友人诗稿,十分惊喜,欣作唱和,诗曰:"华岳岱宗未足论,而今始觉他山尊。诗惊风雨来天外,笔走龙蛇留雪痕。罢钓渔人还治水,离群才子漫销魂。三人同梦应逢我,闭户摊书烟水村。"十年后,已是华东师大教授的苏渊雷从上海到苍南客萧家,挥毫写下一联:"西风故园萧家渡;夜雨秋灯白石村。"忆起多年前留宿萧家旧事,又慨而写下长跋:"十年前,余尝偕镇波乘自行车远访耘春,适值其外出,因据高楼,电邀王光铭来聚。无何,耘春归来,诧为奇遇。余因赋长句为赠,一时成为佳话。萧家渡为有宋名臣萧振故乡,林霁山亦居近白石村,因括为联语,奉赠耘春,力学有声,其亦相视而笑，莫逆于心矣。适十载重游灵溪，不胜感慨系之矣。"

"文化大革命"结束，1978年萧耘春48岁，工作得以落实，重新回到平阳县文化馆工作。他重操旧业，焕发新春。参与平阳县文联成立的筹办事务，创办《南雁》文学刊物，策划成立浙江省第一个县级书法协会等。正是这个时候他组织全县文学作品加工会，我成为他的学生。

1981年，平阳县分县，不久他调到苍南县工作。新的地方，一切从零开始，他几乎参与了苍南县所有的文化机构的新创工作。先后在苍南县党史办、文联、县志办等工作岗位上频繁更迭，敬业奉公的他消耗了大量精力。而最为他得意的是历时八载完成《苍南县志》的编纂。旧时文人把修志看作"藏之名山"之事业。张鹏翼师从浙江名宿刘绍宽，当年刘绍宽编《平阳县志》时，张鹏翼因为年龄尚轻，不能参与。待平阳再次修县志时，已年过八旬，无法参与修志了。"耘春啊，我这辈子运气太差了。"张老不无遗憾地表达对爱徒担纲主编《苍南县志》的羡慕。在完成县志编纂工作后，愈八秩高龄的萧耘春，又请缨担任"苍南文化丛书"的主编，亲自参与地方古籍的校注等具体工作。

回顾萧耘春的一生，命运于他虽有小的起伏但没有大的跌宕，较之那个年代不计其数的命途多舛者，他的经历算是幸运的。生活的磨砺让他感今怀昔，使他培养成了安于精神层面追求的生活理想和以入世精神做事业的品性，安贫守道。他长期居守乡梓，从未离开故土，也曾有过机会可以到大城市工作，但他总是婉拒。他把对外部世界的美好向往，转移为对历史文化传统的纵向开掘，锤炼出一种淡泊明志、宁静致远的美好隽永心境。他守望乡梓，把自然家园的守望与精神家园的守望交融一体，使其人生水波不兴而又怡然自得，把困厄的经历转化为其人生的一种宁静致远的财富。

二

读书，是萧耘春生活中最大的主题，读书之乐是他最大的人生乐趣。

他一直记得从师之初，张鹏翼先生对他说的那句"先把书读好，书法慢慢来"的话。随张先生习书，老先生首先强调的是清浊之辨，如何学会清浊之辨呢？只有一个办法，将古代名家书法细细咀嚼，久而久之，自然懂得此中道理。陆游说：功夫在诗外。如果文化品位很低的人，即使技巧十分到家，写出来也是俗书。一个"读"字，让他一生恪守不易、受用无尽。

数十年来书一本一本读，札记索引一张一张做，管他风声雨声急骤，熔经铸史，神游字行间，养其真性情。他十分重视读书要做札记。称自己天资不高，不属于那种"才子"型的人，读书做学问，只有日积月累，一步一步走，靠笨办法，不走捷径。黄宗羲尝诘钱谦益："用六经之语，而不能穷经。"周作人也是读书"取巧"，不愿直面学问，藏学问于文章。萧耘春说他不是"才子"，做不了那种"巧"。

他提倡读书要"专精"，要有目的，应确定明确方向，人生苦短，不可枉费时光。年轻时他对民间文艺有兴趣，后转而对民俗的关注。由于他崇拜苏东坡，又将关注点缩小到宋代的民俗上。他搜罗几乎能找到的所有宋代文献书籍，像淘金者一样专注于搜寻宋代的民俗资料，细细记录，做了无数的卡片。2000年，在对宋代文献阅读研讨基础上，汇集出版了宋代文史研究集《男人簪花》，又经过十多年积累扩充，2011年又出版了《苏东坡的帽子》。

在《男人簪花》的《后记》里他写道："纯属偶然。1960年我看到钱锺书先生的《宋诗选注》，连注释也一读再读三读四读。突然忆起顾炎武一个很著名的比喻：采铜于山。从此我读书抄抄写写也成为习惯。三年前，我觉得需要找点乐趣，便把几十年来的札记、卡片、索引、纸条翻出来试写一些笔记。……便是这个集子里三篇文章。"

一册《男人簪花》中只收了三篇文章，即《男人簪花》《宋人避讳》《说宋人绰号》，却凝结着他数十年搜集宋代民俗文献的心血，透出其深厚学养和专精治学的学术精神。凡读过这些文章，都对萧耘春读书的专精、学问的细密和文风的趣味有切实的了解。如《说宋人的绰号》一文洋洋四万余言，征引文献三四百种，钩沉稽古、爬梳剔抉、旁征博引，把宋人绰号这一文化现象说尽、说透、说活。他的文章，有宋人笔记的趣味、清人朴学的严谨和钱锺书的渊博贯通。

王国维曾云："余之性质，欲为哲学家则感情苦多，而知力苦寡；欲为诗人，则又苦感情寡而理情多。"萧先生也有类似的自我剖析，他说：

无论才、学、识，我都不行，我是个苦学派。因为我喜爱，我才学习，借此作为生活中一项乐趣。我那有关宋代民俗与文学著作《男人簪花》出版后，有几位大学教授看了，异口同声说：此人读书很认真、很细。因为我书是一本本读过来的，都做了札记或索引，极少引用第二手资料。引文都标上第几卷，或卷上、卷下。对书法学习，也类似这样笨办法，有的帖是连续临上五年或十年的。我不想有什么效应，这并非我不食人间烟火，也非有什么特异修养，只因我住在偏僻的县份，少有机会接触名人，或及时有信息反馈。生活在这样环境的人，节奏一定慢一些，趣味也淡一些，要求也简单一些。无论对古人、今人，无论他的书法是妍、媸、怪、奇，只要觉得美，都喜欢。但我对自己只要求不要写得太"土"，有些书卷气就行了。但有一种"风格"我不喜欢：狼奔豕突，大喊大叫，仔细看来，一无所有。(《致谢云函》)

萧耘春与钱锺书数十年间书信往来，最为人所津津乐道。应该说，正是因为读书、因为喜欢宋代文献，他有缘认识了钱锺书。1966年，在他下放期间，偶在友人处得阅钱锺书的《宋诗选注》，佩服得不得了。他到处打听钱锺书，无人知晓。便写一信寄文史出版社，由出版社转呈。不想半月过后便收到了钱锺书的回函。此后，钱、杨夫妇每有新著出版，均寄萧耘春。钱、萧之间又互为唱酬，至今萧耘春藏有钱锺书的信函诗稿数十通。钱锺书是影响他一生读书的人。他常说，在读了钱先生的著作后，读书也变得老实，抄抄写写成为习惯，不再用"怀素看法"，一览而尽了。从钱锺书身上，他领略了广博的学术旨趣与"打通"的文艺才智。

1973年,钱锺书有诗寄萧耘春,诗云：

> 书来行细报平安，因病能闲尚属官。
> 得醉肠犹起芒角，耽吟心未止波澜。
> 一流顿尽惊身在，六梦徐回视夜阑。
> 为报故人善消息，残年饱饭数相看。

当时处于艰难困苦的萧耘春，正是受益于钱锺书乐天达观的人生态度，使他潜心于学问，在人生的苦味中升华出哲思的寂境，净然凝虑，不求闻达。

关于与钱锺书交往，萧耘春不大愿意提。1998年钱锺书仙逝，有记者让他谈谈与钱先生的情缘。任记者厮磨也不答语，记者怏怏而退。有人问他为何不谈，他说，钱先生是珠峰，而我是微尘。把微尘和珠峰扯在一起不好。杨绛收到萧耘春《男人簪花》一书后，回函说"惜锺书未能得见"。

钱锺书在《谈交友》一文中说道："真正友谊的形成，并非由于双方有意的拉拢，带些偶然，带些不知不觉。在意识层底下，不知何年何月潜伏着一个友谊的种子，咦！看它在心里面透出了萌芽。在温暖固密，春夜一般的潜意识中，忽然偷偷地钻进了一个外人。哦！原来就是他！真正友谊的产物，只是一种渗透了你的身心的愉快。"我想，这段话也正是钱、萧之交的注脚。

三

萧耘春蛰居苍南一隅，熟悉他的人，对他治学之认真与勤奋深怀敬意，他以书法名世，而诗文创作却少为人知。这与他谦逊与自律的个性有关，他对自己要求苛刻，诗文作品轻易不示人。

他认为，从师学习不可重蹈先生后履。张鹏翼诗宗

观器味道，融通无碍——萧耘春的书缘人生

杜甫，他便学杜牧；张先生以鸡毫草书名世，他书研章草，不与乃师同。无论诗文、书法，他总是投入更多的时间去构思、酝酿，不轻易落笔，慢工出细活。

他对古代诗歌研究造诣颇深，苏渊雷对其的诗学功力甚是赞赏。1971年卜居平阳期间，苏先生曾"竭一日夜之力，成论诗绝句五十余首"，于八十年代出版《论书绝句》。后记中特别说道，"稿成间加短注，其有未备，倩萧君耘春补充"，时萧耘春正不惑之年。

不久前，我有幸读到萧先生1978年自订的一册手稿《谈艺后录》，此前从未见到。内收11篇文艺评论文章，内容涉及诗词、书法与文字学等。关于作诗，萧耘春认为，诗既要说理透辟，又要有艺术形象，缺一不可；作诗不可过于用典，尤其不可用典怪僻；今人作诗要出新意，不可作"冬烘先生"。他曾作《论诗绝句》九首阐述其诗学观点。如其七："江山处处有诗魂，何限灞桥和剑门。活捉生擒凭赤手，骑驴未必尽诗人。"钱锺书读后，写信给他，评价"意新语健"四字，并和诗一首，诗云："惊雷驱雨啼千怪，燕语莺歌乍放晴。亿万诗人齐拍手，急搜奇句捕春声。"

萧耘春不是那种"立马以待""口出成章"的才子型诗人，从不作泛泛之辞。他认为：

> 文思迟速，不能决定作品的价值，只有好坏，才是文

学价值的标准。所以刘勰说:"若学浅而空迟,才疏而徒速;以斯成器,未之前闻。"《西京杂记》三:"枚皋文章敏疾,长卿制作淹迟,皆尽一时之誉。而长卿首尾温丽,枚皋时有累句,故知疾行无善迹矣。"枚皋赋没有流传下来,而司马相如的赋,至今尚有人读它。黄鲁直《病起荆江亭即事》:"闭门觅句陈无己,对客挥毫秦少游。"据说陈师道作诗是苦吟的,每登临得句,即归卧一榻,以被蒙首,甚至其家婴儿孺子也抱寄邻家。如果这个记载不太夸张的话,这位先生的文思,看来是够迟滞的。但他与秦观在我国文学史上都有地位的,在词方面,秦观确实占先,但诗创作论当时或以后的评价,陈师道都是高出秦观一头的。文思迟缓以致"理郁者苦贫,辞溺者伤乱",这两种容易出现的毛病,刘勰认为只有"博而能一"这张药方了。(《神思》)

因而,他的诗应该都是苦思冥想出来。他的存世发表的诗不多,然篇篇珠玑。如发表于《诗刊》的《杂诗七首》:

泼地月华谁是主?参横斗转近三更。
风能知趣频牵袂,影不嗔人随我行。

已过三更月上迟,遣怀默诵辋川诗。
小窗忽现幽兰影,写出板桥得意时。

云间夕照见斓斑，乍雨乍晴若等闲。
"淘浪"横江西去也，断虹一抹挂东山。

碧水照人明似镜，轻风相戏起微澜。
胸中自愧无丘壑，雨后青山仔细看。

镜花水月费猜想，青眼割人摧肺肝。
鸿雁不去秋又去，一钩残月冷阑干。

莺声破梦入疏帘，柳眼窥人拂短檐。
岂是闲情犹未了，双峰云外似眉尖。

无奈诗魂欺老眼，如烟如梦见娉婷。
随缘何用论工拙，吟与寒斋四壁听。

　　诗歌之外，萧耘春偶也写小说。他对佛学有兴趣，研读《坛经》之余，写过一篇中篇小说《传衣》，写的是禅宗六祖慧能得到五祖弘忍传授衣钵，继承东山法脉而创南宗的传奇故事。通篇迂回曲折，高潮迭起。小说写于八十年代初，当时他在平阳县文联创办文学刊物《南雁》，因需要稿源，亲自写了这个小说。过了20年，我担任平阳县文联副主席，在编辑纪念"平阳文联成立二十年"《文学作品选》一书时，偶尔在《南雁》旧刊上读到，十分惊讶。问他，他却已经记不起来了。我还听说，萧先生崇拜苏东坡，早年曾写过《苏东坡传》。稿成，托苏渊雷呈朱东润阅，深得朱先生好评。后得知朱东润也曾写《苏东坡传》却中途放弃。其原因是在做了一年的资料准备后，朱先生说"我这一生固然无法享受优游自在的生活，也没有行云流水的消闲"，因而"无法理解"苏东坡，遂决定搁笔。萧耘春也无优游自在和行云流水的生活，对此深有启发，也就一把火将自己的稿子烧掉了。

四

萧耘春以书法名世，专于章草一体。从他13岁从张鹏翼学习开始，算来其书法人生已有八十春秋。他遵照张先生的要求，避开乃师书风，独开僻径，专精于章草一体，把历代草章经典网罗殆尽，逐家加以研习探究，比勘异同，吸取适应自己的艺术元素，铸成自己的艺术风格。他耗一生精力孜孜于对章草一道的探索，正得益于他甘于寂寞之道的定力。在给自己的中学同学谢云的一封信中，他总结对章草研习的经历："张先生主要精力写今草，从《书谱》上溯'二王'，他不喜欢学生学他的字，我随他学几年'二王'，便喜欢章草了。凡是章草，不论大家小家都临，或有偶尔写几个字的如蔡襄，也临一临。

或很少有墨迹流传，但确写得好的如方方壶，我也不时临写。我的楷行转学钟繇。我较长时间学习的是皇象、钟繇、索靖、黄道周、沈曾植。写章草是颇为寂寞的，那就让他寂寞吧。"

2008年，他在答学生黄寿耀请教学习章草的回函说道：

一、皇象《急就章》。几乎所有学习章草者都要临写，要写得宽博、圆润，更要注意朴厚。世传松江本最佳，明拓集珍楼摹刻本也行，玉烟堂本可参阅。

二、简牍中有许多章草字，因简牍出现于不同时地，又与古隶相杂，须得分开。这种章草如能写得返朴归真，一种特殊的美来，极不容易（如要写得生动一些，可参考唐人写经《恪法师第一抄》）。

三、王羲之《豹奴帖》，可同时学王献之《七月二日帖》。虽然古人评羲献楷行草，有所谓右军灵和，大令奇纵，但这两种章草却差别不大。王羲之影响很大，直至清中叶碑学兴起之前，还是王的天下。所以赵孟頫的章草临过《急就章》不止一本，依然属于王的系统。同时或稍后有鲜于枢、赵雍、俞和，直至明初宋克（临写部分），面貌稍有不同，也都在赵的势力圈内。

四、陆机《平复帖》，字不错，但只有八十四字，又无别的书家的字可参照，历来不见有专攻平复的人（近人不谈），可知写这种字难度很大。记得我老师张鹏翼先生用鸡毫笔写今草，偶有平复笔意，但他写章草却近豹奴了。

五、索靖《月仪帖》。我较长时间写月仪，希望你不要写，我们的路子不能走得太近。

六、沈曾植。他先学帖，后学碑，最后碑帖结合。他的章草，从多种隶书中领会，参汉简，不能确指得力于那一二种。纯章草作品很少，只能从他最后几年的草、行、楷中领会。

七、王蘧常。用篆笔写章草，很好，但不可学。还要说几句，宋克章草有自运的，有个性，但不能写得太夸张。俞和《临定武本兰亭序跋诗》和《郭雍兰亭序跋》的布局，临一临，写条幅时有帮助。明末如黄道周、傅山等，都写过章草，但个性太强，只可看看。惟王铎《桃花帖》中有些字可临。

萧耘春这通信札体大虑精、深入浅出，厘清他一生研事章草的体会，共九页，所书格调高古。于2011年整理出版《萧耘春谈章草》一书，全书采用"尺牍"和"附编"两部分构成。除萧耘春尺牍的正文和注解外，附编录辑"历代章草选粹""历代书家论章草"等内容，成为一册学习章草的经典范本和颇具书学价值的参考资料。

作为古老的一种书体，章草只在汉魏之际有过短暂地存在，而作为书体的演绎，在整个书法史上没有间断过。尽管没有像篆隶、今草、行楷等那么普及，但历代书家一直将它奉为高古的经典。名实之辩一直聚讼纷纭，加之字势古奥、认读繁难，也平添许多神秘色彩。萧耘春选择章草作为一生书法主攻，既是取法高古，也是自我挑战。潜修默进，朝夕涵泳，是他学习章草的基本途径。他嬉称自己是"苦学派"，在学习章草的道路上不停止、不知足。对章草的创作在保持古意上出新，有他独到的认识。

萧耘春系统的论书文字不多见。当希望他给年轻人学书法有些提示的时候，也总是像当年张鹏翼对他说的那样："我要他们一定多读书，这点我念念不忘。"曾经沧海难为水，越有丰富的体验，越会感觉不可名说。人文传统中的书法未必没有技巧、没有概念、没有理论，只是更加注重把对书法之道的参悟渗透于实践之中，把实践中得来的体悟与前人的经验概括相印证。萧耘春对书法的看法，不作玄奥之语，都是大白话式的表达，谦恭儒雅是一个方面，而删繁就简之后的鞭辟入里，是值得深入玩味思索的。

他十分强调张鹏翼关于书法评价的清浊之分，说浊书不可医治。要学会清浊之辨，只有一个办法，将历代名家书法细细读，细细咀嚼，久而久之，自然懂得此中的道理。他在《书家有三等》一文中有一段幽默生动的论说，很值习书者思考：

袁枚曾把某种诗文，比作三馆楷书，非不工整，求其佳处至死无一笔。既然能写得工整，一定有些功力，为什么引不起艺术趣味呢？写这种字的人，一定是读书不多，书法源流也搞不清楚，甚至雅俗也无法分辨，卷轴之味与他是无缘的。临帖时，脑子里、手腕下，暂时由古人做了主，无意中偷得古人一点意境，所以还勉强可观。一离开古人，仍然是自己的脑子与手腕，便显得凡庸，就是俗书与匠书。正像一位女郎，皮肤白皙，五官端正，但脑子糊涂，神采黯然，俨然一尊拙劣雕塑匠所塑的泥菩萨。如果给一位艺术大师作为模特儿来写生，那位艺术大师只好摇头了。

萧耘春《论书绝句》曰："狂歌箕踞醉千觞，进退雍容书卷香。悟到古人精绝处，也无二爨也无王。"在习书之初，他系统学过"二王"诸帖，也专门临写过《爨宝子》碑，最终选择章草。清末以来，有一批学者书家善书章草，其中以沈曾植、马一浮、王蘧常、高二适等为代表。萧耘春是一位学者型的书家，对这些文人书家尤为敬重。民国时期温州还出一位章草名家王荣年，张鹏翼对他推崇备至。王荣年解放初被错杀，萧耘春与他应没有见过面，但对王氏章草却不陌生。现代这些学者书家的章草有一个共同的特点，便是碑帖结合。萧耘春曾用功《爨宝子》碑，有碑的基础，对沈曾植也用心颇多。他上接汉魏六朝，下续明清，将淳古雄健的《急就章》《月仪帖》与近代诸名家进行对接，悉心熔铸碑帖、融合各体，化作其简古、沉雄、宽博、圆融、险峻、奇崛、飘举、跌宕、流转的章草之美。书法家鲍贤伦认为："自沈曾植以来，章草三五家，应有萧先生一席。"

萧耘春的书法在与古为徒、陶钧文思的过程中确立了个性，他的笔墨之间充盈着古淡虚灵、气定神闲的书卷之气。不因为追求雍容古丽而沾染丝毫裘马轻肥之气，也不因为长年深居乡梓而沉积些许村儒陬见的寒俭之气。正如书法家金鉴才所谓："夫书者，文章之余事，而文以载道，故古来书家，皆本乎经术，涣为文章，发之以书，自然随心适意。若萧先生者，蛰居乡里，身无奔竞之劳，心无利名之累，坐拥图书，日亲笔砚，澄怀清心，静观自得，真奇特士也。故行吟挥洒，未有不契乎道而中乎矩者矣。或曰章草甚难，其于萧先生，又奚难哉。"

学者张如元先生有诗赞曰：

魏晋风流久渺茫，子昂崛起拓康庄。

谁知六百余年后，更有寐翁擅胜场。

惺惺身世惜差池，头角折磨极左时。

幸有文心磨不去，与君共唱晚晴诗。

二〇二〇年十一月十五日

原刊于《美术观察》2021 年第 1 期

图书在版编目（CIP）数据

捕风楼文稿 / 萧耘春著 . -- 杭州：浙江古籍出版社，2023.9
ISBN 978-7-5540-2688-5

Ⅰ.①捕… Ⅱ.①萧… Ⅲ.①中国文学—当代文学—作品综合集 Ⅳ.① I217.2

中国国家版本馆 CIP 数据核字 (2023) 第 169838 号

捕风楼文稿

萧耘春 著

出版发行	浙江古籍出版社
	（杭州体育场路347号 电话：0571-85068292）
网　　址	https://zjgj.zjcbcm.com
策　　划	王雄伟
责任编辑	姚　露
责任校对	张顺洁
责任印务	楼浩凯
设计制作	杭州舒卷文化创意有限公司
印　　刷	浙江海虹彩色印务有限公司
开　　本	880mm×1230mm　1/32
印　　张	11
字　　数	210千字
版　　次	2023年9月第1版
印　　次	2023年9月第1次印刷
书　　号	ISBN 978-7-5540-2688-5
定　　价	78.00元

如发现印装质量问题，影响阅读，请与本社市场营销部联系调换。